Une centaine d'ouvrages publiés en France, 800 millions d'exemplaires vendus à travers le monde : Danielle Steel est un auteur dont le succès ne se dément pas depuis maintenant plus de trente ans. Une catégorie en soi. Un véritable phénomène d'édition. Elle a été promue au grade de chevalier de l'ordre de la Légion d'honneur.

Retrouvez toute l'actualité de l'auteur sur :
www.danielle-steel.fr

OURAGAN

DANIELLE STEEL

OURAGAN

ROMAN

Traduit de l'anglais (États-Unis)
par Laura Bourgeois

PRESSES
DE LA CITÉ

Titre original :
RUSHING WATERS
L'édition originale de cet ouvrage a paru chez Delacorte Press,
Penguin Random House, New York

Pocket, une marque d'Univers Poche,
est un éditeur qui s'engage pour la préservation
de l'environnement et qui utilise du papier fabriqué
à partir de bois provenant de forêts gérées
de manière responsable.

À Toto,
Pour ton courage,
Pour toutes les épreuves que tu as traversées,
Pour avoir survécu à ce que d'autres
ne peuvent qu'imaginer ;
Puissent les mauvais souvenirs s'estomper
et le bonheur éternel te trouver,
avec tout mon amour.

Et à tous mes enfants chéris,
Beatie, Trevor, Todd, Nick, Sam,
Vanessa, Maxx, et Zara,
Merci infiniment d'être vous,
À jamais dans mon cœur,

Maman/ds

« Le chagrin a sa récompense.
Il ne nous laisse jamais
au point où il nous a trouvés. »

Mary BAKER EDDY

1

Songeuse, Ellen Wharton étudiait les vêtements soigneusement disposés sur son lit en prévision de son voyage à New York. Organisée, méticuleuse et toujours impeccable, la jeune femme ne laissait jamais rien au hasard. En matière d'affaires comme de menu, de garde-robe ou d'agenda social, elle était précise dans tout ce qu'elle entreprenait. Cela lui garantissait une existence lisse, rangée, prévisible, laissant peu de place aux mauvaises surprises. Tous les ans en septembre, elle rendait visite à sa mère. Les billets étaient réservés depuis juin. Elle organisait également – avec cette même rigueur – un voyage au printemps et un en automne pour Thanksgiving, un an sur deux. Cette fois-ci, cependant, une raison tout autre que la tradition motivait son périple…

À Londres, Ellen dirigeait une société de décoration d'intérieur très réputée qui comptait des clients dans les plus grandes villes d'Europe. Avec l'aide de ses trois assistantes et d'une color designer, elle composait des univers uniques, mettant en scène les plus beaux tissus et le mobilier le plus recherché afin de s'adapter au mode de vie et aux besoins de chacun, le tout dans des palettes de couleurs originales et novatrices. Ses services coûtaient une fortune, mais elle assumait – pourquoi s'en serait-elle privée ? Après tout, avec sa réputation, ses grands prix de décoration et les couvertures des magazines qui lui étaient consacrées, elle le méritait amplement. Ses chantiers étaient toujours terminés en temps et en heure, une qualité rare dans son milieu, qui l'avait aidée à bâtir une solide réputation de fiabilité et avait largement contribué à son succès fulgurant.

À l'entendre, Ellen était tombée dans la marmite de la décoration intérieure dès sa plus tendre enfance. Sa mère était l'une des architectes les plus réputées de New York, diplômée de la prestigieuse université de Yale ; elle avait commencé sa carrière auprès de I. M. Pei avant d'ouvrir sa propre agence et de dessiner les demeures des clients les plus exigeants des États-Unis. À trente-huit ans, Ellen passait encore beaucoup de temps avec sa mère ; elle disait lui devoir tout ce qu'elle savait en matière d'architecture d'intérieur. À ses côtés, elle continuait d'en apprendre davantage chaque jour, et à l'occasion, elles s'envoyaient des clients – comme pour cette villa à Palm Springs sur laquelle sa mère travaillait actuellement. Ellen avait redécoré le yacht du propriétaire l'an passé.

Les deux femmes étaient très différentes, mais elles faisaient preuve d'un immense respect l'une envers l'autre et adoraient travailler ensemble. Ellen admirait le style très ouvert de sa mère, et ses lignes épurées. Décorer une maison dessinée par elle était un vrai plaisir, et elle lui demandait souvent conseil. Ensemble, elles avaient résolu plus d'un casse-tête architectural. À soixante et onze ans, Grace Madison était toujours pleine d'idées révolutionnaires et géniales. Elle disait que la bonne réponse était souvent la plus simple. Elle n'aimait pas les choses compliquées ni les pièces encombrées, et c'est pourquoi elle dessinait des maisons astucieuses et pratiques – une vision que partageait sa fille.

Ellen essayait toujours d'envisager les problèmes potentiels et gérait sa société avec rigueur. Grace était plus spontanée, plus ouverte aux idées nouvelles – au point d'en devenir un peu excentrique parfois –, un trait de caractère qui la rendait profondément attachante. Femme talentueuse et forte, elle avait survécu à un cancer du sein dix ans plus tôt. Même pendant sa chimio, elle avait insisté pour continuer à travailler. Depuis, elle avait vaincu la maladie et n'avait jamais manqué un seul jour de travail. Pourtant, Ellen se faisait constamment du souci pour elle. Sa mère ne faisait pas son âge, mais en dépit de son apparence juvénile et de son énergie inépuisable, les années défilaient. Le seul regret des deux femmes était de ne pas vivre dans le même pays. Ellen s'était installée à Londres près de onze ans auparavant, quand elle avait épousé George Wharton, un avocat on ne peut plus *british*, qui avait fréquenté le très classique lycée Eton, avant de poursuivre ses études à Oxford. Sa famille descendait de la même lignée que le philosophe du XVIIIe siècle Edmund Burke, et s'enorgueillissait de ses racines prestigieuses entretenues avec force traditions. Ellen avait fait son possible pour s'intégrer à cette culture, si éloignée de sa vision américaine des choses. Elle avait adopté le mode de vie de son mari, qu'elle respectait – même si les débuts de leur relation avaient été chaotiques.

Depuis, elle organisait leur vie domestique exactement comme George l'entendait. Elle avait aimé apprendre à son contact les traditions anglaises, et en avait d'ailleurs embrassé une grande partie. Mais la désinvolture new-yorkaise lui manquait parfois, ainsi que les habitudes de sa jeunesse. Elle était si amoureuse au moment de leur mariage qu'elle avait volontiers abandonné tout son univers pour George. Et au cours des dix années suivantes, les goûts de son époux étaient tout naturellement devenus les siens.

Les parents d'Ellen avaient divorcé alors qu'elle terminait ses études. La nouvelle avait d'autant plus été un choc pour elle qu'ils s'étaient toujours bien entendus. Pourtant, ils y pensaient depuis plusieurs années : loin de se détester – au contraire –, ils n'avaient tout simplement plus rien en commun ; leur couple s'était essoufflé. Après leur divorce, ni l'un ni l'autre ne s'étaient remariés et ils étaient restés proches, en bons termes, satisfaits de leur séparation. Puis, peu de temps après le mariage d'Ellen, son père était mort. Il avait dix ans de plus que sa mère.

Rétrospectivement, Ellen était heureuse qu'ils soient restés ensemble pendant son enfance. Et même après leur divorce, ils avaient bien fait les choses, n'avaient jamais dit du mal de l'autre… Tous deux avaient été très contents pour elle quand elle avait épousé George – même si sa mère le trouvait un peu trop rigide par certains aspects. Il était tellement… anglais. Mais, pour Ellen, cela faisait partie de son charme : d'une certaine

14

manière, il lui rappelait son père, ex-banquier dans un fonds d'investissement à Wall Street. George était un homme calme, compétent, et responsable. Des qualités qui faisaient de lui un très bon mari – à défaut de la faire rêver. Quelqu'un sur qui on pouvait toujours compter. Cela rassurait Ellen. Elle voulait une vie rangée, sans surprises.

L'unique déception dans leur mariage, la seule qu'Ellen n'avait pu ni anticiper ni contrôler, c'était le fait qu'ils n'avaient pas d'enfants. Malgré leurs efforts considérables, leurs tentatives d'avoir un bébé demeuraient infructueuses. George s'était montré incroyablement coopératif, se soumettant à tous les tests possibles pour déterminer l'origine du problème. Rapidement, ils avaient découvert que ça ne venait pas de lui. Ellen aussi avait passé une série d'examens, et avait tenté la fécondation in vitro dix fois en quatre ans… sans résultat. Ils avaient vu quatre spécialistes différents, supposément meilleurs à chaque fois. Ellen était tombée enceinte six fois, et avait fait autant de fausses couches, malgré toutes ses précautions. D'après le dernier spécialiste consulté, ses ovules avaient vieilli prématurément. Ellen avait voulu un enfant à trente-quatre ans. Avant cela, elle avait été trop occupée à développer sa société, et pensait qu'ils avaient tout le temps devant eux. Manifestement, elle s'était trompée.

George ne voulait pas adopter ; il se montrait inflexible sur le sujet… Ellen, elle, ne souhaitait pas avoir recours à un don d'ovules, et tous deux aimaient encore moins l'idée de la GPA, puisqu'ils n'auraient aucun contrôle sur le mode de vie de la mère porteuse. C'était *leur* bébé, ou pas de bébé du tout

– et la deuxième éventualité se faisait chaque mois de plus en plus probable.

Pourtant, Ellen ne se voyait pas vieillir sans enfants… Elle n'abandonnait donc pas. Entre chaque tentative de FIV et les injections d'hormones que George devait lui faire, elle avait établi un emploi du temps très strict de « tentatives naturelles », ce qui les contraignait à interrompre leurs activités toutes affaires cessantes, dès que l'appareil d'Ellen lui signalait qu'elle ovulait. Elle était tombée enceinte plusieurs fois ainsi, mais avait perdu le bébé tout aussi rapidement qu'avec les FIV.

Ces derniers mois, ils faisaient une pause. La situation était devenue trop stressante et virait à l'obsession. Les multiples tentatives infructueuses avaient peu à peu tué la passion dans leur couple. Malgré tout, Ellen restait persuadée que leurs efforts finiraient par payer.

C'était le grand secret qui motivait son voyage à New York : un rendez-vous avec un spécialiste de la fertilité pour obtenir un énième avis sur les procédures à tenter. Ellen n'était pas encore prête à accepter la défaite. Ses taux d'hormones de l'année passée confirmaient la théorie de son médecin londonien, mais elle refusait de l'admettre.

George se montrait conciliant, la laissait faire. Il ne voulait pas lui briser le cœur en baissant les bras, même si son optimisme l'avait depuis longtemps quitté. De son côté, il se résignait à accepter les faits avec philosophie et espérait qu'elle finirait par faire de même. Leurs efforts et échecs répétés étaient aussi durs pour lui que pour elle – même s'il ne se plaignait pas.

Bien qu'elle eût vécu plus de dix ans en Angleterre, Ellen avait toujours l'allure d'une Américaine – grande, mince, le brushing blond tombant parfaitement sur ses épaules. D'une élégance naturelle, elle s'habillait simplement : un pull en cachemire, des talons hauts et une jupe crayon qu'elle troquait pour un jean le week-end, quand ils se rendaient aux parties de chasse organisées par leurs amis à la campagne – une tradition chère au cœur de George. Eux-mêmes n'avaient pas de résidence secondaire. Ils s'étaient promis d'attendre d'avoir des enfants pour sauter le pas.

À quarante-quatre ans, George était un grand blond, dégingandé, au physique typiquement anglais et extrêmement séduisant. Souvent, les gens leur disaient que leurs enfants seraient magnifiques, ignorant les problèmes d'Ellen. Les seules personnes à qui celle-ci s'était confiée étaient sa mère et sa meilleure amie, Mireille. Mireille était une Française expatriée mariée à un ami de George ; elle avait quatre enfants et était artiste – même si la maternité lui laissait désormais peu de temps pour peindre ; lui était avocat, et comme tous les amis de longue date de George, ils invitaient régulièrement les Wharton dans leur maison de campagne.

Concentrée, Ellen plissa les yeux devant les vêtements étalés sur son lit pour faire son choix final. Elle sélectionna ceux qui lui semblaient les plus appropriés, les rangea dans sa valise et ajouta quelques tenues estivales – à la mi-septembre, il pouvait encore faire chaud à New York. Elle venait de fermer la glissière et de poser son bagage au sol quand George fit irruption dans la pièce.

— Tu as entendu pour l'ouragan ? demanda-t-il en déposant un baiser sur le sommet de sa tête.

George n'avait rien d'un homme passionné ni très démonstratif, mais c'était un mari aimant, toujours là pour elle. Elle posa sa mallette pleine de notes, de croquis, d'échantillons de couleurs et de tissus pour ses clients, et répondit nonchalamment :

— Vaguement. Tu sais, il y a toujours des ouragans à cette période de l'année.

— Ce n'est pas un peu inconscient d'y aller, quand on pense aux dégâts de l'ouragan Sandy il y a cinq ans ?

Elle sourit.

— Tu t'inquiètes trop. Ce genre de catastrophes n'arrive qu'une fois dans une vie. Tu te souviens de l'ouragan Irene ? Toutes les prévisions météorologiques étaient en alerte maximale, et au final, quand il a touché New York, ce n'était plus qu'un orage. On ne va pas paniquer tous les ans, quand même.

L'ouragan était le cadet de ses soucis. Ellen en avait beaucoup d'autres en tête – comme la date de sa prochaine FIV ou les résultats de la mammographie de sa mère. Non, vraiment, elle n'allait pas s'alarmer pour un petit ouragan.

— Sandy, c'était exceptionnel, poursuivit-elle. Ça ne se reproduira probablement plus jamais.

— J'espère bien !

Le regard tendre, il la prit dans ses bras un moment.

— Tu vas me manquer, déclara-t-il, puis, remarquant la valise : Je ferais bien de préparer mes affaires, moi aussi. Je passe le week-end chez les Turnbridge. Ils ont invité tout le monde pour une partie de chasse.

C'était le genre de week-end à l'anglaise qu'il affectionnait particulièrement. Ellen regrettait de louper l'événement. Ces séjours à la campagne étaient une part importante de leur vie sociale. La plupart des convives se connaissaient depuis toujours, si bien qu'après dix ans en leur compagnie, et même si tout le monde se montrait très aimable avec elle, Ellen était toujours considérée comme la dernière arrivée dans le groupe.

— Tu ne vas même pas remarquer mon absence, le taquina-t-elle. Tu seras trop occupé à t'amuser.

Il esquissa un petit sourire gêné. Elle avait raison. En général, il passait son temps à parler affaires avec les autres hommes, tandis que les discussions des femmes tournaient autour de leurs enfants et des meilleurs internats dans lesquels les envoyer.

— Ne pars pas trop longtemps quand même, dit-il en la laissant pour aller faire son sac.

Il savait qu'elle adorait passer du temps avec sa mère, qu'il appréciait beaucoup lui-même. C'était une femme vive, intelligente, pleine d'idées créatives et d'avis francs. Il adorait parler architecture et politique avec elle. Une belle-mère parfaite – occupée et indépendante, brillante et drôle, avec sa propre vie filant à toute allure, et qui ne se mêlait jamais de leurs histoires. Sans compter qu'elle était toujours une femme magnifique pour son âge. Ellen vieillirait certainement tout aussi bien, quand bien même elle n'était pas aussi coriace et audacieuse que Grace. Son style plus doux et plus discret convenait mieux à George, comme sa volonté de s'adapter à son milieu.

Le couple se retrouva dans la cuisine à l'heure du dîner. Ellen sortit du frigo une énorme salade et rappela à George que la gouvernante lui préparerait des repas tous les jours et qu'il ne fallait pas oublier de la prévenir s'il décidait de sortir. Il n'aimait pas rester à la maison quand elle n'était pas là, et dînait souvent au club.

— Ne t'en fais pas, je pense que je suis capable de survivre dix jours sans toi.

Ils s'assirent à la table ronde dressée pour eux, face au jardin, dans la grande et belle cuisine qu'Ellen venait de redécorer. La maison était trop vaste pour deux, avec ses cinq chambres inoccupées. Deux avaient été transformées en bureaux, deux faisaient office de chambres d'amis, et le sous-sol avait été aménagé en salle de gym et espace de projection de films. Ils avaient acheté cinq ans plus tôt, avant d'essayer d'avoir un enfant. Avant de savoir que leur rêve était parfaitement illusoire…

Ils discutèrent des affaires sur lesquelles George travaillait en ce moment, et des meubles qu'Ellen espérait dénicher à New York pour ses clients. Elle venait tout juste d'être missionnée sur une maison du sud de la France et avait hâte de commencer les travaux – ce serait l'excuse parfaite pour une escapade au soleil.

Après dîner, Ellen rassembla quelques derniers échantillons et papiers tandis que George allumait CNN pour suivre l'avancée de l'ouragan qui partait des Caraïbes pour rejoindre la côte est des États-Unis. La situation était inquiétante, mais aucune vigilance spéciale n'avait été annoncée à New York.

— Si seulement il n'y avait pas ces satanés ouragans… Tu ne peux pas aller voir ta mère à un autre moment ?

Il semblait passablement agacé, mais Ellen l'ignora. Avant la catastrophe cinq ans plus tôt, personne à New York ne s'était jamais inquiété des ouragans saisonniers. Et même maintenant, la plupart des habitants ne craignaient pas que ça se reproduise.

Mais George était incapable de prendre ce genre de choses à la légère et trouvait sa femme particulièrement inconsciente de s'y rendre en août et en septembre.

— New York ne sera pas touchée, dit-elle en l'embrassant tendrement.

Ils ne firent pas l'amour ce soir-là. Ellen n'étant pas en période d'ovulation, ce n'était pas nécessaire, et il y avait quelque chose de reposant dans le fait de ne pas avoir à y penser et de pouvoir rester allongés, l'un contre l'autre, sans objectif en tête. Ne pas faire l'amour était devenu aussi agréable que faire l'amour, avant. George éteignit la lumière, un sourire aux lèvres. Ellen se blottit contre lui.

— Tu as le droit de penser un peu à moi quand je serai partie, chuchota-t-elle.

— Je garderai ça en tête, OK, répondit-il en l'attirant plus près encore.

Ils s'endormirent peu de temps après, dans les bras l'un de l'autre. Le réveil sonna à six heures du matin.

Avant de se lever, Ellen envisagea de faire l'amour mais elle n'eut pas le temps d'ouvrir les yeux que George refermait déjà la porte de sa salle de bains, au bout de son dressing. Alors elle repoussa les couvertures et l'imita. Une belle journée s'annonçait à Londres, et elle avait hâte de retrouver l'été indien de New York. Sa ville natale lui manquait parfois.

Elle enfila une tenue décontractée pour le voyage et prépara le petit déjeuner. Son avion décollait à dix heures, et elle avait une demi-heure devant elle avant l'arrivée du chauffeur mandaté par son assistante pour l'emmener à l'aéroport. En réservant son billet, elle avait choisi un Airbus A380, son appareil préféré, tant pour l'espace que pour la fiabilité – et ce malgré la course qu'il fallait mener contre les cinq cents autres passagers pour récupérer ses bagages à l'arrivée. L'avion devait atterrir à treize heures, heure locale, et, en comptant la douane et les embouteillages, elle espérait être chez sa mère aux alentours de quinze heures, avant que cette dernière ne rentre du bureau. Ça lui laisserait le temps de déballer ses affaires et de se poser. Ensuite, les deux femmes auraient toute la soirée pour papoter tranquillement autour d'un dîner.

Ellen préférait de loin l'appartement chaleureux de sa mère au luxe impersonnel d'un hôtel, et Grace était ravie de l'avoir avec elle. En dix ans, Grace s'était résignée à ce que sa fille vive de l'autre côté de l'océan. Ellen, en revanche, culpabilisait et regrettait de ne pas rentrer plus souvent.

Quand la voiture arriva, George accompagna son épouse sur le perron et lui tendit sa mallette solennellement.

Le regard soucieux, il l'embrassa et lui dit :

— Tiens-toi à distance de l'ouragan, ma chérie.

— Et toi, amuse-toi bien ce week-end, répondit-elle en lui rendant son baiser.

— Sans toi, ce ne sera pas pareil.

Le chauffeur chargea la valise dans le coffre et attendit pendant qu'elle s'installait à l'arrière. Les embouteillages en direction de l'aéroport de Heathrow se révélèrent tout à fait acceptables.

Ellen enregistra son bagage, passa la douane, rangea son billet dans son sac à main, et se dirigea vers le terminal, blazer sur le bras – en cas de fraîcheur dans l'avion. Elle était aussi élégante qu'à son habitude dans son pantalon beige, sa chemise bleue, ses sandales. Elle avait l'intention de regarder un film durant le vol – un plaisir qu'elle s'octroyait trop peu souvent. Elle entra dans le salon de la classe affaires pour feuilleter un magazine avec un bon thé en attendant l'embarquement. Son téléphone sonna au moment où elle s'asseyait, et elle posa son gobelet sur la table basse.

— Tu me manques déjà, déclara George à l'autre bout du fil.

— Tant mieux, répondit-elle en souriant.

Les difficultés des quatre dernières années n'avaient eu que très peu de répercussions sur leur vie de couple. Et ce malgré le stress des traitements hormonaux, des examens médicaux, des échographies, des inséminations artificielles, et des déceptions. Leur mariage tenait toujours bon.

— Je t'aime, George, dit-elle en guise d'au revoir, avant de raccrocher.

Elle se carra dans son fauteuil, le sourire aux lèvres en sirotant son thé. Elle ne partait que pour quelques jours, mais il allait lui manquer.

Charles Williams arriva à l'aéroport de Heathrow avec une demi-heure de retard. Il craignait qu'on ait déjà réattribué sa place, mais il fut vite soulagé. Ayant pour seule valise un bagage cabine, il s'épargna l'attente au comptoir d'enregistrement, et, une fois sa carte d'embarquement retirée à la borne, il se dépêcha de filer au salon de la classe affaires pour manger un morceau. Il n'avait pas entendu son réveil sonner, et c'est tout ébouriffé et l'air épuisé qu'il s'installa sur un siège en face d'Ellen, manquant renverser son café.

Elle le remarqua immédiatement. C'était un homme séduisant, fin de la trentaine ou début de la quarantaine, manifestement anglais, qui portait un jean et une chemise au col déboutonné sous une veste en tweed beaucoup trop épaisse pour New York en cette saison. Il avait des chaussures en daim marron foncé : un signe distinctif on ne peut plus britannique. Sa manière de manipuler son journal et son gobelet trahissait une certaine anxiété. Après sa lecture, il sembla se perdre dans ses pensées. Alors qu'ils quittaient le salon, elle l'entendit demander au personnel du comptoir d'embarquement s'il y avait des nouvelles concernant l'ouragan et si la météo aurait une incidence sur le vol. Ellen en déduisit qu'il était probablement un phobique de l'avion – et l'hôtesse sembla faire le même constat. Cette dernière lui adressa un sourire rassurant alors qu'il dégageait une mèche de cheveux bruns de ses yeux inquiets.

— Non, monsieur. Et nous ne décollerions pas si la météo était susceptible de perturber le vol. Tout va bien. Je vous souhaite un bon voyage à bord de notre compagnie.

Il hocha la tête, l'air peu convaincu, et s'éloigna, mallette à la main, traînant derrière lui son bagage cabine. Ellen le suivit et, à sa grande surprise, se retrouva assise à côté de lui dans la cabine. Elle avait le siège côté hublot, et lui côté couloir. Il la salua brièvement, puis accepta avec soulagement la flûte de champagne que lui tendait l'hôtesse. Ellen demanda une petite bouteille d'eau. Elle détestait boire de l'alcool dès le matin, et n'en avait nullement besoin pour surmonter un éventuel stress en avion. Visiblement, lui si, et son anxiété ne fit que croître quand on leur demanda d'éteindre leur téléphone et qu'on annonça la fermeture automatique des portes. Pour une fois, l'avion se dirigeait vers la piste de décollage à l'heure. Il lança un regard à Ellen.

— Je déteste l'avion, surtout les gros. Mais malheureusement il ne restait plus de place sur les autres vols, expliqua-t-il.

Elle lui sourit gentiment, désolée de le voir si stressé.

— Moi, je trouve les gros avions plus stables. On sent à peine les turbulences.

Pendant le décollage, il jeta un coup d'œil par le hublot, s'appliquant à cacher au mieux son angoisse. Quand l'autorisation leur fut donnée de détacher leur ceinture, il accepta une deuxième flûte de champagne et reporta toute son attention sur son ordinateur. Ellen alluma l'écran face à elle et parcourut la sélection de films proposée par la compagnie aérienne. Elle chaussa son casque et passa les deux heures suivantes absorbée par l'intrigue. Bientôt, ce fut l'heure du déjeuner. Elle et son voisin échangèrent quelques propos.

— Vous vivez à New York ? s'enquit-il.

— Non, à Londres, répondit-elle en souriant.

L'homme ne cacha pas sa surprise. Il est vrai qu'elle avait un accent américain et une allure qui ne laissait pas penser qu'elle était anglaise.

— Ah ? OK… Moi, je vais à New York pour le boulot, et mes deux filles vivent là-bas.

Ellen devina une histoire de divorce, mais se contenta de hocher la tête. Ils parlèrent encore un peu, puis, quand on débarrassa leurs plateaux, elle décida de faire une sieste et dormit deux heures d'affilée. Une annonce du cockpit la tira du sommeil.

— Nous allons traverser une zone de turbulences provoquée par les vents de la côte Est, annonça la voix du capitaine. Toutes mes excuses, nous devrions en sortir d'ici une demi-heure.

Ellen jeta un coup d'œil à son voisin, pâle comme un linge, puis elle ferma les yeux pour se rendormir. Elle, les turbulences la berçaient plus qu'autre chose. Une demi-heure plus tard, toutefois, une violente secousse la réveilla. L'homme à côté d'elle était désormais paniqué.

— Vous ne vous sentez pas bien ? lui demanda-t-elle avec compassion en redressant son siège.

Il ne leur restait plus qu'une heure avant d'arriver à New York. Ils survolaient probablement Boston.

Il hésita une minute, puis hocha la tête.

— Si, ça va… Je déteste l'avion dans ces conditions. Ça doit être à cause de l'ouragan. Je ne comprends pas comment ils ont pu nous dire que ça n'aurait pas d'impact sur le vol.

— Les turbulences sont rarement dangereuses, vous savez. C'est surtout désagréable.

L'avion tremblait sous les secousses, à la merci des vents violents. La voix du commandant de bord résonna à nouveau :

— Il semblerait qu'une tempête se prépare à New York, nous venons tout juste d'obtenir la permission d'atterrir à Boston.

— Oh, non…

Le front de son voisin suait à grosses gouttes.

Quant à Ellen, elle n'était vraiment pas ravie de ce changement de programme, qui la contraindrait à passer la nuit à Boston. Le commandant les rassura, leur expliquant qu'il n'y avait pas de réel danger, mais qu'ils souhaitaient simplement leur éviter un vol inconfortable jusqu'à l'aéroport JFK.

Cela n'empêcha pas Charles Williams de se tourner vers elle et de lui dire :

— À chaque fois que je monte dans un avion, je crois que je vais y rester. Autant dire que ma vie ne s'est pas arrangée depuis mon divorce, l'an passé. Vous voulez voir une photo de mes filles ?

Ellen accepta. Cela le distrairait un peu. Elle-même devenait nerveuse à côté de quelqu'un qui tamponnait toutes les deux secondes son front moite de peur. Il sortit son téléphone et fit défiler une longue série de photos montrant deux petites filles adorables. L'une était son portrait craché – avec ses cheveux et ses yeux sombres – et l'autre était à l'opposé : une blonde aux grands yeux bleus.

— Je m'appelle Charles, au fait. Charles Williams. Pardonnez mes manières, je vous prie, je deviens complètement dingue en avion. Mais je vous assure que je suis presque normal sur la terre ferme.

Elle s'esclaffa.

— Ellen Wharton, dit-elle en lui serrant la main.

L'avion entama une descente cahoteuse vers Boston. Cinq minutes plus tard, cependant, il sembla changer de direction, et l'interphone se mit à grésiller.

— Chers passagers, nouveau changement de programme, veuillez nous en excuser. On nous redirige vers l'aéroport JFK comme prévu. Ça va secouer, mais nous sommes en sécurité.

— Hum, c'est forcément l'ouragan, marmonna Charles. Quand je pense à la catastrophe d'il y a cinq ans…

— Vous savez, les tempêtes sont fréquentes en cette période de l'année. Et en général, il y a peu de dégâts.

— Dégâts ou pas, je n'aime pas ça.

— On sera à JFK dans quarante minutes, le rassura-t-elle.

Il se lança dans une conversation ininterrompue, comme pour se distraire de sa propre conviction qu'ils allaient s'écraser à l'atterrissage, sinon avant.

— Ma femme m'a quitté pour un autre, avoua-t-il de but en blanc. Elle voulait devenir actrice, et elle faisait un peu de mannequinat. Elle est partie avec un photographe. Ils vivent à New York maintenant, avec mes filles. Je suppose qu'ils vont finir par se marier.

Finalement, l'ouragan n'était pas sa seule préoccupation…

— J'imagine que ça doit être très dur pour vous, d'être séparé de vos filles, lui dit-elle.

Il acquiesça d'un signe de tête.

— Vous avez des enfants, vous ?

— Non, répondit-elle, tout en luttant contre la vague d'humiliation qui menaçait de l'engloutir à chaque fois qu'on lui posait cette question.

Les secousses se firent plus violentes.

— Qu'est-ce que vous faites dans la vie ? s'enquit précipitamment Charles.

— Je suis architecte d'intérieur. Mon mari est avocat.

— Moi, je suis banquier d'investissement.

Ils entendirent le train d'atterrissage descendre ; le commandant de bord demanda à l'équipage d'attacher sa ceinture pendant la traversée d'une zone de turbulences qui s'annonçaient violentes.

— J'ai des affaires à régler à New York, poursuivit Charles, mais j'espère pouvoir voir mes filles ce week-end, si elles ont un peu de temps.

Il la fixa un instant.

— Vous n'avez pas peur ? chuchota-t-il soudain.

— Non, ça va. Je ne dirais pas que j'aime être secouée comme ça, mais on va atterrir dans quelques minutes.

— Hum… Ce n'était peut-être pas très sage de retourner sur New York, quoi qu'en dise le commandant. Vous voyagez pour le boulot ?

— Oui, et pour voir ma mère. Elle vit à Manhattan.

— Vous savez, Ellen – c'est bien ça ? –, c'est vraiment très gentil d'accepter de me faire la conversation. Vraiment. Sans vous, je serais probablement en train de dévaler l'allée en hurlant.

Elle éclata de rire. Son autodérision et sa peur assumée le rendaient touchant.

D'une secousse à l'autre, l'avion perdait de l'altitude. Par paliers. Sans s'en rendre compte, Charles s'était agrippé au bras d'Ellen, qui se mit à prier pour que l'avion atterrisse avant que son voisin ne lui broie le bras ou ne s'évanouisse.

Après avoir plané au-dessus de l'eau, l'engin entra en collision avec la piste d'atterrissage et continua sur sa lancée, alors que le pilote luttait pour maintenir la trajectoire droite contre les vents. L'atterrissage lui-même avait été une superbe démonstration de maîtrise, mais encore fallait-il que l'avion parvienne à s'arrêter sans encombre. Jetant un coup d'œil par le hublot, Ellen remarqua les véhicules d'urgence garés sur la piste, toutes lumières allumées. C'était une première pour elle, et ça n'avait rien de rassurant. Heureusement, l'avion maintint sa trajectoire et finit par s'arrêter complètement quelques minutes, avant de prendre la direction de la porte. Charles était au bord des larmes.

— Chers passagers, navré pour cet atterrissage brutal. C'est une grosse tempête, ce soir, à New York. L'ouragan Ophelia arrive. Quoi qu'il en soit, bienvenue à l'aéroport JFK, et merci d'avoir voyagé avec notre compagnie.

— C'était pour nous, tous ces véhicules ? demanda Charles en remarquant les gyrophares.

Il se rendit compte alors qu'il serrait le bras d'Ellen, probablement depuis un certain temps…

— Oh, mon Dieu, je suis désolé. Je ne pensais pas que…, s'excusa-t-il en la libérant sur-le-champ.

— Aucun souci, répondit-elle avec un sourire. Vous devriez suivre un de ces stages pour les phobiques de l'avion. Il paraît que ça marche.

— Franchement, ça m'étonnerait. De toute façon, depuis que ma femme est partie avec ce crétin de Nigel, je ne suis plus moi-même.

Charles parut soudain gêné. Il s'était épanché sans retenue aucune auprès d'une parfaite inconnue.

— Vous pensez qu'ils ont cru qu'on allait s'écraser ? lui demanda-t-il pour changer de sujet.

— Non. C'est une simple précaution, à mon avis.

Des hommes en uniforme jaune fluo continuaient de guider l'avion, résistant de toutes leurs forces aux bourrasques.

— On va avoir mauvais temps toute la semaine, jusqu'à ce que la tempête passe, remarqua-t-elle avec un soupir.

Quelle déception ! Elle et sa mère aimaient tant se promener en ville…

— « Tempête » est un euphémisme, rétorqua Charles. C'est plutôt un cyclone.

L'énorme appareil continua de rouler jusqu'au terminal et se gara enfin devant la porte.

— En tout cas, reprit-il, merci encore de m'avoir supporté. Je ne sais ce que j'aurais fait sans vous.

— Oui, le pire est passé.

Ils se levèrent pour rassembler leurs affaires.

— Passez un bon séjour à New York, conclut-il, avant de se ruer hors de l'avion en traînant son bagage derrière lui.

Ellen suivit la vague des passagers plus lents. Elle traversa le terminal pour rejoindre le carrousel à bagages tout en songeant que Charles était un homme intelligent, gentil, et certainement séduisant. Mais c'était à l'évidence quelqu'un de très anxieux. Elle était désolée pour lui que sa femme l'ait quitté…

À l'extérieur du terminal, une longue file s'était formée au niveau de l'arrêt des taxis, peu nombreux ce jour-là. Elle aperçut Charles en tête de queue. Il lui faisait signe de le rejoindre.

— Vous voulez partager un taxi ? proposa-t-il quand elle fut devant lui. Ça m'étonnerait qu'il y en ait pour tout le monde. Vous allez où ?

— À Tribeca.

Étrangement, elle avait l'impression qu'après cet atterrissage périlleux ils étaient devenus de vieux amis.

— Ça tombe bien, j'ai réservé une chambre au SoHo Grand. Vous êtes sur mon chemin, laissez-moi vous déposer. Je vous dois bien ça, après avoir manqué de vous arracher le bras.

Elle sourit.

Ils s'installèrent dans le taxi qui venait de s'arrêter devant eux, donnèrent les adresses au chauffeur et se mirent en route vers Manhattan.

— Je suis désolé de vous avoir raconté tout ça au sujet de mon divorce. J'ai encore du mal à m'adapter à cette nouvelle situation, surtout avec mes filles qui vivent si loin de moi maintenant. J'essaie de les voir aussi souvent que possible ; elles passent toutes leurs vacances avec moi à Londres.

Il se tourna soudain vers le chauffeur.

— Il y a des nouvelles de l'ouragan, au fait ? On dirait qu'il est déjà là.

— Oh, c'est rien, ça, répondit l'homme avec un accent étranger marqué. Vous auriez vu Sandy, il y a cinq ans… La compagnie a perdu presque tous ses taxis. Il y avait trois mètres d'eau dans le garage. Mais celui-ci, je pense qu'il va se calmer en arrivant chez nous, comme Irene. À l'époque, en 2011, tout le monde avait été évacué pour trois gouttes d'eau. On dramatise, et finalement il se passe rien. Mais Sandy, c'était autre chose… Pire que Katrina à La Nouvelle-Orléans. J'habite au bout du Queens, et mon frère a perdu sa maison.

Cinq ans après, les New-Yorkais parlaient encore de Sandy avec sidération. Une catastrophe que personne n'avait anticipée…

— Oui, c'était vraiment horrible, renchérit Ellen. L'immeuble de ma mère a subi de gros dégâts. Après ça, je voulais qu'elle déménage, mais elle refuse. Elle adore son quartier.

— Ça a l'air plutôt dangereux d'habiter par ici, commenta Charles en regardant les branches des arbres sur le bord de la route fouetter l'air au gré des bourrasques.

La pluie s'était un peu calmée, cependant. Et quand ils entrèrent dans Manhattan, le vent n'était plus aussi puissant. Le taxi se gara devant l'immeuble de Grace. Ellen insista pour payer sa part du trajet, mais Charles refusa catégoriquement.

— Ne soyez pas ridicule, voyons, vous allez déjà devoir payer des séances de rééducation pour votre bras, plaisanta-t-il.

Elle rit.

— Mon bras va très bien, ne vous en faites pas. Merci pour le taxi. J'espère que vous passerez une bonne semaine avec vos filles.

— Et vous avec votre mère. Pourvu que vous ayez raison et qu'il n'y ait pas de vrai ouragan.

Souriant, détendu, il n'avait plus rien de la boule de nerfs de tout à l'heure, convaincue que l'avion allait s'écraser.

Le chauffeur sortit la valise du coffre et la passa directement au portier, qui sourit en reconnaissant Ellen et disparut aussitôt à l'intérieur.

— Merci encore, lança-t-elle une dernière fois depuis le trottoir.

Le taxi démarra, et Charles lui fit signe derrière la vitre. Quelle chance d'avoir été placé à côté d'elle dans l'avion ! Sans ça, il serait devenu fou. Maintenant que son angoisse s'était dissipée, il ne pensait plus qu'à revoir Lydia et Chloe. Il alluma son téléphone et composa le numéro de leur mère, mais tomba directement sur le répondeur. Il lui laissa un message la prévenant qu'il était de passage à New York, qu'il avait une chambre au SoHo Grand, et qu'il espérait qu'elle le rappellerait pour que les filles puissent passer le week-end avec lui.

Au même instant, Ellen insérait sa clé dans la serrure et pénétrait dans l'appartement de sa mère. Quelques minutes plus tard, le téléphone sonna. C'était Grace, qui lui promettait d'arriver très vite. Ellen défit ses valises, ce qui laissa juste le temps à sa mère de rentrer. À peine le seuil franchi, cette dernière la serra dans ses bras. Grace n'était pas aussi élancée que sa fille, mais c'était une femme éblouissante, avec sa chevelure de feu et ses yeux verts. Elle avait un air aristocratique et une élégance totalement dépourvue de snobisme. Elle portait ce jour-là un pantalon et un pull noirs, et ses cheveux tombaient en une longue tresse dans son dos, comme souvent lorsqu'elle travaillait. Alors que mère et fille s'étreignaient tendrement, le sourire aux lèvres, un petit bichon maltais blanc se mit à japper joyeusement à leurs pieds.

— Du calme, Blanche. C'est Ellen.

La petite boule de poils immaculée sautillait autour d'elles. Grace tenait à sa chienne comme à la prunelle de ses yeux et ne la quittait jamais. Elle l'emmenait au bureau, revendiquant fièrement l'image de petite vieille à bichon – qu'importe ce que les autres en pensaient. Grace Madison ne s'excusait jamais d'être elle-même.

Ellen parcourut l'appartement du regard alors qu'elles s'installaient sur l'énorme canapé en laine blanche qu'elle avait déniché pour sa mère. Deux grands tapis blancs tissés main habillaient le sol, mettant en valeur le mobilier moderne qui côtoyait quelques pièces des années cinquante et des tableaux colorés d'art contemporain. Grace avait entièrement revu la configuration de l'appartement. Celui-ci s'élevait sur deux étages – au rez-de-chaussée et au premier – si bien qu'on s'y sentait plus comme dans une maison. Et malgré son atmosphère moderne, l'ambiance y était chaleureuse et accueillante.

Grace alluma le feu dans la magnifique cheminée design et les flammes se reflétèrent dans la table basse taillée dans un bloc de verre et commandée sur mesure à Paris. À cette image idyllique s'ajoutait une vue spectaculaire sur l'Hudson et sur les lumières de l'autre rive. La proximité avec le fleuve s'était avérée très dangereuse quand l'ouragan Sandy s'était abattu sur New York, mais Grace s'était contentée de faire réparer les dégâts. Elle ne voulait pas déménager. C'était chez elle.

Blanche sauta sur les coussins à côté de sa maîtresse, tandis que celle-ci prenait la main d'Ellen.

— Tu as fait bon voyage, ma chérie ?

— On a eu beaucoup de turbulences, mais rien de grave. J'imagine que l'ouragan arrive.

— Ça va se calmer, comme toujours, commenta Grace d'un ton serein.

Elles papotèrent pendant deux heures, puis Grace proposa de grignoter un morceau, et elles se rendirent dans la cuisine. La pièce était tout aussi splendide que

le reste de l'appartement. Ellen n'avait pas spécialement faim. Elle était encore calée à l'heure anglaise, et
elle avait assez mangé dans l'avion. Mais elle tint compagnie à sa mère pendant qu'elle mangeait sa salade.

La conversation entre les deux femmes allait bon
train. Les dix jours à venir promettaient d'être heureux,
ponctués de bons et simples dîners en tête à tête.

Dès qu'elle se fut brossé les dents et eut enfilé sa
chemise de nuit, Ellen grimpa sur le lit et envoya un
message à George pour le prévenir qu'elle était bien
arrivée. Elle s'endormit avant même que sa tête ne
touche l'oreiller.

Au même moment, au SoHo Grand Hotel, Charles
envoyait un dernier message à son ex-femme avant
d'aller se coucher, priant pour qu'elle réponde. Il débar-
quait à l'improviste et savait qu'elle n'avait aucune
obligation de le voir, mais tout ce qu'il voulait, c'était
passer du temps avec ses filles. Comme toujours après
un trajet en avion, il se sentait renaître et voulait profiter plus que jamais des bonheurs de la vie. Après avoir
eu si peur de ne pas s'en sortir, il vivait le moment
présent comme une seconde chance qui lui était offerte.
Dans sa tête, tous les passagers avaient été miraculeusement épargnés. Et il ne lui restait plus maintenant
qu'à réussir à joindre Gina pour voir ses filles. Elles lui
manquaient en permanence depuis la séparation. Nigel
ne lui avait pas seulement volé sa femme, mais aussi
ses enfants et sa vie. Malgré la fatigue et le décalage
horaire, il lui fallut plusieurs heures pour s'endormir.
Probablement son esprit attendait-il la réponse de Gina.

2

Il pleuvait des cordes quand Ellen se réveilla le lendemain matin, dans le grand lit moelleux de la chambre d'amis. Peu de temps après son mariage avec George et son emménagement à Londres, sa mère avait vendu l'appartement de son enfance sur Park Avenue. Grace avait eu un coup de cœur pour ce duplex peu commun puisqu'il avait été aménagé dans un vieil entrepôt de Tribeca transformé en résidence. Vingt propriétaires aussi excentriques qu'elle se partageaient le bâtiment. À Tribeca, comme dans tous les quartiers recherchés du sud de Manhattan, le mètre carré valait une fortune. Grace se sentait parfaitement à l'aise dans cette atmosphère vivante, entourée de familles et de jeunes. Elle respirait ici, devant le fleuve. L'Upper East Side était devenu trop coincé pour elle désormais, et elle faisait tout pour l'éviter pendant son temps libre, d'autant que son bureau s'y trouvait déjà. Pour tout ce qui était vie sociale et détente, elle préférait de loin Tribeca, et sa fille ne la comprenait que trop bien.

Quand Ellen entra dans la petite pièce qui faisait office de bureau, Grace était assise derrière son ordinateur, accaparée par sa comptabilité. Comme on était samedi, elle avait enfilé un jean, un pull rouge à col en V et des ballerines noires. Ellen admira sa silhouette fine – résultat d'une pratique du yoga assidue. Avant de découvrir cette discipline, sa mère avait déjà un port de tête gracieux, probablement lié à ses années de danse classique – discipline à laquelle elle-même, Ellen, ne s'était jamais intéressée.

Elle plongea dans un fauteuil confortable, le nez tourné vers la fenêtre.

— Quel sale temps ! lâcha-t-elle. Du nouveau sur l'ouragan ? Il se dirige toujours vers New York ?

Les arbres minces sur la rive ployaient sous les bourrasques violentes.

Grace ne parut pas inquiète.

— Plus ou moins. Mais peu importe ce qu'ils disent maintenant. D'ici son arrivée, il sera rétrogradé en tempête tropicale.

Au cas où, cependant, Grace avait toujours un sac tout prêt fourré quelque part dans un placard, contenant des vêtements de rechange, une trousse de secours et l'essentiel en cas d'évacuation.

Depuis l'inondation cinq ans plus tôt, l'immeuble avait été classé en zone 1 comme toutes les constructions situées si près du fleuve. Ils avaient également installé un générateur électrique de secours, ce qui suffisait à rassurer Grace – d'autant qu'elle n'était pas du genre à ressasser les malheurs passés. Au contraire, elle se tournait vers le futur, fidèle à l'attitude pragmatique et positive qui avait influencé Ellen pendant toute son enfance et jusqu'à aujourd'hui.

Dans la philosophie de Grace, rien n'était impossible, et c'est dans ce mantra qu'Ellen avait puisé sa force au cours des quatre dernières années passées à tenter d'avoir un enfant. La jeune femme était convaincue qu'un jour ou l'autre ses rêves de famille se réaliseraient. Elle restait concentrée sur l'objectif : le bébé qu'elle aurait un jour avec George.

Grace taisait le fond de sa pensée pour ne pas décourager sa fille, mais elle se demandait en secret si, dans cette situation particulière, il n'aurait pas été plus sage de recourir à un plan plus réaliste, telle l'adoption. Certes, son courage et sa détermination étaient admirables, et l'attitude de George l'était également : son gendre se soumettait aux contraintes imposées par Ellen malgré les résultats peu probants. Beaucoup d'hommes auraient abandonné plus tôt. Elle-même aurait aimé avoir un deuxième enfant, mais après plusieurs fausses couches, elle avait décidé qu'une fille était bien assez et n'avait jamais regretté d'en être restée là. Bien sûr, elle pouvait comprendre le désir d'avoir au moins un enfant, mais, à ses yeux, l'adoption était une solution parfaitement acceptable. Elle supposait que ce rejet catégorique devait autant aux opinions traditionnelles de George sur la transmission et l'héritage qu'au refus obstiné de sa fille d'abandonner la partie. Les chats ne font pas des chiens, et les deux femmes étaient réputées pour leur volonté de fer, leur travail acharné et leur persévérance.

— De quoi est-ce que tu as envie aujourd'hui ? demanda Grace en souriant à sa fille.

— Ce que tu veux. Tant que je passe du temps avec toi, tout me va. Tu as des courses à faire ?

Elles adoraient faire les boutiques ensemble, se promener dans SoHo et Tribeca, dégoter un petit restaurant pour le déjeuner. Malheureusement, la météo se prêtait peu à ce programme.

— D'ailleurs, reprit Ellen, tu ne penses pas qu'on devrait faire quelques réserves ? On ne sait jamais, si les magasins ferment et qu'on se retrouve coincées ici pendant plusieurs jours ?

Ellen connaissait par cœur la procédure en cas d'ouragan, mais Grace balaya l'hypothèse d'un revers de main.

— Ne paniquons pas si vite. Avec toutes ces alertes météorologiques à la télé, la moitié des habitants de New York est probablement déjà en train de dévaliser les supermarchés. Je n'ai pas envie de me retrouver avec une montagne de packs d'eau et de conserves inutiles. J'ai des lampes torches, des bougies, des piles, et tout ce qu'il faut, ne t'inquiète pas. J'en ai soupé de la bonne vieille histoire du garçon qui crie au loup. La dernière fois, il m'a fallu un mois pour venir à bout de mon stock de bouteilles d'eau, et j'ai donné toutes les denrées alimentaires à un refuge pour sans-abri. Franchement, je veux bien manger des boîtes de thon et des pêches en conserve, mais il y a des limites !

Pour toute réponse, Ellen sourit à sa mère. Après tout, elle avait peut-être raison.

— On va faire les boutiques ? proposa Grace. Il me faut un nouveau pull pour Blanche, elle a mangé tous les brillants sur le dernier.

Elle avait dit ça avec un air contrarié qui amusa beaucoup Ellen.

— Elle a plus de vêtements que moi ! se moqua-t-elle gentiment. Dommage que je ne fasse pas sa taille…

Grace affichait sans honte son amour inconditionnel pour son petit chien et avouait volontiers qu'elle le gâtait beaucoup trop. L'appartement entier, pour le reste impeccablement rangé, était jonché de joujoux.

— Tu as peut-être besoin de quelque chose, toi aussi ? demanda-t-elle à sa fille.

Grace était très généreuse et faisait fréquemment parvenir des cadeaux à Ellen à Londres.

— C'est vrai que j'aimerais bien faire un tour dans les boutiques vintage et chez les antiquaires. Je cherche des meubles pour deux clients en ce moment.

Il lui était arrivé de faire des trouvailles surprenantes dans les petites boutiques de Manhattan, des articles uniques qu'elle n'aurait pu acheter nulle part ailleurs. Ellen adorait les endroits insolites, et elle faisait régulièrement le voyage à Paris afin d'aller aux enchères de Drouot. Ces dernières années, elle avait eu beaucoup de chance et avait déniché des pièces fabuleuses pour ses clients et pour elle-même. Drouot, c'était comme se lancer dans une chasse au trésor – on ne sait jamais ce qui nous attend à l'arrivée.

Les deux femmes se mirent d'accord pour affronter les intempéries une demi-heure plus tard. Ce n'étaient pas trois gouttes d'eau qui allaient leur faire peur. Ellen alla se faire un café à la cuisine et alluma la petite télé pour écouter le dernier bulletin météorologique sur la chaîne d'informations. Des cartes multicolores montraient la trajectoire et la vitesse de l'ouragan. Pour le moment, les experts prévoyaient son passage sur la côte du New Jersey et de New York, mais cela pouvait changer, l'ouragan étant encore assez loin dans les Caraïbes. Si sa trajectoire ne changeait pas, en revanche, il faudrait évacuer les habitants et fermer les transports en commun. Mais on n'en était pas là… Les autorités allaient faire des déclarations toutes les heures pour tenir la population informée.

Rassurée, Ellen éteignit la télévision et monta au premier pour se changer. Elle envisagea d'appeler George, mais se ravisa : mieux valait envoyer un SMS. À cette heure-là, il était probablement attablé dans le vieux manoir de ses amis. La bâtisse datait des Tudor et appartenait à la famille depuis des générations. Elle se prêtait parfaitement aux week-ends festifs que George appréciait tant. Pour sa part, Ellen les trouvait un peu fatigants, surtout parce qu'elle devait encore faire des efforts pour s'intégrer à cette clique qui s'était formée il y a très longtemps, sur les bancs de l'école. Certains s'étaient même mariés entre eux.

Ellen partageait cette sensation de pièce rapportée avec son amie Mireille. Les deux femmes en riaient secrètement. La plupart des membres de ce groupe élitiste étaient issus de la noblesse anglaise et connaissaient par cœur leur arbre généalogique sur des siècles. C'était d'ailleurs un de leurs sujets de conversation favoris – qui avait épousé qui ? qui étaient les descendants légitimes ? les héritiers de la couronne ? Ellen, quant à elle, était loin d'être passionnée par ce sujet, qu'elle trouvait plutôt ridicule. Elle s'intéressait davantage au présent, à son travail ou à son couple. Mais les autres prenaient la généalogie très au sérieux, surtout George.

Mère et fille quittèrent l'appartement une demi-heure plus tard comme prévu. Dehors, les vents violents s'engouffraient dans les rues de Tribeca. Les feuilles virevoltaient dans l'air et des papiers tournoyaient à leurs pieds, mais cela n'était pas désagréable. Les températures avaient drastiquement chuté dans la nuit, et la fraîcheur s'avéra revigorante. Fort heureusement, Ellen avait mis un pull épais sous l'imperméable emprunté à sa mère. Grace portait un ciré et des bottes Wellington vernies noires. Ses mèches rousses volaient dans tous les sens. Les deux femmes papotaient et riaient dans les rues de SoHo, ne se souciant nullement de leur brushing malmené par le vent et s'arrêtant devant leurs boutiques fétiches. Nombre d'entre elles, toutefois, étaient fermées. Les autorités n'avaient pas publié d'arrêté officiel, mais beaucoup de gérants de magasin, méfiants, avaient baissé leur rideau pour la journée et calfeutré les vitrines à l'aide de cartons et de scotch. Le plus grand danger avec les précipitations et le vent, c'étaient les arbres qui menaçaient de tomber une fois les sols détrempés et les branches volantes.

Elles avaient laissé la chienne à la maison, au prétexte, disait Grace, qu'elle détestait la pluie – et non faute d'avoir la garde-robe adéquate : imperméable et mini-bottes.

— Elle refuse de les porter, cette idiote. Pourtant, elle est si mignonne avec !

Ellen leva les yeux au ciel.

— Maman, surtout, évite de tenir ce genre de propos en public, les gens vont penser que tu débloques.

— Que veux-tu ? Blanche est de si bonne compagnie ; je l'adore. Et puis, qu'est-ce que ça peut bien faire si les gens me trouvent ridicule ? Je ne fais de mal à personne.

Grace vivait seule depuis au moins dix ans. Son dernier amant en date avait été un architecte de renom. Ils avaient travaillé sur un projet commun avant d'entretenir une liaison de plusieurs années. Puis l'homme avait succombé à une crise cardiaque… Grace n'avait eu personne dans sa vie depuis et elle acceptait son sort avec philosophie. Les femmes de son âge ne croulaient pas sous les propositions, d'autant que les hommes entre soixante et soixante-dix ans avaient tendance à chercher des compagnes deux fois plus jeunes qu'eux. « L'esprit sage ne peut rivaliser avec la chair fraîche, disait-elle avec pragmatisme, et je ne peux pas en vouloir aux hommes pour ça. »

Elle reportait donc toute son affection sur Blanche, profitait des visites de sa fille, s'investissait dans son travail, et entretenait ses amitiés. Sa vie la satisfaisait, même si elle admettait volontiers qu'avoir un compagnon à ses côtés n'aurait pas été désagréable. À d'autres moments, toutefois, elle disait aussi que les hommes de son âge étaient source d'innombrables ennuis. En gros, elle ne voulait pas devenir l'infirmière d'un homme sans avoir profité des meilleures années. À quoi bon apparaître sur scène uniquement pour le dernier acte, d'autant que celui-ci finissait mal ?

Mère et fille déjeunèrent dans un bistro français dont elles raffolaient, où régnait la bonne humeur. Les autres clients semblaient aussi peu soucieux des intempéries qu'elles. Il faut dire que des mesures avaient été prises depuis Sandy pour améliorer la sécurité des habitants. Au début, les travaux suggérés étaient pour la plupart irréalisables et trop coûteux, comme ce barrage anti-tempête dans le port extérieur qui se chiffrait à quinze milliards de dollars ! Tous ces chantiers semblaient bien trop onéreux et exagérés. Des compromis raisonnables avaient donc été mis en place pour améliorer les conditions de sécurité, comme une élévation des dunes de sable et des récifs, ainsi qu'une révision des normes dans l'immobilier.

Après le déjeuner, les deux femmes se dirigèrent vers les quelques boutiques de luxe qui avaient ouvert. Ellen acheta une jupe rouge chez Prada, et Grace un cabas chez Chanel, qu'elle trouvait de la taille idéale pour transporter Blanche au bureau, ou la dissimuler dans les restaurants. La chienne avait l'habitude des voyages en catimini et ne faisait pas un bruit quand Grace la planquait dans son sac à main. Sur le chemin du retour, elles s'arrêtèrent à la boutique animalière, où Grace acheta des petits pulls bleu pastel et rose flashy en cachemire, avec le collier assorti, ainsi qu'une demi-douzaine de jouets. Une folie dépensière qui ne manqua pas de lui attirer les réflexions taquines d'Ellen.

George appela alors qu'elles rentraient à la maison. Il avait entendu aux informations télévisées des prévisions météorologiques effrayantes. L'expert comparait l'ouragan à Sandy. Ellen le rassura.

— Hum, c'est une exagération des médias pour rendre l'événement intéressant. Personne n'est inquiet ici, je t'assure. Il n'y a pas eu d'évacuations, et l'ouragan est encore à plusieurs jours d'ici. Les prévisions ont le temps de changer.

— Peut-être. Mais ça pourrait aussi empirer. Pourquoi tu n'emmènerais pas ta mère en week-end pour quelques jours ?

— Chéri, c'est ridicule. On ne va pas partir. Les autorités sont tout à fait compétentes, elles en font trop, même. On le saura si la situation évolue de manière dangereuse. La ville et les gens sont mieux préparés que pour Sandy. Personne ne sera pris par surprise.

— Hum... Je ne vois pas bien comment vous pourriez empêcher la crue du fleuve, et ta mère habite en zone 1.

Ellen sourit. Son mari connaissait désormais tout le vocabulaire et la géographie de New York.

— Ne t'en fais pas, chéri. Tout va bien de notre côté. Profite plutôt de ton week-end.

— J'ai du mal, dans ces conditions...

— Je te dis que l'ouragan ne viendra pas jusqu'ici ! Et au pire, on a tout ce qu'il faut.

— Vous avez fait des réserves d'eau, de nourriture, et de piles pour les lampes torches ? demanda-t-il d'un ton presque autoritaire.

— Ma mère a tout ce qu'il faut. Tout va bien, je te le promets.

Elle lui demanda des nouvelles de leurs amis pour le distraire de ses préoccupations. Le manoir accueillait cette fois-ci quatorze invités, dont quelques-uns qu'elle ne connaissait pas. Elle fut rassurée de savoir qu'il s'amusait bien : au moins, son absence lui semblerait moins longue. Ellen culpabilisait toujours un peu de l'abandonner, même quand elle voyageait pour le boulot. Heureusement, la semaine, son travail l'accaparait, et, le week-end suivant, il avait prévu d'aller chasser.

Après cet appel, Grace et Ellen s'installèrent chacune devant leur ordinateur. Blanche dormait aux pieds de sa maîtresse, laquelle l'avait enfin laissée tranquille après lui avoir fait essayer les nouveaux pulls et s'être extasiée sur son allure. Dehors, la pluie et le vent ne s'étaient pas calmés, mais à l'intérieur de l'appartement, il faisait bien chaud et une musique apaisante berçait les deux travailleuses.

À l'hôtel SoHo Grand, Charles avait appelé Gina dès son réveil et était une fois encore tombé sur son répondeur. Il lui avait envoyé un mail, puis un SMS. Il savait qu'elle ne relevait pas systématiquement ses messages, surtout le week-end quand les filles étaient à la maison. Chloe avait intégré une équipe de foot, tandis que Lydia commençait la danse classique. Les deux filles semblaient apprécier leur vie à New York et leurs nouveaux amis. Elles ne mentionnaient jamais Nigel devant leur père – peut-être se doutaient-elles instinctivement que c'était mieux ainsi. À chaque fois qu'il passait du temps avec elles, Charles voyait bien qu'elles étaient heureuses avec leur mère, et cette pensée lui serrait plus encore le cœur. Il avait toujours été un père attentif et un mari aimant. Mais la différence d'âge de dix ans entre Gina et lui et leurs centres d'intérêt divergents étaient devenus un fossé qu'ils ne pouvaient plus franchir.

Gina n'était pas encore rangée quand ils s'étaient mariés. Elle adorait sortir le soir, tandis que la période des quatre cents coups était révolue pour Charles, qui se concentrait sur sa carrière et préférait passer ses soirées à la maison. Gina, elle, évoluait dans le monde plus classieux et exotique du mannequinat, et la stabilité que lui offrait Charles ne l'intéressait pas. Une fois mariée, elle avait commencé à trouver leur vie de couple et leurs amis complètement rasoirs.

Les parents de Charles ne lui avaient pas caché leurs doutes. Ils la disaient trop immature et pensaient qu'elle ne l'appréciait pas à sa juste valeur. Ce qui s'avéra on ne peut plus exact. Charles, lui, avait cru qu'il faudrait simplement du temps à Gina pour qu'elle s'adapte à ce nouveau mode de vie. C'est là qu'il s'était trompé.

Car les grands rêves d'actrice de Gina la dévoraient de l'intérieur, et le mannequinat l'exposait à un monde très différent du sien et à des tentations multiples. Quand elle était tombée enceinte de Chloe, six mois après leur rencontre, Charles lui avait immédiatement fait sa demande. Pour lui, c'était une évidence, et il l'aimait. Gina, en revanche, n'avait pas vu le mariage comme une obligation et aurait voulu attendre la fin de sa grossesse. Mais cela allait à l'encontre de tous les principes de Charles. Vieux jeu, traditionnel, il voulait un vrai beau mariage, il voulait fonder une vraie et belle famille avec elle. Et c'est ainsi qu'il l'avait convaincue de l'épouser alors qu'elle avait tout juste vingt-quatre ans, qu'elle était enceinte de quatre mois, que sa carrière de mannequin commençait à décoller et qu'on lui offrait de plus en plus de petits rôles d'actrice. Autant dire que la vie conjugale lui était apparue d'autant plus assommante.

Deux ans plus tard, Lydia était arrivée, tout aussi imprévue. Ce deuxième enfant avait plus encore ancré Gina dans la vie de famille, l'éloignant de ses ambitions. Charles lui avait promis de l'aider avec les filles, d'embaucher une nounou, et il avait tenu parole. Il adorait ses filles et était fou amoureux de sa femme. Elle aussi l'aimait, mais elle ne supportait pas les restrictions du mariage et les conflits avec sa carrière qui en découlaient. Le jour de ses trente ans, elle avait été submergée par une vague d'angoisse, par la peur d'être piégée dans cette vie domestique et de voir sa carrière d'actrice étouffée avant même d'avoir débuté. Les valeurs de Charles ne représentaient plus qu'une menace à ses yeux, et elle lui en voulait de l'avoir entraînée dans le mariage si jeune. Nombre de ses amies avaient eu des enfants sans passer devant l'autel, et elle disait qu'elle aurait préféré cette solution. Pour elle, le mariage était une prison.

Elle rêvait d'intégrer le monde glamour du cinéma et de la mode, de ce milieu créatif qui lui semblait bien plus divertissant. Elle avait essayé d'expliquer à Charles qu'être la femme d'un banquier ne lui suffisait pas. Puis Nigel avait fait son apparition. Tel un émissaire du monde auquel elle aspirait. Il était exactement son genre – en tout cas c'était ce qu'elle croyait –, un photographe rencontré sur une plage de Tahiti pour le shooting de l'édition italienne de *Vogue*.

Elle avait dit à Charles qu'elle n'avait jamais souhaité que les choses dérapent, que sa liaison avec Nigel avait démarré sans prévenir, d'un coup, dans cet environnement paradisiaque. Évidemment, cela avait tout de suite attiré l'attention des tabloïds, car Nigel était une personnalité connue dans le milieu de la mode. S'en était suivie une longue période de cauchemar et d'humiliation pour Charles. Gina, pensant faire au mieux pour lui, avait officialisé leur séparation en à peine deux mois. Elle lui avait dit qu'elle avait besoin de retrouver sa liberté, de profiter de sa jeunesse. Ils avaient tous les deux pleuré, mais elle était sûre de sa décision. Il faut dire que Nigel était très attirant...

Elle avait déménagé à New York pour travailler avec l'édition américaine de *Vogue*, dont Nigel était le chouchou du moment. Ce dernier lui avait promis des opportunités éblouissantes si elle le suivait – peut-être même celle de jouer dans un film avec des producteurs qu'il connaissait à L.A. Gina n'avait pas pu résister...

Charles aurait pu embaucher un avocat pour empêcher ce déménagement, mais il savait qu'un recours au tribunal aurait donné lieu à un scandale dans les journaux et qu'elle lui en voudrait toujours de l'avoir privée de ses rêves. Il n'avait donc eu d'autre choix que de la laisser partir – et de haïr celui qui la lui avait ravie.

Nigel avait aidé Gina à trouver un agent à New York et avait complété son book de photos. Sa carrière avait décollé. Au bout d'un an, Gina était devenue un mannequin très demandé, elle adorait New York, était toujours avec Nigel... Et pour couronner le tout, les filles étaient heureuses avec elle. Charles était amer. Il l'avait perdue pour de bon. Nigel et son monde lui convenaient mieux que tout ce qu'il avait à lui offrir. Même l'allure négligée du photographe – que Charles trouvait ridicule – correspondait aux critères tendance du milieu que Gina avait toujours rêvé d'intégrer.

C'était comme si toute la vie de Charles avait éclaté en morceaux du jour au lendemain. Le divorce avait été prononcé, et il se demandait maintenant si elle comptait épouser Nigel ou faire un enfant avec lui. Dans leur monde, le mariage n'avait pas de valeur ou de signification particulière. Les relations et les alliances se nouaient et se défaisaient, qu'elles aient ou non pour résultat un bébé. Ce style de vie était on ne peut plus éloigné des idéaux de Charles.

Cela faisait maintenant un an qu'il était profondément déprimé et sujet à des crises d'angoisse. Juste après le départ de Gina pour New York, il était à peine capable de poser un pied devant l'autre pour arriver à la fin de la journée. Et pour l'heure, il n'avait toujours pas recommencé à sortir. Les autres femmes lui semblaient fades comparées à Gina, et ce malgré sa trahison. Elle était plus belle, plus intéressante, sans compter qu'elle était la mère de ses enfants, un rôle pour lequel il avait le plus profond respect, même si elle ne partageait pas son sentiment. Bref, toutes ses tentatives pour l'oublier avaient échoué. À chaque fois qu'il voyait une photo d'elle dans une pub ou en couverture d'un magazine, son cœur faisait un bond dans sa poitrine. C'était pathétique. Il fallait vraiment qu'il passe à autre chose, mais il n'y parvenait pas.

Et voilà que, fidèle à ses habitudes bohèmes, elle ne le rappelait pas, alors qu'il faisait le pied de grue dans sa chambre d'hôtel dans l'espoir de voir ses filles. Charles décida de sortir prendre l'air.

Dans la rue, les femmes se retournaient sur le passage de ce bel homme qui s'ignorait. Il avait toujours fait preuve d'indifférence devant l'intérêt du sexe opposé et ne s'était d'ailleurs jamais trouvé séduisant, et certainement pas depuis le départ de Gina. Les raisons pour lesquelles elle était tombée amoureuse de lui étaient évidentes aux yeux de tous, sauf aux siens. Beau, intelligent, issu d'une famille respectable, avec une carrière florissante, et idolâtrant sa femme… l'homme idéal. Mais, comparé à Nigel, il était pour Gina trop sérieux et trop conservateur, des caractéristiques qu'on pouvait difficilement qualifier de sexy. D'autant que, sous l'effet du stress, il devenait très gauche. Nigel était bien plus charmeur et plein d'assurance. Secrètement, Charles était persuadé que son rival abandonnerait Gina un jour ou l'autre… Il ne pouvait s'empêcher d'attendre ce moment, rêvait encore de reconstruire son mariage sur de nouvelles bases. Les autres femmes, il ne les voyait même pas. Pourtant, beaucoup se seraient volontiers jetées à son cou.

Il se promena longuement dans SoHo et le long de l'Hudson. Vers seize heures, toujours sans nouvelles de son ex, il finit par rentrer à l'hôtel et alluma la télé pour écouter le bulletin météo. Il n'avait rien de mieux à faire, et la destruction potentielle de la ville avait au moins le mérite de le distraire de ses obsessions. Pourtant, il n'y avait rien de rassurant sur le front climatique. Après un petit détour par les Caraïbes, l'ouragan avait repris le chemin de New York, gagnant de la vitesse au passage. Charles commanda un hamburger au room service et s'assit devant la télé. Les experts de CNN comparaient Ophelia à Sandy. Même si la menace était moins forte, elle ne pouvait pas être écartée.

Charles était inquiet, ne sachant pas où se trouvaient Gina et les filles... C'était rageant de rester dans l'ignorance. Le silence radio de son ex devenait insupportable... Avait-elle oublié son téléphone ? Ou n'avait-elle plus de batterie ? C'était une de ses excuses récurrentes lorsqu'elle ne le rappelait pas.

Mais que pouvait-il faire d'autre qu'attendre ?

À trente et un ans, Juliette Dubois effectuait son assistanat aux urgences d'un des trois plus gros hôpitaux de New York. Quand Sandy avait frappé la côte Est, en 2012, elle était encore en école de médecine à l'université de New York, et on l'avait assignée à l'hôpital correspondant, lequel avait dû être évacué. Elle avait aidé à transférer les patients dans d'autres hôpitaux quand les générateurs de secours avaient lâché. Personne n'avait anticipé de tels dégâts. Il n'y avait pas eu de morts pendant l'évacuation, mais Juliette s'était tout de même retrouvée dans des situations terrifiantes avec des prématurés en couveuse et des patients dont la respiration artificielle avait dû être maintenue manuellement en attendant d'arriver à destination. Bien que l'ouragan Ophelia ne parût pas si dangereux pour l'instant, Juliette avait senti un frisson parcourir son échine quand les premières prévisions avaient annoncé sa venue à New York.

Elle travaillait maintenant depuis plus de quatre heures et n'avait toujours pas eu le temps de prendre une pause. Les samedis étaient toujours de grosses journées aux urgences. Les gens qui tombaient malades pendant la semaine et n'avaient pas pris le temps de consulter un médecin voyaient leur état empirer peu à peu et finissaient par passer le week-end à l'hôpital. C'est aussi le samedi et le dimanche que survenaient les accidents domestiques et les blessures sportives, que les contractions des femmes enceintes se déclenchaient, et que les passants trébuchaient le plus dans la rue. Sans compter qu'une épidémie de grippe sévissait en ce moment et qu'elle affectait plus particulièrement les enfants et les personnes âgées.

Deux personnes avec fracture de la hanche venaient d'être enregistrées dans le service : une femme de quatre-vingt-quatre ans qui avait été renversée par un vélo dans Central Park, et un homme de quatre-vingt-dix ans tombé d'une échelle alors qu'il cherchait à déterminer d'où provenait une fuite d'eau apparue au plafond. Dans la récolte des ambulanciers, on trouvait aussi les habituelles crises cardiaques, blessures mineures, crises d'asthme, petites plaies, ainsi que – plus original – un enfant de quatre ans que sa mère soupçonnait d'avoir avalé une tortue d'eau douce. La diversité des cas traités aux urgences était extrême, allant du plus sérieux au plus insolite. Cela faisait partie de l'intérêt du travail, même si la salle avait souvent des airs de zoo.

À dix-sept heures, alors que Juliette prenait sa première pause de l'après-midi, elle vit passer Will Halter, un médecin en dernière année d'assistanat, avec lequel elle était sortie pendant trois mois cet été-là. Un beau brun ténébreux. Mais l'issue de leur relation avait été désastreuse. Ils ne pouvaient plus se supporter. Juliette lui trouvait un ego de la taille d'un gratte-ciel et, puisqu'elle refusait de contribuer à son gonflement, il l'avait plaquée. Il comptait dans son tableau de chasse quasiment toutes les infirmières du service – célibataires ou non – et elle se sentait stupide d'avoir succombé à son charme – malheureusement irrésistible. Patientes, infirmières, étudiantes en médecine, toutes passaient dans son lit... Ses manières enjôleuses faisaient chavirer les cœurs.

Juliette était convaincue qu'il se fichait éperdument de ses conquêtes et qu'elles n'étaient pour lui que de la chair fraîche – bref, qu'il était un être humain peu recommandable, pour ne pas dire plus.

Il ne l'appréciait pas davantage, ce qui rendait leur relation professionnelle extrêmement difficile et nuisait à la qualité de leur travail, en particulier quand les patients percevaient leur animosité. Ils étaient incapables d'avoir des relations cordiales et n'y parviendraient probablement jamais. Le personnel hospitalier était bien conscient du problème – et tout le monde en connaissait la raison.

Si on l'y forçait, Will admettait à contrecœur que Juliette était un médecin compétent, mais il passait son temps à lancer des remarques sarcastiques à son endroit. Il ne la supportait tout simplement pas en tant que personne, probablement parce qu'elle avait vu clair en lui, et notamment à quel point il était narcissique. En outre, elle n'avait pas peur d'être franche avec lui, ou de remettre en cause ses décisions quand elle pensait que la santé des patients était en jeu. Cela le faisait sortir de ses gonds, bien sûr. Comme il était en dernière année avant la titularisation, Will était son supérieur direct. Juliette avait exposé le problème à leur superviseur, le directeur du programme d'assistanat, parlant à leur sujet d'« incapacité chimique à travailler ensemble », qu'elle expliquait par une allergie mutuelle. Elle ne voulait pas courir le risque que Will sabote sa formation – ce dont elle le croyait tout à fait capable... Heureusement, jusqu'ici, il s'était contenté de la traiter sans une once de respect, mais jamais il n'avait raconté de mensonges à son sujet.

— Je vois que Dieu nous a fait la grâce de sa présence aujourd'hui, fit acerbement remarquer Juliette à l'infirmière en chef du service.

Elle n'eut pas besoin d'en dire plus. Michaela Mancini, derrière le bureau des admissions, éclata de rire.

— Je crois qu'il est arrivé vers seize heures. Oui, c'est une chance qu'il soit venu, avec tous les cas qu'on a... D'habitude, il ne travaille pas le samedi. À ta place, je ne me plaindrais pas, à moins que tu veuilles récupérer une dizaine de patients supplémentaires ? demanda-t-elle avec un grand sourire.

Juliette secoua la tête en récupérant un dossier médical.

— Je suis au maximum, là. Laisse-le travailler un peu, pour changer.

Will était un bon médecin. Même Juliette devait reconnaître que ses diagnostics étaient remarquables, en particulier sur les cas les plus difficiles. Les griefs qu'elle entretenait à son égard étaient entièrement personnels, pas médicaux.

Juliette était une jolie blonde qui arborait une éternelle tresse, ne quittait jamais sa tenue médicale, et ne trouvait jamais le temps de se maquiller. Elle vivait pour son métier et ses patients, et n'avait que peu d'intérêt pour le reste. Dévouée, franche, elle n'usait jamais de son charme pour parvenir à ses fins et, contrairement à Will, elle ne fonctionnait pas à l'ego. Sa famille évoluait dans le milieu médical. Ses deux frères et son père étaient médecins à Détroit, et sa mère avait été infirmière avant de se marier. Tous s'accordaient à dire que les médecins seniors du genre de Will étaient inévitables. Selon eux, sa grande erreur avait été de sortir avec lui : désormais, elle ne pouvait plus se plaindre sans paraître rancunière ou vexée, d'autant plus que c'était lui qui l'avait plaquée.

Ils avaient raison… Elle n'avait donc d'autre choix que de se taire et d'espérer qu'il se lasse un jour de la torturer ainsi.

À la manière d'un esprit malveillant qui apparaît à la simple mention de son nom, Will débarqua au bureau des admissions des urgences cinq minutes plus tard et en profita pour lancer un regard noir à Juliette.

Alors qu'ils consultaient tous les deux les dossiers médicaux, Juliette entreprit de lui poser une question, usant de sa meilleure imitation d'un ton monocorde pour limiter le plus possible le risque de l'énerver. Peu importe ce qu'elle lui disait, tout semblait l'irriter. Les infirmières l'avaient vu sortir de ses gonds à bon nombre de reprises. Il était presque drôle à regarder, comme un feu d'artifice pour la Fête nationale : le spectacle était toujours au rendez-vous.

— Est-ce qu'on a un plan prêt pour l'ouragan, au cas où la ville lance l'alerte ? demanda-t-elle.

Cette question l'avait hantée toute la journée. Depuis son expérience avec Sandy à l'hôpital de NYU, une préparation minimale lui semblait nécessaire.

— Non. Ça ne vaut pas le coup de s'embêter déjà avec ça. On verra le moment venu ; pour l'instant, on n'a pas de temps à perdre. Je ne sais pas pour toi, mais de mon côté j'ai déjà deux fois trop de travail sans cette histoire d'ouragan.

— Moi aussi. Mais il faudrait au moins que quelqu'un vérifie les générateurs de secours. C'est ce qui nous avait mis dans la panade la dernière fois.

— Tu travailles au service maintenance ? lâcha-t-il avec sarcasme. Pourquoi ne vas-tu pas voir le directeur de l'hôpital pour lui en parler directement ?

Ignorant la pique, elle insista :

— Hum. Pourquoi on n'essaierait pas de se tenir prêts au moins ici ? On est au-dessous du niveau de la mer, et assez près du fleuve pour être inondés.

— Tu n'auras qu'à venir avec tes bottes en caoutchouc demain, si tu t'inquiètes tant que ça. Qu'est-ce que tu veux que j'y fasse ? Que je sorte les sacs de sable moi-même ? Je ne suis pas le chef de la maintenance. Arrête de paniquer pour rien, tu vas faire peur aux patients !

Il reposa vivement le dossier qu'il consultait et s'éloigna d'un bon pas. Pour tout commentaire, Michaela haussa un sourcil.

— On devrait avoir un plan de secours, reprit Juliette, soucieuse.

Michaela hocha la tête.

— Peut-être. Mais il a raison : personne n'a le temps de s'en occuper. Et ce qui s'est passé à NYU il y a quatre ans n'arrivera pas ici…

Dépitée, Juliette alla voir le nonagénaire à la hanche fracturée, qui attendait le chirurgien orthopédique.

L'opération était prévue pour cette nuit-là, et sa fille et ses petits-enfants lui répétaient pour la centième fois qu'il n'aurait pas dû monter sur cette maudite échelle. Pourtant, il n'était pas sénile, juste âgé.

— Tout va bien, monsieur Andrews ? demanda Juliette en souriant.

— Je voulais voir d'où venait la fuite au plafond. Les canalisations de l'immeuble sont très vieilles.

Le vieil homme tentait de se justifier. Car sa fille prenait maintenant prétexte de l'accident pour en conclure qu'il n'était plus capable de vivre seul. Juliette voyait bien qu'il trouvait cela ridicule et elle se sentait désolée pour lui. D'autant qu'il avait passé les tests d'acuité intellectuelle sans problème. Il ne souffrait clairement pas de démence… Son problème, c'était qu'il avait quatre-vingt-dix ans, qu'il n'était plus aussi solide ni agile qu'avant, et qu'il vivait seul depuis la mort de sa femme.

— On en est où, sur l'échelle de la douleur ? demanda doucement Juliette en posant sa main sur la sienne.

— Ça va à peu près, répondit-il.

— Ça ira mieux après l'opération, vous verrez.

Le chirurgien fit son apparition, et Juliette demanda aux proches de les laisser un moment. Alors que ceux-ci s'éloignaient, elle les entendit continuer à se plaindre du fait que le vieil homme n'était pas raisonnable, qu'il s'obstinait à faire tout ce qu'il faisait plus jeune, qu'il refusait d'accepter son âge, etc. À ses yeux, toutefois, cette attitude était plutôt une très bonne chose : ça signifiait qu'il était encore plein d'énergie et de vie.

Juliette se rendit ensuite au chevet du jeune gobeur de tortue. Le petit garçon était en train de se rhabiller et sa mère affichait un profond soulagement. L'enfant venait d'avouer qu'il n'avait pas vraiment avalé l'animal, contrairement à ce qu'il avait déclaré plus tôt. Il avait jeté la tortue de sa sœur dans les toilettes, et avait menti pour ne pas être puni. Il récoltait désormais de sérieuses remontrances.

Juliette se tourna vers lui, s'efforçant d'afficher une expression grave.

— Dis-moi, Johnny, tu as un chien ?

— Oui, il s'appelle Dobie. C'est un berger allemand.

— Je suis sûre qu'il est très gentil. Tu veux bien me faire une promesse ?

L'enfant écarquilla les yeux et hocha la tête.

— Tu me jures que tu ne vas pas l'avaler ? Parce que sinon je pense que tu auras très très mal au bidon, et Dobie risque de ne pas aimer ça non plus.

Le garçon pouffa et sa mère sourit.

— Promis juré. Mais je peux pas l'avaler, il est trop gros.

La pauvre tortue l'aurait probablement été aussi. Mais ce n'était pas du jamais-vu. Les urgences accueillaient régulièrement des enfants ayant avalé des objets improbables que les médecins découvraient avec horreur aux rayons X.

— Bien, super, alors ! Salue Dobie de ma part.

Elle l'aida à descendre de la table et signa son autorisation de sortie. Puis elle lui rappela que raconter des salades n'était pas non plus une bonne idée. Il hocha la tête solennellement. Et, alors qu'il s'éloignait dans le couloir avec sa mère, Juliette l'entendit dire qu'il la trouvait très gentille et qu'il l'aimait bien.

La jeune femme continua à faire du tri dans sa liste de patients. Elle était dans la salle d'attente, en train d'informer une famille que leur père qui venait d'avoir une crise cardiaque était en route pour une angioplastie, quand un flash info à la télé attira son attention. Dans la pièce, tous les yeux se rivèrent sur l'écran alors que le présentateur annonçait que Ophelia avait été promu au rang d'ouragan de catégorie 1, qu'il augmentait considérablement de puissance et se dirigeait droit vers eux. La ville était maintenant officiellement en alerte, les métros fermeraient à vingt heures, et toutes les zones sensibles apparaissant à l'écran devaient être évacuées. Les autres habitants étaient priés de rester chez eux après vingt et une heures ce soir-là. On attendait une allocution du maire à dix-huit heures.

— Mince, dit Juliette. Ça recommence.

— Est-ce qu'ils vont fermer l'hôpital ? lui demanda le fils de son patient en cardiologie, visiblement très soucieux.

— Non, ne vous inquiétez pas. Nous sommes équipés pour des urgences de ce type. Nous avons des générateurs de secours, et nous allons prendre toutes les mesures nécessaires. De toute façon, il y a peu de chances pour que ce soit aussi grave qu'avec Sandy, répondit-elle en priant pour que cette dernière affirmation soit vraie.

Des scènes de l'évacuation de l'hôpital de NYU, dans les escaliers avec des lampes torches, traversèrent son esprit.

Elle entreprit d'expliquer à la famille en quoi consistait l'opération de leur père.

De retour au comptoir des admissions, elle apprit que plusieurs infirmières dépendant des transports en commun allaient devoir partir plus tôt. C'est alors qu'elle prit conscience que son propre appartement se trouvait en zone inondable.

— Et toi, Juliette ? lui demanda Michaela. Tu n'as pas besoin d'aller chercher des affaires chez toi ?

La jeune femme haussa les épaules.

— La seule chose de valeur que j'aie est mon passeport, et je peux facilement en refaire un. Tu verrais mon appartement en ce moment : c'est un bazar monstrueux, et je n'ai rien de précieux à mettre à l'abri.

Toute sa vie était à l'hôpital. Elle n'avait pas d'objets à valeur sentimentale, ni d'animaux de compagnie. Ce à quoi elle tenait était resté à Détroit, dans la maison de ses parents. Le studio qu'elle louait à New York n'était rien de plus qu'un toit où dormir entre deux services.

Juliette aperçut Will dans le couloir des urgences, en train de se précipiter au chevet d'un patient. Maintenant que la ville était officiellement en alerte, il n'avait plus le temps d'être désagréable avec elle. Tout ce qu'elle espérait, c'était que quelqu'un au service de maintenance ait eu la présence d'esprit de vérifier le bon fonctionnement des générateurs. Pour sa part, il n'y avait rien qu'elle puisse faire. Et si l'ouragan les frappait avec la même ampleur que Sandy, ils y feraient face. Pour l'instant, elle devait se concentrer sur ses patients et sur son travail, et laisser les autorités compétentes s'occuper du reste.

Ellen resta pétrifiée devant l'écran de télévision pendant un moment. Le quartier de sa mère, en zone 1, était en tête de la liste d'évacuation. Elle se dépêcha d'aller le dire à Grace, qui donnait à manger à Blanche dans la cuisine.

— Il faut qu'on soit parties avant vingt et une heures, maman. On a quatre heures devant nous pour s'organiser et trouver un endroit où dormir. Je pense qu'on devrait réserver dans un hôtel de l'Upper East Side.

La zone au nord de la 39e Rue avait été épargnée par l'ouragan précédent. L'Upper East Side et l'Upper West Side étaient les endroits les moins dangereux. Grace écouta sa fille et réfléchit calmement en posant à terre la gamelle de Blanche. Puis elle se retourna avec une expression déterminée qui surprit Ellen.

— Je reste ici, déclara-t-elle d'une voix ferme. On est tous partis la dernière fois, et j'ai perdu plein d'affaires parce que je n'étais pas là pour protéger l'appartement.

Elle avait eu soixante centimètres d'eau au rez-de-chaussée…

— Et si le salon est encore inondé, je monterai dans la chambre. Ce ne sera probablement pas aussi terrible qu'ils le disent. Ils couvrent leurs arrières parce qu'ils ne veulent pas que les gens se plaignent ensuite de ne pas avoir été prévenus. De toute façon, l'immeuble ne va pas dériver. Et des mesures de sécurité ont été prises depuis Sandy : la copropriété a voté pour que des sacs de sable soient sortis dans le hall d'entrée en cas d'évacuation.

Grace regarda sa fille d'un air de défi.

— Si, c'est décidé, insista-t-elle. Je ne partirai pas. Mais tu peux aller à l'hôtel, si tu veux.

— Tu n'es pas sérieuse, maman… C'est beaucoup trop dangereux. Je ne vais pas te laisser là.

Telle mère, telle fille. Grace sourit devant la ténacité d'Ellen.

— Qu'est-ce que tu comptes faire ? Me porter sur tes épaules ? Ne sois pas ridicule, chérie ; Blanche et moi, on sera très bien ici.

Alors qu'elle lisait la résolution dans le regard de sa mère, Ellen sentit une angoisse lui tordre l'estomac. Et si l'inondation défiait toutes proportions ? Si sa mère se noyait dans l'appartement ? C'était arrivé à d'autres, pendant Sandy : à ceux qui n'avaient pas pu quitter leur domicile ou avaient tenté de fuir trop tard.

— Je ne peux pas te laisser faire ça, maman.

La voix du présentateur télé leur parvint depuis la pièce voisine. L'homme expliquait justement que ne pas évacuer son domicile obligerait les secours à intervenir plus tard et que ces derniers avaient mieux à faire que de s'occuper des habitants irresponsables.

— Voyons, chérie, reprit néanmoins Grace, tu ne vas quand même pas me forcer à partir ! Je suis une adulte, saine d'esprit, et j'ai pris ma décision. Trouve-toi une chambre dans un hôtel, mais moi je reste ici.

Son ton était sans appel. Elle jeta la conserve de pâtée pour chien allégée et entreprit de nettoyer le plan de travail. Puis elle se tourna à nouveau vers sa fille.

— Je vais déménager quelques affaires à l'étage, juste au cas où. Mais vas-y, toi, ajouta-t-elle, je peux très bien m'en charger seule.

Elle se dirigea vers le salon, où elle commença à empiler les objets fragiles sur la table basse, les bibelots et livres notamment. Il faudrait aussi monter ses belles chaises. Certes, elle ne pourrait rien faire pour protéger le canapé et les meubles les plus lourds, mais il y avait vraiment beaucoup de petites choses faciles à déplacer. Et les tableaux étaient a priori accrochés suffisamment haut pour ne pas subir de dégâts.

Tandis qu'elle la regardait s'activer, Ellen prit rapidement une décision. Elle savait ce qu'elle avait à faire. Aussi fou que cela puisse sembler, elle devait rester là avec sa mère, et ce même si elle n'approuvait pas son choix de ne pas évacuer. George n'apprécierait pas, mais elle connaissait sa mère : celle-ci ne bougerait pas d'un iota…

Quoi qu'il advienne dans les prochaines heures et les prochains jours, les dés avaient été jetés.

Stupide ou non, leur décision était prise, et les deux femmes affronteraient ensemble l'ouragan Ophelia.

3

Ellen avait porté les objets précieux à l'étage (les beaux livres qui agrémentaient la table basse du salon, les ouvrages reliés en cuir, les premières éditions…). Elle avait aussi retrouvé les bâches en plastique datant des travaux effectués par Grace après l'ouragan Sandy, et elle faisait maintenant de son mieux pour en recouvrir le mobilier en dépit de Blanche qui lui tournait autour en jappant. Probablement la petite chienne flairait-elle l'imminence d'un événement exceptionnel.

La sonnette retentit. Ellen alla regarder par le judas : c'était le propriétaire de l'appartement de l'autre côté du palier, un homme charmant, qui prenait régulièrement des nouvelles de sa mère. Un écrivain célèbre, originaire de Los Angeles. Ellen ne l'avait croisé qu'une seule fois, mais Grace lui en parlait souvent. Chacun de ses romans policiers se retrouvait sur la liste des meilleures ventes pendant des mois, et nombre d'entre eux avaient été adaptés au cinéma. Ellen en avait lu quelques-uns avec plaisir. Grace, elle, était une véritable groupie : elle les achetait systématiquement

– surtout par affection pour la personne derrière la plume.

Robert Wells bénéficiait d'une renommée mondiale, mais c'était un homme sans prétention, proche de la cinquantaine, calme, réservé, divorcé et père de deux grands enfants.

Ellen lui ouvrit la porte. Il lui sembla bien mieux bâti – et plus jeune – que dans son souvenir.

— Ah, bonsoir ! fit-il, surpris. Votre mère est là ?

— Elle est en train de tout monter à l'étage, expliqua-t-elle avec un sourire.

— Ah… Je ne savais pas que vous étiez là…

Il faisait montre d'un certain embarras.

Ellen se souvint qu'il lui avait déjà paru timide la première fois qu'elle l'avait vu. Son comportement suggérait un caractère introverti et solitaire, mais sa sollicitude vis-à-vis de Grace prouvait qu'il ne vivait pas en ermite.

— Je venais voir si elle avait besoin d'aide, pour l'évacuation…

Grace descendait justement l'escalier, Blanche sur les talons. Reconnaissant le nouvel arrivant, la chienne se rua vers lui, la queue frétillante, et Grace invita son voisin à entrer avec un sourire.

— Bonjour, Bob. En fait, Ellen et moi avons décidé de rester ici, déclara-t-elle.

— Vraiment ? Je ne suis pas certain que ce soit très raisonnable, répondit-il avec tact. L'immeuble a été sacrément touché la dernière fois. Pourquoi n'allez-vous pas à l'hôtel ou chez des amis ?

— La foudre ne frappe jamais deux fois au même endroit, répliqua Grace. C'est ce qu'on dit, non ?

C'était peut-être ce qu'on disait, mais Bob pensait que c'était une très mauvaise idée, surtout à l'âge de Grace. Dans les situations de crise, c'était un facteur à prendre en compte. En cas d'inondation, sa voisine aurait-elle suffisamment de force et d'agilité pour s'échapper du bâtiment ?

— Si ce que prévoient les météorologues est avéré, la rue pourrait se transformer en fleuve avec des vagues jusqu'à six mètres de haut, insista-t-il.

L'argument entendu à la télévision n'avait eu aucun mal à le convaincre de quitter le quartier au plus vite.

— L'eau va monter dans la rue, pas devant ma porte d'entrée, rétorqua Grace fermement. Mais vous, vous partez ?

— Oui, bien sûr. Je vais passer quelques jours chez mon agent, dans l'Upper West Side. En plus, ils ont prévu de couper le courant dans l'immeuble à minuit. À quoi bon rester dans le noir, sans électricité ni climatisation ? Vous devriez y songer et me laisser vous aider à transporter vos affaires, en attendant.

Il jeta un coup d'œil rapide dans le salon. Ellen et Grace avaient été efficaces : la pièce était déjà aux trois quarts vide. En ce qui le concernait, il avait prévu de n'emporter que son roman en cours et sa machine à écrire fétiche – son ordinateur était à ses yeux beaucoup moins précieux, il ne l'utilisait que pour répondre aux mails. Quant à ses anciens manuscrits, Robert Wells les conservait dans un coffre étanche de son bureau à l'étage et il en gardait également une copie à la banque.

Bob aida Ellen à bâcher le mobilier restant. Ils nouèrent les rideaux en hauteur et roulèrent l'un des tapis – l'autre était trop grand. Enfin, ils vidèrent le placard de l'entrée de ses luxueux manteaux, qu'ils montèrent dans la chambre à coucher.

Une heure plus tard, Grace proposa à Robert un verre de vin, qu'il accepta avec plaisir tout en essayant de la convaincre une nouvelle fois de quitter l'immeuble.

— Imaginez, Grace, s'il vous faut patauger ou nager dans les couloirs pour sortir… Et Blanche, qu'allez-vous en faire ?

Bob pensait l'attendrir avec cet argument massue, mais la vieille dame ne céda pas. Résigné devant tant d'obstination, Robert Wells les quitta pour aller préparer ses propres affaires.

Les agents de police n'eurent pas plus de succès : ils faisaient du porte-à-porte pour mettre en garde les habitants et les inciter à évacuer le quartier. Ils ne pouvaient pas cependant contraindre Grace à partir.

Avant de quitter l'immeuble, Robert Wells donna à Grace et Ellen son numéro de portable – en cas de besoin, lâcha-t-il – et leur souhaita bonne chance. Soucieux, il demanda au portier de garder un œil sur elles. Ce dernier le lui promit. Il restait là pour gérer l'inondation en temps réel, si inondation il y avait…

En sortant, Bob remarqua les canots placés au coin de la rue, ce qui amplifia son anxiété. Si Grace n'avait pas eu sa fille avec elle, il aurait insisté encore, quitte à l'emmener avec lui ou à la déposer quelque part dans un quartier éloigné de la zone à risques.

Les deux femmes étaient tranquillement installées dans la chambre de Grace lorsque les lumières s'éteignirent. La coupure était une simple mesure préventive. Le générateur de secours n'alimentait que les couloirs. Ellen alluma des bougies ; Grace fit de même avec une grande lampe à batterie achetée dans une boutique de camping.

— Tout va bien, maman ? demanda Ellen avec inquiétude.

— Oui, oui, ma chérie. Ne t'inquiète donc pas.

Dans la chambre encombrée des piles d'objets et de manteaux, Grace lui souriait. Blanche dormait profondément sur ses genoux, épuisée à force de suivre les allers-retours de sa maîtresse dans l'escalier.

Ellen n'insista pas plus ce soir-là, mais elle espérait convaincre sa mère de s'en aller le lendemain matin. Avant de se coucher, Ellen prit soin de remplir les baignoires. Dans son lit, elle pensa à George, resté en Angleterre. Elle ne l'avait pas appelé, souhaitant garder sa batterie de téléphone chargée au maximum, en cas d'urgence. Elle se demanda s'il s'amusait bien chez ses amis. Il était probablement à des années-lumière de ce qui se passait à New York. Quant à elle, elle était contente d'être aux côtés de sa mère. Elle n'aurait pas aimé la savoir seule, et ce même si Grace s'était montrée très pragmatique dans leurs préparatifs et convaincue que la situation était bien moins dangereuse qu'annoncée.

Pourvu qu'elle eût raison !

Dans le quartier du Lower East Side, au sud de Manhattan, un immeuble de Clinton Street à l'aspect particulièrement vétuste et branlant attirait depuis des années un certain nombre de jeunes, grâce à ses loyers bas. Les résidents étaient surtout des étudiants de l'université de New York, mais aussi quelques artistes. C'était un de ces bons plans que les jeunes se refilaient

– les appartements ne restaient jamais vides plus d'un jour ou deux. Peter Holbrook et Ben Weiss y avaient emménagé deux ans plus tôt. Âgés tous deux de vingt et un ans, ils entraient en troisième année à NYU. Leur appartement miteux, au sixième étage sans ascenseur, meublé de bric-à-brac trouvé sur le trottoir et dans des boutiques caritatives, aurait eu besoin d'un bon coup de peinture. Leurs parents n'étaient pas ravis de les savoir là – la mère de Ben, notamment, craignait un incendie car l'électricité ne répondait pas aux normes –, mais les deux garçons adoraient l'indépendance que leur offrait ce trois-pièces.

Ce dimanche matin, ils se réveillèrent tôt. Ben était déjà installé sur le canapé défoncé du salon, à côté de son chien Mike, un labrador noir, quand Peter entra dans la pièce et jeta un coup d'œil par la fenêtre. La pluie tombait à verse. Le ciel était sombre, menaçant, et le vent soufflait plus fort que la veille. Ils attendaient tous les deux l'arrivée de l'ouragan avec un mélange de curiosité et d'excitation. Depuis leur nid perché au sixième étage, ils se sentaient à l'abri, et Ben avait fait des réserves au supermarché. Ils avaient tout prévu et l'idée d'une évacuation leur semblait ridicule. Ils préféraient de loin rester confinés chez eux. Au pire, s'il fallait quitter l'appartement en urgence et qu'il était impossible de rejoindre le nord de Manhattan où habitaient les parents de Ben, ils pourraient se rendre dans les écoles du quartier ouvertes pour l'occasion : d'après les infos, les animaux de compagnie y étaient acceptés.

Originaire de Chicago, Peter était étudiant en économie tandis que Ben, new-yorkais de naissance, avait intégré la section théâtre de l'école d'arts de NYU.

Ils s'étaient rencontrés quand Peter était sorti avec Anna. La jeune fille était comme une sœur pour Ben, qui la connaissait depuis la maternelle. En l'espace de trois mois, les deux garçons étaient devenus meilleurs amis, puis colocataires. Ils formaient avec Anna un trio inséparable depuis. Les trois mousquetaires et Mike, le labrador.

Peter ouvrait une barquette de donuts lorsque son téléphone sonna. C'était Anna. Elle vivait en colocation avec deux autres filles, et sa mère venait les chercher ce matin-là pour les ramener à l'appartement familial. Elle avait proposé aux garçons de se joindre à elles.

— Bon, alors, vous vous êtes décidés ? Maman arrive dans une demi-heure. On peut passer vous prendre.

— T'en dis quoi ? demanda Peter à Ben, qui jouait avec son chien.

— Si on doit vraiment bouger, on ira plutôt chez mes parents, non ? répondit Ben.

Ce n'est pas que le jeune homme eût spécialement envie de se coltiner ses parents et son petit frère de quatorze ans, mais la probabilité d'une évacuation forcée lui semblait faible. Tant qu'ils ne sortaient pas de leur immeuble, tout irait bien.

— Dis-lui qu'on la préviendra si on change d'avis, conclut-il.

— On reste là pour l'instant, transmit Peter tout en mordant dans son donut sous le regard suppliant du chien.

— Vous êtes débiles, lâcha Anna. Et si le quartier est inondé ? Vous allez vous retrouver coincés. Et il n'y aura aucun magasin d'ouvert, ça j'en suis sûre.

— On a fait les courses hier, rétorqua Peter.

Il échangea un sourire avec Ben en pensant à leurs provisions qui se composaient essentiellement d'aliments gras et sucrés et de boissons tout aussi peu saines.

— Et vous avez acheté quoi ? Des donuts et de la bière, devina Anna. Vous n'aurez même pas d'électricité ! Vous comptez passer toutes les nuits assis dans le noir ?

— On verra bien. Au pire, on vous rejoindra si on s'ennuie.

Anna leur souhaita bon courage et raccrocha. Une demi-heure plus tard, les trois filles étaient en route pour l'Upper East Side avec la mère d'Anna. Cette dernière pensait elle aussi que les garçons n'auraient pas dû rester au sud de Manhattan.

— Ils croient que c'est cool de jouer aux gros durs, déclara Anna d'un air dépité.

Ses deux colocataires, qui n'avaient pas de famille à New York, étaient quant à elles ravies d'avoir un endroit où se réfugier. Leurs parents n'avaient pas arrêté de leur téléphoner depuis les premières alertes météorologiques, et avaient appelé la mère d'Anna pour la remercier d'accueillir leurs filles.

Cet après-midi-là, les deux garçons sortirent promener le chien. Surpris par la violence du vent, ils étaient tout excités de se sentir décoller du sol. Depuis le début de la journée, ils avaient déjà englouti leur première dizaine de donuts, une boîte de Pringles, un paquet de chips, le tout arrosé de Redbull. Ils en avaient assez d'être enfermés, tout autant que Mike qui apprécia de pouvoir renifler à sa guise le long du trottoir.

Ils rentrèrent à l'appartement à seize heures passées. Profitant des dernières lueurs du jour, ils se firent des sandwichs, Ben remplit la gamelle de Mike, et ils s'installèrent sur le canapé. Anna avait laissé plusieurs messages pour les traiter d'idiots. Elle et ses amies avaient regardé des films tout l'après-midi, tandis que ses parents étaient scotchés à la chaîne météo. L'ouragan progressait plus vite que prévu. Mais il n'y avait rien d'autre à faire qu'attendre.

Il était dix-sept heures lorsque Gina appela enfin Charles Williams. Celui-ci était complètement paniqué. Cela faisait presque deux jours qu'il était à New York et qu'il n'arrivait pas à joindre son ex-femme. Celle-ci se répandit en excuses dès l'instant où il décrocha.

— Je suis vraiment désolée, mais je n'avais plus de batterie. Pourquoi tu ne m'as pas prévenue que tu étais en ville ?

Sa voix était étouffée par des bruits de fond semblables à ceux d'un aéroport ou d'une gare. Il l'entendait à peine.

— Je ne l'ai su qu'à la dernière minute. Je t'ai envoyé un SMS avant le décollage. Vous êtes où ?

— Dans un refuge à SoHo. Ils ont évacué notre immeuble la nuit dernière et ils viennent seulement d'installer une borne pour recharger les téléphones. C'est pour ça que je n'ai pas pu t'appeler plus tôt. Cet endroit est un vrai cirque, il doit y avoir un million de gamins, de chats, de chiens. Les filles sont ravies !

Gina semblait détendue et de bonne humeur.

— Et Nigel, il est où ? demanda Charles. Avec vous ?

— Non, il est à Brooklyn depuis hier. Il devait calfeutrer son studio et mettre ses appareils photo et tout son matériel à l'abri chez un ami. Aujourd'hui, je crois qu'ils vont aider d'autres artistes. Le quartier de Red Hook a été l'un des plus touchés la dernière fois, alors il a peur que ça recommence. Je n'ai pas eu de ses nouvelles depuis hier. Il va probablement nous rejoindre au refuge ce soir ou demain.

— Il t'a laissée seule avec les filles ? lâcha Charles.

Il était choqué, mais garda pour lui ce qu'il pensait du comportement de Nigel.

— Son matériel est au studio. Il devait absolument le mettre en sécurité. Et pour nous, il n'y a pas de problème, tu sais. Les filles s'amusent comme des folles avec les autres enfants. Elles vivent l'expérience comme une aventure.

Prévoyante, Gina avait emporté des vêtements pour quelques jours, une trousse de toilette, des médicaments, et leurs passeports. Le sien était particulièrement indispensable parce qu'il contenait son visa de travail délivré par *Vogue*.

— Gina, ça t'embêterait si je venais vous voir au refuge ? Je me faisais une joie de retrouver les filles depuis mon arrivée. Je peux ne pas rester longtemps, et si Nigel arrive, je m'en irai.

Gina réfléchit un court instant. Même si Nigel apercevait Charles, il comprendrait. Certes, il ne l'aimait pas trop, mais il n'avait rien à lui reprocher non plus. Et en fin de compte, c'était Nigel qui avait gagné son cœur.

— D'accord. Les filles vont être contentes.

— Super ! Merci.

Elle lui donna l'adresse du refuge : c'était une école située non loin de l'hôtel où il se trouvait. Quelques minutes plus tard, Charles bravait les bourrasques pour traverser les trois rues qui les séparaient. Il débarqua dans une pagaille incroyable. Près d'un millier de personnes étaient rassemblées dans le gymnase et les salles de classe, sur des lits de camp ou dans des sacs de couchage à même le sol. Des chiens, des chats et des lapins, des hamsters et des cochons d'Inde avaient accompagné leurs maîtres. Charles aperçut même une femme avec deux perroquets dans une cage, et un petit garçon avec un iguane sur la tête. Les enfants couraient partout. Il fallut vingt minutes à Charles pour se frayer un chemin à travers la foule et trouver Gina. Lydia et Chloe jouaient au loup avec leurs nouveaux amis, à grand renfort de cris de joie. Une chaleur étouffante régnait dans le gymnase, et les odeurs corporelles se mêlaient à celles de la nourriture servie par la cantine de l'école. Gina lui lança un sourire.

— Charles ! Je n'arrive pas à croire que tu nous aies trouvées.

— Moi non plus.

Il soupira, soulagé. Comme à son habitude, il était extrêmement élégant, avec sa chemise bleue au col parfaitement amidonné et son imper jeté sur le bras. Gina, elle, portait un tee-shirt sans soutien-gorge, un jean, et des sandalettes argentées. Dès qu'elles le virent, les filles accoururent.

— Papa ! s'écrièrent-elles gaiement en se pendant à ses jambes.

— Comment tu savais qu'on était là ? demanda Chloe. Tu es venu à New York spécialement pour nous ? Il y a une tempête qui arrive… Ophelia, elle s'appelle.

— Dans ma classe il y a une fille qui s'appelle Ophelia aussi, ajouta Lydia. Je l'aime pas, elle est méchante.

Charles s'agenouilla pour les serrer dans ses bras. Il était fou de joie.

— Ah, mes chéries ! Oui, j'ai appris pour l'ouragan. Votre maman m'a dit que vous étiez ici, dans ce refuge, alors je suis venu vous voir.

— Dis, papa, on peut avoir une glace ? Il y en a à la cantine.

Le supermarché du coin en avait fait don puisqu'elles seraient invendables une fois l'électricité coupée. Charles lança un regard interrogateur à Gina, laquelle, d'un signe de tête discret, donna sa permission.

Une demi-heure plus tard, les filles et leur père revenaient de la cafétéria après avoir englouti les dernières glaces. Il leur essuya le menton et les joues juste avant de retrouver leur mère. Celle-ci avait les yeux rivés sur l'écran géant, installé pour suivre l'évolution de la situation. L'ouragan venait d'atteindre la côte du New Jersey, entraînant sur son passage arbres, bateaux et bâtiments. Le silence s'abattit sur le gymnase alors que la foule contemplait les images de la tempête qui allait frapper Manhattan d'une minute à l'autre. Le journaliste annonça que la crue avait atteint le niveau des rives, et montra une carte avec les zones qui risquaient d'être le plus touchées. Le quartier de Red Hook, où Nigel se trouvait, en faisait partie. Charles vit l'anxiété se dessiner sur le visage de Gina, et son cœur se serra

– cela faisait longtemps qu'elle ne s'inquiétait plus pour lui.

La carte montrait aussi le sud de Manhattan : il n'était pas impossible que la zone subisse les mêmes destructions que la fois précédente. Les gens dans le gymnase étaient atterrés. Cela leur semblait incroyable qu'un ouragan s'apprête de nouveau à frapper la ville. Les experts avaient bien prédit qu'une telle catastrophe pouvait se reproduire, mais on ne les avait pas pris au sérieux. Et les mesures de sécurité mises en place s'avéraient tout à fait insuffisantes : en banlieue et même en ville, les dégâts seraient considérables.

Les images sur l'écran se firent glaçantes : des vagues énormes étaient en train d'engloutir la pointe sud de Manhattan et les quartiers de Battery Park, du Lower East Side, de Greenwich Village, de Tribeca, du West Side Highway et de Staten Island. Un tsunami déferlait sur New York… Les adultes, pétrifiés, regardaient en silence, pendant que les enfants retournaient à leurs jeux, indifférents à ce qui se passait à la télévision. Une femme éclata en sanglots : elle venait d'apercevoir à l'écran le rez-de-chaussée de son immeuble de West Side Highway complètement submergé, tandis que les flots emportaient les voitures d'une rue entière comme autant de jouets.

— Mon Dieu, murmura Charles d'une voix étranglée, passant instinctivement un bras autour des épaules de Gina.

C'était bien pire que tout ce qu'il avait imaginé, et il ne faisait plus aucun doute qu'il y aurait des victimes. On attendait des vagues de trois à quatre mètres de haut par endroits.

Gina, quant à elle, était au bord de la panique. Tout ce qu'elle pouvait espérer, c'était que Nigel ait déjà quitté son studio.

Le portier et le gardien vinrent prendre des nouvelles de Grace et d'Ellen juste avant que l'ouragan n'atteigne New York. Elles étaient dans le salon, assises sur les canapés bâchés, des lampes de camping à portée de main, et Blanche sur les genoux de Grace. Le vent hurlait et un arbre était déjà tombé devant l'immeuble.

Quand le déluge s'abattit, les deux femmes perçurent le rugissement d'un torrent qui balayait tout sur son passage. Quelques secondes plus tard, elles entendirent les portes du hall d'entrée de l'immeuble céder, puis virent avec effroi l'eau s'infiltrer à l'intérieur de l'appartement de Grace. Elles se réfugièrent à l'étage, Blanche serrée dans les bras de sa maîtresse. L'eau s'arrêta à mi-hauteur de l'escalier pendant quelques minutes, comme pour faire une pause, puis reprit son ascension.

Pétrifiées, Grace et Ellen regardaient le niveau de l'eau monter depuis le palier intermédiaire, quand des coups répétés se firent entendre. Le gardien accompagné de deux policiers et d'un secouriste força la porte. Apercevant les deux femmes en haut des marches, ce dernier pataugea dans leur direction :

— Vous devez venir avec nous, mesdames, leur dit-il.

Ellen lança un regard sans appel à sa mère.

— On y va, maman.

Grace hocha la tête et courut dans sa chambre. Sous les yeux médusés de sa fille, elle réapparut avec deux petits sacs de voyage et un porte-bébé dans lequel elle glissa Blanche. En bas de l'escalier, l'eau montait presque jusqu'à la poitrine des deux femmes. Le gardien attrapa leurs affaires et les leva au-dessus de sa tête. Les policiers, qui portaient une tenue adaptée, guidèrent Grace et Ellen jusqu'au hall d'entrée, inondé lui aussi. L'eau atteignait à présent le collier de Blanche, et Grace tira le porte-bébé vers le haut pour garder la tête de sa chienne au sec.

Dans un noir complet, ils progressèrent jusqu'à la sortie de l'immeuble. Et là, juste devant la porte, se trouvait un canot éclairé par des projecteurs. Les policiers y firent monter les deux femmes et d'autres mains les attrapèrent pour les installer. Complètement trempées, Grace et Ellen étaient frigorifiées. À bord il y avait trois autres rescapés. Un policier mit le moteur en marche et s'arrêta trois rues plus loin, à proximité d'une ambulance. On leur distribua des couvertures, dans lesquelles elles s'emmitouflèrent, ainsi que des tongs, qu'elles enfilèrent immédiatement.

Elles étaient sous le choc. Grace sécha Blanche, qui avait l'air d'un rat mouillé. La pauvre bête tremblait de tous ses membres. Ensuite, un minibus les conduisit au refuge le plus proche. Elles y arrivèrent dans un état d'hébétude complet. Grace culpabilisait terriblement. Par son inconscience, elle avait fait perdre un temps précieux à l'équipe de sauvetage, laquelle avait sûrement des tâches plus importantes à accomplir.

Tenant sa mère par le bras et essayant de la réconforter, Ellen la guida à travers la foule. C'est alors qu'elle entendit une voix masculine crier son prénom. Surprise, elle se retourna, et aperçut Charles

Williams en compagnie d'une femme et de deux petites filles. Il avait perdu son air terrifié. Au contraire, tout en lui respirait le calme, la détermination, l'énergie. Il s'avança vers elle pour la prendre dans ses bras.

— Ellen ! Est-ce que vous allez bien ?

— Oui… Les sauveteurs nous ont évacuées par canot, depuis l'appartement de maman. Il y avait plus d'un mètre d'eau, ils sont arrivés juste à temps.

— Eh bien ! Tenez, voici Gina, ma… mon ex-femme. Et mes filles, Lydia et Chloe.

Ellen présenta Charles à sa mère et lui raconta les circonstances de leur rencontre. Les deux fillettes les observaient avec des grands yeux, tout excitées de voir Blanche, toujours sanglée dans le porte-bébé contre le buste de Grace – un achat pour le moins étonnant à l'époque, mais qui aujourd'hui prouvait son utilité.

Grace sortit la petite chienne du harnais pour la bercer dans ses bras, tandis qu'Ellen partait à la recherche de boissons chaudes. Charles et Gina conduisirent la vieille dame jusqu'aux lits de camp des enfants pour qu'elle puisse s'asseoir. Les écrans géants diffusaient des images terrifiantes : Ophelia s'avérait aussi terrible que Sandy. Et même pire pour Grace, car les dommages causés à son appartement ce soir-là étaient bien plus importants que cinq ans plus tôt. Prise de vertiges, Grace se sentit soudain très vieille.

Quand Ellen revint avec de la soupe et du thé, sa mère les accepta avec reconnaissance mais ne dit pas un mot. Elle ne pouvait penser à rien d'autre qu'à leur chance d'être encore en vie. Ellen insista pour qu'elle s'allonge sur le lit de camp que Charles avait été assez aimable pour lui trouver, et quand Grace se fut endormie avec Blanche sous la couverture, Ellen retourna à la cantine avec lui.

— Jamais je n'aurais imaginé un tel désastre, confia-t-il à Ellen.

— Moi non plus, ou du moins je ne voulais pas y croire, répondit-elle tristement en songeant à l'état de l'appartement de sa mère.

Charles soupira.

— Si seulement je pouvais emmener mes filles chez elles, lâcha-t-il. Au moins leur trouver un hôtel pour passer une nuit un peu plus au calme… Celui où je suis descendu, ce n'est pas possible : ils envisageaient de l'évacuer au moment où je suis venu ici.

Il semblait fatigué et triste. Ellen lui offrit un regard compatissant.

— Le pire sera bientôt derrière nous. La dernière fois, l'eau est repartie aussi vite qu'elle était arrivée.

Tous deux savaient que jamais ils n'oublieraient cette nuit, pourtant loin d'être terminée. La pleine puissance de l'ouragan Ophelia et la destruction qu'il semait sur son passage ne faisaient que commencer.

4

Plus la nuit avançait, plus le service des urgences se remplissait. La police y déposait des patients en canot de sauvetage depuis huit heures du soir. Certains étaient blessés, mais la plupart, simplement en état de choc. Un homme avait eu le malheur de se trouver sur le chemin d'une branche volante. Malgré une intervention chirurgicale pointue, le pauvre n'avait pas survécu. Deux enfants en bas âge étaient morts, emportés par le courant. Des gens s'étaient noyés dans leur voiture quand les eaux étaient montées trop vite.

Juliette Dubois, Will Halter et les autres médecins mobilisés couraient d'un patient à un autre, établissant des diagnostics et les répartissant dans les bons services. Tout le personnel de l'hôpital avait été appelé en renfort et tentait d'accueillir au mieux trois fois plus de monde que ne le permettaient les locaux. Faute de chambres et de box, on avait aligné des civières dans le hall d'entrée.

Juliette venait d'assigner une enfant de six ans avec une jambe cassée à l'interne en chirurgie orthopédique quand les lumières des urgences se mirent à clignoter, s'affaiblirent, puis s'éteignirent tout à fait, comme des bougies qu'on aurait soufflées, plongeant soudain l'hôpital dans le noir. Une voix forte tout près d'elle lâcha un juron, qu'elle identifia comme celle de Will…

Les infirmières et le service technique entreprirent d'installer des lampes à batterie, mais celles-ci n'éclairaient pas assez pour traiter les blessures les plus graves. Exactement comme à l'hôpital de NYU, cinq ans plus tôt.

La maintenance les informa alors que les générateurs de secours venaient de lâcher. C'était une nouvelle dramatique pour les urgences, mais plus encore pour le bloc opératoire et le service de néonatalité, dont les moniteurs respiratoires étaient indispensables à la survie des patients.

Se précipitant dans le couloir pour en apprendre plus sur la situation, Juliette aperçut Will Halter en train de s'agiter devant le comptoir des infirmières.

— Appelez les gars du service technique, maintenant ! hurlait-il. Les ambulanciers, les pompiers, je veux tout le monde ici. Je refuse de perdre un patient ce soir à cause d'un maudit générateur de secours.

Les infirmières se ruèrent sur leurs portables pour appeler tous les numéros imaginables, y compris le 911. Juliette croisa le regard de Will. Ils étaient tous les deux épuisés, et le vrai boulot ne faisait que commencer : le courant était coupé, et l'ouragan atteignait seulement sa pleine puissance.

— Comment je peux me rendre utile ? demanda-t-elle, s'efforçant au calme.

— Tu avais raison, lâcha-t-il entre ses dents. Ces idiots n'ont pas vérifié l'état des générateurs de secours. Et maintenant, je ne sais pas quoi faire.

Son teint livide trahissait son angoisse.

— On s'en est sortis à NYU pendant l'ouragan Sandy ; on y arrivera ici aussi, répondit-elle. Dès que la police et les pompiers arrivent, on envoie des équipes dans les étages pour descendre les patients.

— Et après ? Où iront-ils ?

Luttant de toutes ses forces contre la panique qu'il sentait monter en lui, Will ne pouvait être qu'impressionné par le sang-froid dont faisait preuve Juliette.

— Les autres hôpitaux les accueilleront – ils n'auront pas le choix. La police va nous aider pour les questions logistiques. Il faut qu'on sorte en priorité les patients en assistance respiratoire et les bébés en couveuse, et on va devoir activer les appareillages manuellement. Ils ont probablement commencé à composer des équipes en haut. Heureusement qu'on n'a pas de code bleu aux urgences en ce moment...

— Ne dis pas ça trop vite.

Les premiers ambulanciers, policiers et pompiers étaient en train d'arriver. La directrice de l'hôpital, déjà sur place, se dirigea immédiatement vers eux pour établir un plan d'évacuation des patients présentant un danger immédiat. Étant donné la faible quantité d'électricité fournie par les mini-générateurs de dépannage, la décision fut prise de ne pas bouger pour l'instant les blessés légers. Il ne fallait pas créer de mouvement de panique.

Juliette discutait avec l'infirmière chargée d'installer les civières dans les couloirs quand un homme en combinaison et parka de pompier entra, s'approchant vivement d'elle avec un air d'autorité. Le badge autour de son cou indiquait qu'il venait de l'Office of Emergency Services, une brigade spéciale en cas de catastrophes.

— Sean Kelly, OES. Bonjour. C'est moi qui suis chargé d'organiser l'évacuation vers les autres hôpitaux.

Juliette sentit dans son attitude à la fois de la tension – celle qui vient avec l'impératif d'exécuter des tâches complexes –, de la hâte et de l'efficacité. Mais il respirait aussi un calme de meneur. Il fit le point avec elle sur le nombre de patients à évacuer des urgences. Sur plus de deux cents personnes traitées dans le service ce soir-là, elle estimait que quarante et une d'entre elles avaient besoin d'être transportées immédiatement vers une autre structure. Les autres pouvaient rester là.

Les secouristes de l'OES ainsi que les policiers de la NYPD avaient réquisitionné toutes les ambulances disponibles, et le personnel des étages supérieurs commençait déjà à porter les patients dans les escaliers. Juliette observa Sean Kelly orchestrer l'opération tout entière avec la précision d'une montre suisse. À deux heures du matin, tous les cas critiques avaient été évacués et étaient arrivés à bon port. Une clameur s'éleva lorsque la nouvelle du succès de l'opération grésilla dans les radios des secouristes.

Will Halter, rayonnant de joie, topa la main de Juliette et lui dit tout bas :

— Merci… C'était vraiment sympa de ne pas m'infliger un « je te l'avais bien dit ».

Il semblait sincère. Il avait pris une leçon d'humilité cette nuit-là.

— À quoi cela aurait-il servi ? répondit-elle en souriant. L'important, c'est que tout le monde s'en soit bien sorti.

Une demi-heure plus tard, alors que Juliette allait se chercher un café en salle de repos des médecins, elle tomba sur Sean Kelly. Alors que tout le personnel de l'hôpital était à bout de forces, lui paraissait plein d'énergie, euphorisé par l'adrénaline et la prouesse qu'il venait de réaliser.

— C'est quoi votre secret pour accomplir un miracle pareil, vous êtes magicien ? lui demanda-t-elle.

— Merci, docteur, c'est gentil. Mais, non, je suis simplement accro aux situations de crise.

Elle éclata de rire.

— J'étais à l'hôpital de NYU pendant l'ouragan Sandy. Ce que vous avez fait aujourd'hui était incroyable. Vous vous êtes surpassé.

— Comme vous tous, répondit-il en prenant une gorgée de café. Les jours à venir ne vont pas être faciles ici…

Elle hocha la tête, songeant qu'en effet elle aurait du mal à se dégager un créneau pour dormir. En tout cas, pas dans un futur proche.

— Au final, reprit-il, dans des jobs comme les nôtres, est-ce qu'il ne faut pas être accro aux situations de crise pour survivre ? Regardez-vous : vous auriez pu vous spécialiser en dermatologie ou en chirurgie esthétique. Mais vous aimez la pression. Je vous ai vue cette nuit : vous couriez partout comme une cinglée. L'adrénaline, c'est une drogue.

Il lui sourit. C'était un homme séduisant, avec de larges épaules et un regard bleu électrique. Il dégageait tout à la fois une grande humanité et un pragmatisme certain. Juliette pensa que chaque vie sauvée devait signifier beaucoup pour lui.

— J'imagine que vous avez raison, répondit-elle. Je n'avais jamais vu ça sous cet angle. D'ailleurs, un de mes frères est chirurgien esthétique, et l'autre ORL. Mais mon père est obstétricien, il y a aussi un pic de stress dans cette spécialité.

— Certes, mais pas autant qu'aux urgences…

Il la salua et partit faire le tour des étages pour vérifier que tout allait bien.

Sean Kelly avait mis le doigt sur ce qui faisait vivre Juliette : le goût du risque. Plus elle y songeait, plus elle se disait qu'il n'avait pas tort. Certes, ce n'était pas valable pour sa vie privée – comateuse depuis son entrée en école de médecine –, mais le service des urgences ne manquait jamais de lui procurer ses pics d'adrénaline. Chaque jour, en venant travailler, elle ressentait une pointe d'excitation ; elle adorait la tension permanente et le rythme soutenu de son métier.

Oui, c'est vrai, se dit-elle en jetant son gobelet dans la poubelle, Sean a raison : j'aime l'adrénaline. D'ailleurs, lui aussi revendiquait ce goût pour les situations de crise. C'était un trait de caractère qui les distinguait du commun des mortels : il fallait vraiment être différent pour faire ce qu'ils faisaient.

Elle se dirigea vers le petit local où se trouvaient des lits de camp. Elle voulait se reposer, ne serait-ce que deux petites heures. Il lui fallait prendre des forces pour affronter le lendemain… ainsi que les semaines à venir. Le retour au calme ne se ferait pas avant plusieurs mois.

Ben et Peter n'avaient plus de nouvelles d'Anna depuis minuit – leur ligne fixe était coupée et le réseau mobile ne fonctionnait plus. Ils avaient campé dans le salon et papoté pendant une bonne partie de la nuit, écoutant les bruits qui les entouraient et observant par la fenêtre les flots qui s'engouffraient dans la rue et faisaient disparaître les voitures. Les canots de la police passaient entre les immeubles pour procéder à l'évacuation des habitants qui étaient restés là. Leurs moteurs étaient désormais un bruit familier.

Plus la nuit avançait, plus les vents se faisaient violents et malmenaient l'immeuble : Ben et Peter entendaient ses craquements sinistres résonner. On aurait dit que les murs s'apprêtaient à céder. Pressentant la catastrophe, Mike était resté aux aguets toute la nuit, veillant sur eux. Ils étaient coincés. Il ne restait plus qu'eux dans le bâtiment...

Quand le matin arriva, les deux garçons comprirent qu'ils avaient commis une grave erreur.

Mike se mit à aboyer, comme pour leur dire quelque chose. Le jour venait de se lever après une nuit entière de pluie intense et de fracas de plus en plus impressionnant.

— Ça va aller, mon chien. Ça va aller, le rassura Ben.

Pour toute réponse, Mike poussa un gémissement anxieux.

— Tu crois qu'on devrait essayer de sortir ? demanda Peter.

— Je ne suis pas sûr qu'on puisse... Les rues sont inondées.

Ils étaient si proches du fleuve que le courant risquait de les emporter.

— On n'a qu'à attendre qu'un canot de la police passe.

Mais ils n'en avaient pas vu depuis un moment. Et surtout, pouvaient-ils se permettre d'attendre ? Ils avaient l'impression de se trouver à bord d'un navire dont les amarres risquaient de lâcher d'un instant à l'autre.

— Je ne pense pas que l'immeuble va résister très longtemps, dit Peter. Ça devient sérieux.

— Oui, je suis du même avis.

Quelle était la meilleure solution ? Fallait-il s'échapper du bâtiment ? Ou attendre la décrue ? Sans compter que si l'immeuble s'écroulait, ils n'avaient aucune chance de survie.

— Au lycée, j'étais capitaine de l'équipe de natation, reprit Peter. Qu'est-ce que t'en penses ? Tu veux qu'on tente notre chance ?

Malgré leurs hésitations, la solution la plus intelligente semblait être la fuite.

— Je suis plutôt bon nageur, moi aussi, mais je n'ai jamais vu des torrents pareils. Je ne suis pas sûr d'arriver à nager à contre-courant, et avec Mike ça va être d'autant plus difficile.

Ben jeta un coup d'œil à son chien. Le labrador s'était allongé par terre, la tête entre les pattes, et gémissait piteusement comme s'il n'aimait pas du tout cette idée.

— Les chiens sont intelligents. Il se laissera probablement porter par le courant, et c'est ce qu'il faut qu'on fasse aussi, expliqua Peter. On n'a pas besoin d'aller très loin. L'essentiel, c'est de ne pas se faire piéger quelque part, ni de se faire écraser contre un mur.

Hum. Ben n'était pas emballé par ces diverses perspectives, mais les lointains fracas dans l'immeuble n'avaient rien de rassurant non plus. Devant la fenêtre, un arbre tomba à quelques pas de la porte d'entrée. Le courant l'emporta aussitôt, comme s'il s'agissait d'une brindille.

— C'est à ça qu'il faut qu'on fasse attention, fit remarquer Ben.

Au même moment, ils entendirent un bruit violent de verre brisé. Quelque part dans les étages, le vent venait de souffler une fenêtre. Celles de leur appartement tremblaient depuis des heures.

— Bon. Il faut qu'on sorte de là, dit Ben. J'imagine qu'on peut laisser Mike ici.

— Et si l'immeuble s'effondre ? Si ça se trouve, on ne pourra pas revenir le chercher avant plusieurs jours.

Qu'ils avaient été bêtes, mon Dieu… C'était vraiment une idée stupide de rester, ils auraient dû écouter Anna. Les deux amis échangèrent un regard résolu. Ils étaient jeunes, forts et en bonne santé. Ils s'en sortiraient bien. Et c'était mieux que de rester là à attendre que les murs s'effondrent.

— OK, on tente le tout pour le tout et on se tire d'ici, conclut Ben en se levant.

Se posa la question de l'habillement : le poids des vêtements gorgés d'eau pouvait les attirer vers le fond. Ils tombèrent d'accord sur un tee-shirt et un jean, leur tenue actuelle.

Quelques minutes plus tard, ils sortaient de l'appartement et descendaient les six étages, suivis de Mike.

Le rez-de-chaussée avait beau être largement surélevé par rapport au niveau du trottoir, ils durent patauger dans trente centimètres d'eau pour atteindre la porte d'entrée.

— Il doit bien y avoir trois mètres d'eau dehors, commenta Peter.

Ben hocha la tête et caressa son chien. Il le tenait en laisse pour le moment, ayant peur de le perdre dans le courant. Il pourrait toujours le lâcher si nécessaire…

Quand Peter ouvrit la porte de l'immeuble, le vent violent s'engouffra à l'intérieur, la poignée lui échappa et le panneau alla se fracasser contre le mur. La vitre se brisa sous le choc, et les débris disparurent dans l'eau qui baignait leurs jambes. Les deux garçons échangèrent un sourire confiant. Ils avaient peur, mais ils étaient sûrs d'avoir pris la bonne décision, celle qu'ils auraient dû prendre des heures plus tôt. La décrue avait commencé, et il valait mieux tenter de sortir en plein jour qu'attendre la nuit suivante.

— Bonne chance, lâcha Peter.

Puis il franchit le seuil et s'aventura dans le courant. Un instant plus tard, il avait disparu, emporté par les flots et luttant pour garder la tête hors de l'eau.

Il n'eut pas le temps de se tourner pour voir Ben se lancer à sa suite avec Mike, car un lampadaire se rapprochait dangereusement de lui. Le souffle coupé par la violence des flots, il tenta de se positionner de sorte à pouvoir s'y accrocher pour ralentir sa course, et, au prix d'un effort surhumain, il l'attrapa, luttant contre les forces en puissance qui s'acharnaient à l'en détacher. Soudain, une forme sombre le dépassa. Instinctivement,

Peter tendit la main pour attraper Mike par le collier. Il tourna la tête pour chercher Ben, en vain.

— Tout va bien, mon chien ! cria-t-il tout en tentant de maintenir la tête de l'animal hors de l'eau, son autre bras enroulé de toutes ses forces autour du lampadaire.

Un morceau de métal lui taillada le bras, mais il n'en sentit pas la douleur. Mike tirait sur son collier, complètement paniqué. Soudain, un canot apparut. Les sauveteurs les avaient vus.

Quelques secondes plus tard, le jeune homme et son chien étaient hissés à bord. Peter était quasiment inconscient ; les sauveteurs volontaires l'emmitouflèrent dans une couverture et l'allongèrent.

Alors que le canot allait repartir, Peter leva la main pour les arrêter.

— Non, attendez... Mon ami... il est dans l'eau... on était ensemble, c'est son chien...

Les sauveteurs scrutèrent les eaux troubles, sans un mot. Ils reculèrent sur une petite distance, mais il n'y avait aucun signe de vie alentour. Ils quittèrent alors la rue inondée, laissant Peter sombrer dans l'inconscience.

Le jeune homme se réveilla cinq minutes plus tard en crachant toute l'eau qu'il avait avalée dans son combat contre les flots. Ils accostèrent à un embarcadère de fortune, qui avait vu passer tous les rescapés de la nuit. Puis on installa Peter sur une civière pour le porter dans une ambulance. Il fit alors de grands gestes pour attirer leur attention sur Mike. Les deux hommes qui l'avaient sauvé échangèrent un regard, et l'un d'eux aida le labrador épuisé à grimper à côté du blessé. Quand ils arrivèrent à l'hôpital, Peter pleurait. Il tenta d'expliquer aux ambulanciers ce qui s'était passé, de leur faire comprendre que Ben était toujours dans l'eau, quelque part là où on l'avait trouvé, lui.

— Peut-être qu'il était devant toi, fiston, et que tu ne l'as pas vu. Le courant va vraiment vite. On va dire aux gars d'y retourner. En attendant, il faut que tu te reposes.

— C'est son chien, expliqua Peter en pleurant à chaudes larmes.

Le labrador parvint à peine à s'extirper de l'ambulance et à suivre la civière dans l'hôpital, traînant sa laisse derrière lui. Personne ne tenta de l'arrêter. Il y avait d'autres chats à fouetter cette nuit-là. Les ambulanciers installèrent la civière de Peter dans le couloir et allèrent remplir son formulaire d'admission. Quand une infirmière vint chercher le garçon, il pleurait toujours, la tête tournée vers le mur, pétri d'inquiétude pour Ben et priant pour que quelqu'un l'ait sauvé, lui aussi.

— C'est votre chien ? lui demanda doucement l'infirmière.

Les deux lui semblaient avoir échappé de justesse à la noyade.

— C'est celui de mon ami. Je ne sais pas où il est.

— Comment s'appelle le chien ? s'enquit-elle pour le distraire tout en examinant sa blessure au bras.

Puis elle lui demanda son nom, son âge, son adresse, et qui étaient les personnes à prévenir. Il donna le numéro d'Anna, ne souhaitant pas inquiéter ses parents.

— Un médecin va venir vous voir dans un instant, le rassura-t-elle.

Peter la regarda s'éloigner, puis se pencha pour caresser Mike. Il ne pensait qu'à Ben. S'en était-il sorti ?

Un peu plus loin dans le couloir, l'infirmière parlait à Juliette.

— Les ambulanciers disent qu'il a manqué de se noyer. Et il a une belle coupure au bras. Il dit qu'il était dans l'eau avec un ami, mais on l'a amené seul avec le chien.

Juliette hocha la tête gravement et se dirigea vers le jeune homme. Il avait visiblement pleuré.

— Comment vous vous sentez, Peter ? lui demanda-t-elle doucement.

Il était en piteux état, extrêmement pâle, les lèvres bleues. Malgré les couvertures chauffantes, il tremblait violemment, frigorifié et sous le choc. On lui avait pourtant administré des calmants dans l'ambulance.

Juliette ausculta Peter et estima que son bras n'avait pas besoin de sutures. Sa vie n'était plus en jeu. Un homme âgé n'aurait pas survécu à cette épreuve, mais lui avait la jeunesse de son côté. Il lui parla de Ben, et elle tenta de le rassurer. Il avait sûrement été envoyé dans un autre hôpital, selon l'endroit où on l'avait retrouvé…

Juliette décida de garder Peter quelques heures en observation, peut-être même la nuit, afin de s'assurer qu'il ne ferait pas de réactions secondaires à la noyade.

— Vous voulez qu'on appelle vos parents ? proposa-t-elle.

— Non, ils vivent à Chicago et ça ne servirait qu'à leur faire peur. Je les appellerai moi-même demain pour leur dire que je vais bien.

Il tâta la poche de son jean, mais son téléphone n'y était plus. Son portefeuille avait également disparu.

Il pensa alors à Ben : s'il avait perdu le sien aussi et qu'il était blessé ou inconscient, personne ne serait capable de l'identifier. Il en parla aussitôt à Juliette, laquelle lui promit de le prévenir si un jeune homme anonyme était amené aux urgences dans les heures à venir. Puis elle lui demanda s'il acceptait qu'elle installe Mike dans un coin plus isolé, au cas où des patients auraient peur de lui – même s'il semblait très bien élevé.

— Il y a un petit local avec quelques lits d'appoint pour les médecins des urgences. Je vais le conduire là-bas et lui donner quelque chose à manger, assura-t-elle.

Peter se redressa et la regarda guider Mike. Le chien n'émit pas d'objection. Elle revint quelques minutes plus tard et lui dit qu'après une moitié de sandwich à la dinde et un bol d'eau, le labrador avait déjà l'air plus apaisé. Peter se rallongea sur la civière et sombra dans un sommeil peuplé d'angoisses.

Quand il se réveilla, une infirmière lui apporta un téléphone pour qu'il puisse appeler ses parents. Avant même qu'ils ne décrochent, Peter pleurait déjà. Il avoua à sa mère où il était et ce qui s'était passé. Elle fondit en larmes à son tour. Il avait frôlé la mort.

— Maman, c'est horrible, reprit-il en se mettant à trembler de plus belle. Je ne sais pas où est Ben. Il était juste derrière moi, et j'ai réussi à attraper Mike. Mais je n'ai vu Ben nulle part, et les sauveteurs non plus.

Le jeune homme entendait son père dont les sanglots faisaient écho à ceux de sa mère. Tous deux avaient passé la nuit à se ronger les sangs en attendant d'avoir des nouvelles.

— Il est probablement sain et sauf dans un autre hôpital, essaya de le rassurer sa mère.

C'était aussi ce que lui avait dit le médecin.

— J'espère. On aurait cru que l'immeuble allait s'effondrer quand on est partis.

Il tentait de se justifier, mais à aucun moment elle ne lui reprocha de ne pas s'être mis à l'abri quand ils auraient dû – elle était simplement soulagée qu'il soit en vie et qu'il l'ait appelée. Ils essayaient de le joindre depuis la veille, mais le réseau avait été coupé par endroits, et ils étaient malades d'inquiétude. La mère de Ben les avait appelés plusieurs fois. Qu'allaient-ils lui dire quand elle rappellerait ? Ben pouvait très bien avoir été sauvé lui aussi par une autre équipe de secouristes, et emmené ailleurs. Oui, si l'un avait survécu, il était probable que l'autre aussi, non ? Pour autant, ce ne serait pas facile de lui annoncer qu'on avait retrouvé Peter, et pas Ben…

M. et Mme Holbrook voulaient que Peter rentre à Chicago dès que les aéroports auraient rouvert. Selon les informations télévisées, les dégâts dans les immeubles en zone 1 étaient considérables : plusieurs bâtiments de NYU étaient inondés et l'université resterait fermée pour plusieurs mois. New York était pour le moment coupée du monde – sans quoi les Holbrook auraient pris le premier vol. Ils insistèrent. Peter devait rentrer pour se remettre de son traumatisme au plus vite. Le jeune homme ne dit rien, mais c'était ce qu'il voulait aussi : rentrer à la maison. Dès qu'il saurait que Ben était sain et sauf.

Après ça, il appela Anna. Elle fondit en larmes en entendant sa voix et sanglota de plus belle quand elle apprit que Ben avait disparu.

— J'ai attrapé Mike quand il est passé devant moi, mais je n'ai vu Ben nulle part. Il ne t'a pas appelée, donc ?

La réponse était non, malheureusement...

De son côté, Elizabeth, la mère d'Anna, appela les Weiss – les parents de Ben – pour savoir s'il y avait du nouveau. Ceux-ci venaient justement de parler aux Holbrook et M. Weiss était en train d'appeler tous les hôpitaux de New York pour savoir s'ils avaient admis un jeune homme correspondant à la description de Ben. Au supplice de l'attente s'ajoutait le cauchemar de la communication. Dans le chaos, les informations étaient rares, et difficiles à obtenir.

Cet après-midi-là, quand Elizabeth rendit visite à Peter pour lui apporter des vêtements et une paire de baskets empruntés à son mari, le jeune homme s'accrocha à elle comme un enfant et pleura à chaudes larmes. Ben demeurait introuvable.

Juliette avait décidé de garder Peter en observation pour la nuit, et, quand sa fièvre commença à monter, elle vint l'examiner plusieurs fois. Elle lui dit que Mike allait très bien, qu'une infirmière l'avait promené pendant sa pause et que tout le monde l'adorait et lui donnait plein de bonnes choses à manger. Peter était content de savoir Mike près de lui, comme si sa présence compensait un peu l'absence de Ben. Il alla lui rendre visite dans le petit local des médecins et le serra dans ses bras. Il serait bien resté là des heures, dans la chaleur des poils de l'animal, mais une infirmière le ramena de force vers son lit pour qu'il se recouche.

— Des nouvelles de son ami ? demanda-t-elle quelques minutes plus tard à Juliette, qui notait la progression de la fièvre dans son dossier.

— Il n'est pas ici, et j'ai cru comprendre que personne n'en savait davantage, répondit-elle à voix basse.

L'infirmière lança en direction de Peter un regard compatissant. C'était devenu une histoire familière, celle des gens séparés de leurs proches par la catastrophe.

5

Le gymnase où Ellen et sa mère avaient atterri était rempli de gens à bout de nerfs. Le vacarme assourdissant, les lumières allumées en permanence et les enfants qui couraient partout rendaient le repos impossible : c'était comme tenter de s'endormir dans un aéroport ou une gare. Pire même, car au chaos ambiant s'ajoutait le stress lié à la catastrophe. Grace avait l'air exténuée, Ellen ne se sentait pas beaucoup mieux même si elle avait bu une quantité astronomique de café, et Gina et Charles étaient lessivés.

On était lundi matin, et l'ouragan avait frappé la ville dans la nuit. Il était arrivé à la vitesse de l'éclair, plus vite encore que prévu, et plus puissant. Exactement comme avec Sandy, la partie nord de la ville avait été épargnée. Les dégâts sérieux ne concernaient que la partie au sud de la 42e Rue, quelques centaines de mètres plus haut que la dernière fois.

Charles et Ellen étaient en mission ravitaillement. Heureusement pour eux, Chloe et Lydia se nourrissaient exclusivement de chips et de pop-corn – des aliments donnés en abondance par la Croix-Rouge.

Alors qu'ils arrivaient dans la cafétéria improvisée, Charles confia à Ellen qu'il aurait aimé installer ses filles dans des chambres d'hôtel, mais que Gina avait décrété qu'elle n'irait pas. Elle n'avait pas de nouvelles de Nigel, lequel était censé la rejoindre ici dès que possible. Même si la plupart des ponts qui permettaient d'accéder à Manhattan avaient été fermés, Gina ne voulait pas disparaître dans un hôtel de crainte qu'il ne s'inquiète en ne la voyant pas au refuge. Elle ne pouvait pas lui faire ça, aussi tentante fût l'idée d'une chambre confortable.

— Encore faudrait-il en trouver une…, fit remarquer Ellen.

Elle aussi aurait aimé que sa mère puisse se reposer dans un hôtel, mais, d'après la rumeur, il n'y avait plus une seule chambre de libre dans la ville, beaucoup de monde s'étant retrouvé coincé d'un coup à Manhattan. Les habitants prévoyants avaient réservé la veille, ou avant même que l'ordre d'évacuation soit donné, par peur de la catastrophe à venir.

— Hum, vous avez raison, j'imagine qu'on est bons pour rester ici un certain temps. Au moins jusqu'à ce que Nigel daigne nous rejoindre, conclut Charles en essayant de maintenir l'équilibre de son plateau.

Ellen était agréablement surprise par son calme. Il n'avait plus rien à voir avec la boule de nerfs accrochée à son bras dans l'avion. Il passait son temps à s'occuper de ses filles, jouant avec elles et leur racontant des histoires pendant des heures. Et quand il ne savait plus quoi faire, il les emmenait faire le tour du foyer d'urgence et compter le nombre de chiens, de chats, de chiens blancs ou de chiens noirs, inventant

101

sans cesse de nouvelles manières de les amuser. C'était un père merveilleux. Vis-à-vis de son ex-femme, il se montrait protecteur et respectueux, malgré ses doutes évidents concernant l'homme pour lequel elle l'avait quitté. Ellen était admirative.

— Vous m'étonnez, Charles : vous ne semblez montrer aucune aigreur, aucune rancœur vis-à-vis de Gina. Vous prenez soin d'elle comme si elle était encore votre femme.

— Je l'ai aimée très longtemps, expliqua-t-il avec un léger embarras, et je suppose que mon cœur y est toujours habitué. Après tout, c'est la mère de mes enfants.

La façon dont il avait déclaré cela laissa Ellen pensive. Comme souvent au cours des quatre dernières années, elle se demanda si elle aurait la chance un jour de remplir le noble rôle de mère. La maternité lui semblait être le plus grand des honneurs.

Cette pensée l'attrista, mais elle avait pour l'heure des préoccupations plus immédiates. Sa mère, notamment, aurait voulu pouvoir rentrer chez elle, ne serait-ce que pour constater les dégâts. C'était impossible, cependant. Personne n'était autorisé à franchir les rubans de police qui striaient la partie sud de la ville. C'était bien trop dangereux. Des lignes électriques étaient tombées, des victimes de noyade se trouvaient certainement dans les rues, les immeubles risquaient de s'effondrer, et les arbres aux racines malmenées menaçaient de tomber. La décrue commençait seulement ; le fleuve était loin d'avoir retrouvé un niveau acceptable. Dans certains bâtiments, jusqu'à trois mètres d'eau inondaient la cave ou le rez-de-chaussée. Impossible de savoir quand Grace aurait le droit de rentrer chez elle.

— Et votre mère ? s'enquit justement Charles. Elle tient le coup ?

Ils tentaient de se frayer un chemin parmi la foule, passant devant le garçon à l'iguane. Le reptile était resté sur la tête de l'enfant depuis leur arrivée. Sans vraiment savoir pourquoi, Ellen fit une grimace, et l'iguane sortit sa langue. Charles s'esclaffa, puis attrapa doucement Ellen par le bras pour lui ménager un passage parmi les enfants qui couraient.

— Après tout ce qu'a traversé votre mère, j'admire son cran, continua-t-il.

Grace avait été adorable avec Chloe et Lydia, les laissant notamment jouer avec sa chienne autant qu'elles voulaient.

Cependant, Ellen s'inquiétait. Sa mère avait déjà traversé une épreuve similaire après Sandy, mais cette seconde fois risquait d'être trop éprouvante pour elle. Elle avait soixante et onze ans, et l'évacuation de l'immeuble avec de l'eau jusqu'à la taille avait été un véritable traumatisme.

— Oui, je sais. Je m'en veux de ne pas avoir été plus ferme avec elle pour qu'on quitte l'appartement avant le passage de l'ouragan. Mais comment pouvait-on savoir ? Dire que le rez-de-chaussée était déjà inondé quand on est parties ! Le retour va être terrible. Elle aime tant son chez-elle…

Les ouragans emportaient tout, ne faisaient pas de distinction entre ce qui était précieux ou non. Ellen craignait que toutes les précautions qu'elles avaient prises n'aient servi à rien.

Ils rejoignirent les autres. Gina était inquiète et parlait de Nigel. Des images de Brooklyn venaient d'être diffusées à l'écran : tout le quartier de Red Hook semblait détruit. Quatorze noyés avaient été retrouvés, et Gina tremblait à l'idée que Nigel soit l'un d'eux. Charles passa un bras autour de ses épaules pour la réconforter. Ellen le trouva plus admirable que jamais.

Grace, de son côté, n'avait pas perdu de sa ténacité : elle voulait retourner chez elle et persuader la police de la laisser jeter un coup d'œil à l'intérieur.

— C'est trop tôt, maman, répondit doucement Ellen.

— Mais CNN vient d'annoncer que la décrue a commencé ! La dernière fois, ils m'ont laissée rentrer dix heures après l'ouragan. Ça en fait seize, maintenant, là. Et puis, on pourra toujours revenir ici s'ils ne veulent pas.

Ellen ne savait plus quoi faire. D'autant qu'elle était préoccupée aussi par George. Les téléphones portables fonctionnaient aléatoirement dans certaines parties de la ville, mais le réseau était tellement surchargé depuis quelques heures qu'il était impossible de passer un appel. Elle n'avait donc pas encore pu joindre son mari, et elle culpabilisait. George était probablement en train de se ronger les sangs…

Soudain, fendant la foule tel un héros romantique, un homme séduisant à l'allure fièrement négligée, aux cheveux longs et à la barbe de trois jours, portant un jean et des bottes en cuir, le corps athlétique, les rejoignit. Gina poussa un cri et se jeta dans ses bras, tandis que Charles se détournait discrètement, lançant au passage un regard à Ellen. Intriguée, celle-ci haussa un sourcil interrogateur. Il lui répondit d'un signe de tête. Oui, c'était Nigel.

Le nouvel arrivant serra Gina dans ses bras un instant, puis s'arracha à son étreinte. Il ne prêta pas attention aux deux petites filles – ni à personne d'autre d'ailleurs. Il regardait juste Gina. Le couple formait une image frappante de jeunesse et de beauté.

— Nigel… J'ai eu tellement peur qu'il te soit arrivé quelque chose, lâcha Gina d'une voix sans timbre. À la télé, ils ont dit que quatorze personnes étaient mortes noyées à Red Hook.

— C'est horrible… Tout mon matériel est fichu. Il y a trente centimètres d'eau dans le studio, annonça-t-il.

Il semblait dévasté. Il ne lui demanda même pas comment elle et les filles s'en étaient sorties, pas plus qu'il n'exprima de soulagement de les voir saines et sauves. Ce détail n'échappa pas à Charles ni à Ellen, qui échangèrent un regard perplexe.

— Tu te rends compte de ce que ça représente pour moi ? continua Nigel. Et bien sûr, je n'ai pas d'assurance inondation… J'ai passé toute la nuit à aider les copains à charger leurs toiles dans les camionnettes. Dire qu'on a réussi à sauver quasiment tout leur travail, et rien du mien ! Mes négatifs sont foutus eux aussi.

Il avait les larmes aux yeux.

— C'est une tragédie, vraiment, déplora-t-il.

Gina serra ses bras autour de sa taille en signe de compassion.

— Moi, je suis juste heureuse que tu sois en vie…

— Hum. Il va me falloir des années pour racheter tout ce matériel. Et les négatifs sont irremplaçables. Heureusement que j'en ai laissé une partie en Angleterre.

Il regarda autour de lui, semblant remarquer les gens dans le gymnase pour la première fois.

— Mon Dieu, quel endroit atroce ! Il y a des enfants et des vieux partout, se plaignit-il avec une grimace.

Grace et Ellen l'observaient avec curiosité, presque comme un personnage de film. Il transpirait un narcissisme quasi surréel.

— Pourquoi tu n'es pas allée à l'hôtel ? demanda-t-il à Gina.

— On n'a pas eu le temps. La police nous a fait évacuer, j'ai pris quelques vêtements de rechange pour les filles et c'est tout. Et je ne voulais pas partir d'ici sans toi.

— Tu aurais dû. On vient me chercher dans dix minutes, je retourne à Brooklyn. Je suis juste venu déposer des toiles chez un copain. Les gars ont besoin de mon aide.

Charles pensa que sa compagne et ses deux filles, elles aussi, avaient besoin de son aide… Se fichait-il d'elles ? Rien, en tout cas, dans ses mots ni dans son regard, ne témoignait de son amour pour elles.

— À ta place, Gina, ajouta-t-il, j'essaierais de partir d'ici le plus vite possible. Rien que le bruit me rend dingue.

Soudain, comme s'il se souvenait de l'existence de Chloe et Lydia, il se tourna vers elles.

— Alors, vous vous amusez bien, les filles ? C'est une chouette aventure, pas vrai ?

Il n'attendit même pas leur réponse et se tourna vers Gina, le regard distrait.

— Bon, il faut que je file. On m'attend. On se retrouve à l'appartement. À mon avis, je ne rentrerai pas avant quelques jours.

— Fais attention à toi là-bas, Nigel. C'est encore dangereux. Tu comptes dormir où ?

— Aucune idée. Quasiment tout Red Hook a été détruit hier soir. Mais je trouverai bien un lit quelque part. Je t'appelle quand j'ai du réseau.

Sur ce, il déposa un baiser léger sur ses lèvres, oublia de dire au revoir aux filles, ignora les autres, et se fraya sans ménagement un chemin à travers la foule pour rejoindre la sortie, lançant des regards irrités et dédaigneux à tous ceux qui avaient le malheur de se trouver sur son chemin. Sans même se tourner une dernière fois vers Gina, il disparut.

Charles et Ellen échangèrent un regard consterné. L'apparition éclair de cet homme avait été une expérience stupéfiante, qui illustrait parfaitement le fond de sa personnalité. L'étendue de son égoïsme était abyssale. Gina elle-même était choquée.

Elle se détourna de Charles pour qu'il ne la voie pas pleurer. Celui-ci ne fit aucun commentaire et se mit à discuter avec ses filles. Gina prétexta l'envie d'une tasse de thé et s'éloigna. Quand elle revint, elle dit à Charles qu'ils devraient peut-être essayer de trouver un hôtel…

De son côté, Charles n'avait plus d'obligations professionnelles, puisque toutes les entreprises cotées en Bourse étaient fermées – pour cause d'inondation. Il avait donc tout loisir d'aider Gina et leurs filles. C'était sa seule mission.

— Oui, c'est une très bonne idée, répondit-il. Je vais voir ce que je peux faire.

Il alla aussitôt se ranger dans la file d'attente pour le téléphone fixe du refuge. Ellen de son côté avait découvert – après avoir fait la queue un certain temps – que les lignes installées ne fonctionnaient pas pour les appels à l'international. Elle n'avait toujours pas pu joindre George. En une bourrasque, tout le luxe de la technologie moderne avait été balayé.

Une heure plus tard, Charles était de retour et annonçait à Gina qu'il avait trouvé un hôtel à l'est de la 50e Rue.

— Il a l'air assez miteux, avoua-t-il, mais tous les établissements décents sont complets. Le Lincoln East était mon dernier recours. En plus, ils n'avaient plus qu'une chambre de libre. Ils vont nous fournir des lits d'appoint pour les filles, et je peux dormir par terre si tu veux. Ça ne me dérange pas. Ou alors tu peux prendre la chambre et je reste là, mais je préférerais être avec toi et les filles. Je n'aime pas trop l'idée que vous vous baladiez seules dans la ville en ce moment. Qu'est-ce que tu en penses ? J'ai déjà réservé et payé : la chambre est à nous si tu la veux.

Une expression de soulagement et de gratitude se peignit sur les traits de Gina. La vie en collectivité dans le gymnase devenait difficilement supportable au bout de quarante-huit heures. Deux jours entiers de bruit, d'inconfort et de chaos, au milieu de centaines de personnes. À n'importe quel âge, c'était une épreuve.

— Allons-y, oui, répondit-elle, reconnaissante et soulagée.

Charles avait la gentillesse de s'occuper d'elles… contrairement à Nigel. Gina aurait beaucoup à dire à ce dernier, une fois l'ouragan passé. Elle n'aimait pas la façon dont il l'avait plantée là, tout à l'heure, sans même s'inquiéter pour Chloe et Lydia. Elles n'étaient pas ses filles, certes, mais Gina en attendait davantage de la part de son compagnon et avait été très déçue par son attitude. C'était la première fois qu'elle était confrontée à une preuve si flagrante de son égoïsme. Il avait toujours été adorable avec elle auparavant. Sauf qu'il n'avait jamais pris soin de personne dans sa vie, n'avait jamais assumé aucune responsabilité. En outre, ses amis artistes semblaient compter plus à ses yeux qu'elle-même et ses filles.

Gina lança un coup d'œil vers Charles. Il avait toujours été là pour elle, et l'était encore. Avec lui, elle savait qu'elle était entre de bonnes mains : il était efficace et fiable, respectable et bon. À la lumière de la tragédie, ces qualités lui apparaissaient d'autant plus importantes.

— Allons-y, dit-elle. Et oublie cette histoire de dormir par terre, je partagerai un lit de camp avec Chloe ; toi, tu prendras le grand lit.

— On avisera là-bas. Bon, rassemble vos affaires pendant que je vais essayer de dégoter un taxi. Ça risque de prendre un moment.

Les transports en commun avaient été interrompus et beaucoup de garages à taxis avaient été inondés. Seuls quelques véhicules circulaient encore. À cela s'ajoutait le fait que tout le monde cherchait à rejoindre les zones sûres, que beaucoup de rues étaient bloquées par l'eau et que certains feux de signalisation étaient coupés. Résultat : les journaux télévisés rapportaient des bouchons sur tous les axes qui menaient au nord de Manhattan. Le trajet pouvait durer jusqu'à quatre heures !

Charles alla dire au revoir à Ellen et lui donna son numéro de portable. Qu'elle n'hésite surtout pas à l'appeler – quand le réseau serait rétabli – s'il pouvait faire quelque chose pour l'aider. Il proposa également de lui chercher une chambre d'hôtel. Ellen demanda à Grace ce qu'elle en pensait, mais sa mère se montra inflexible. Elle voulait rester dans le quartier, et tant pis si cela impliquait de dormir dans le gymnase. Son seul objectif était de réintégrer son appartement au plus vite. Ellen déclina donc la proposition de Charles, non sans l'avoir remercié.

Lydia et Chloe firent de gros bisous à Blanche avant de partir. Ellen souhaita bonne chance à Gina. Elle en aurait besoin avec un type comme Nigel – même si Ellen se garda bien de faire ce commentaire à voix haute. Enfin, elle serra Charles dans ses bras.

— Prenez soin de vous, lui dit-il, l'air ému et désolé de les abandonner là.

— Vous aussi, Charles.

Comme c'était étrange qu'ils se soient liés d'amitié au cours d'un vol chaotique, puis lors d'un ouragan à New York. Les catastrophes de cette ampleur avaient la particularité de rassembler les gens comme rien d'autre.

Une fois Charles et sa famille partis, Ellen et sa mère évoquèrent ouvertement le comportement exécrable de Nigel.

— C'est fou, ces choix qu'on fait dans la vie... enfin, que certains font, remarqua Grace. L'ex-mari de Gina semble être un homme si bon. Certes, son nouveau compagnon est sexy, mais il n'en a pas grand-chose à faire d'elle.

— Je pense qu'elle s'en est rendu compte. Mais j'ai l'impression malgré tout qu'elle n'est pas très bien assortie avec Charles. C'est une super belle fille, elle a dix ans de moins que lui et, surtout, il est un peu trop rangé pour elle. Il a tout de l'homme d'affaires classique. Tu l'aurais vu à bord de l'avion : il était complètement terrifié… Nigel a plus de tripes, il est plus viril dans le sens sexy du terme, mais, clairement, il se fiche de Gina…

— Les choix plus traditionnels tiennent davantage sur la durée, mais sont moins excitants.

C'était exactement ce qu'avait pensé Ellen en épousant George. Il n'y avait pas plus conservateur, plus typiquement anglais que lui. Avant de le rencontrer, Ellen avait eu son lot de petits amis délicieusement irresponsables, mais George était le genre d'homme qu'on épouse, quitte à devoir s'adapter à son style de vie – une étape difficile, mais qui en valait la peine. Le fait qu'elle puisse compter sur lui en toutes circonstances était un bien précieux.

Ellen ne cessait de s'étonner des différences qui séparaient Anglais et Américains. Charles et George, en revanche, tous deux anglais, se ressemblaient par bien des aspects : ils étaient fiables, attachés aux traditions, aux valeurs conservatrices et au devoir conjugal. Ellen se dit qu'il faudrait absolument qu'elle les présente l'un à l'autre, à Londres – elle était sûre qu'ils s'entendraient très bien.

L'après-midi traîna en longueur, entre le brouhaha que faisaient les enfants en courant dans le gymnase et les images diffusées en boucle sur les chaînes d'informations. Les rues inondées de Tribeca, le quartier de

Red Hook totalement détruit à Brooklyn, Staten Island à peine moins touchée que la dernière fois malgré les mesures préventives mises en place, les dégâts dans le New Jersey, la montée des eaux à Coney Island, les Rockaways plus vulnérables que jamais avec leurs maisons ravagées, et les rives de l'East River et de l'Hudson complètement sous l'eau.

Ces images étaient si déprimantes que Grace décida de sortir Blanche pour prendre l'air. Peu après son retour, elle vit un homme de haute stature fendre la foule dans sa direction. C'était Bob Wells, son voisin de palier, visiblement à sa recherche. Arrivé près d'elle, il la serra chaleureusement dans ses bras.

— Qu'est-ce que vous faites ici, Bob ? demanda-t-elle, agréablement surprise.

C'était un miracle qu'il ait réussi à les trouver. Il avait dû les chercher pendant de longues heures. Même avec ses bottes en caoutchouc et ses vêtements de pluie, Bob s'apparentait à une vision enchanteresse au milieu du bruit et du chaos qui régnaient dans le gymnase.

— Je n'arrivais pas à vous joindre sur votre portable, expliqua-t-il. Et j'ai entendu à la télé que la police laissait passer les habitants dans certaines parties de la zone 1, dont Tribeca – pas pour y rester, mais pour évaluer les dommages, récupérer des documents importants et sauver ce qui peut l'être. Nombre d'immeubles sont encore trop inondés pour pouvoir entrer à l'intérieur, ou risquent de s'écrouler, mais pas tous. Je voulais essayer d'aller voir le nôtre. J'ai loué un 4 × 4, et je me demandais si vous vouliez que je vous rapporte quelque chose par la même occasion.

Grace lui lança un regard empli de gratitude.

— Je viens avec vous !

— Euh… Je ne pense pas que ce soit une bonne idée… Le quartier est dans un sale état, Grace. Pire que la dernière fois. Le niveau de l'eau est plus haut par endroits et les égouts ont débordé.

Pendant l'ouragan Sandy, les canalisations s'étaient déjà déversées partout, diffusant une puanteur nauséabonde. Bob voulait lui épargner cette épreuve.

— Je veux absolument venir, insista Grace. Si la police laisse les gens rentrer chez eux, j'y vais. Avec ou sans vous, Bob, même si je dois m'y rendre à pied.

La vieille dame, dont la chevelure flamboyante était en bataille, avait l'air très éprouvée, mais elle n'était pas du genre à se laisser intimider, et certainement pas par une catastrophe naturelle. Bob s'avoua vaincu. En revanche, il n'avait pas l'intention de la laisser se débrouiller seule. Il était là pour l'aider.

— Vous êtes vraiment sûre, Grace ?

— Et comment !

Sur ce, elle commença à rassembler ses affaires, tel un soldat prêt à partir au combat, attrapant Blanche pour la remettre dans son harnais. Un sourire plein d'affection éclaira le visage de Bob.

— Vous vous rendez bien compte que ça va être terrible ? Préparez-vous à un choc, Grace.

— Oui, oui, répondit-elle. Ne vous inquiétez pas.

Ellen et sa mère décidèrent qu'il valait mieux prendre toutes leurs affaires avec elles, pour éviter les vols pendant leur absence. La catastrophe avait beau réunir les gens dans un esprit de solidarité, tout le monde assurément n'était pas honnête – ici, comme partout ailleurs.

Bob avait laissé le 4 × 4 en double file avec les warnings, et il aida Grace à grimper dans l'énorme véhicule. Les rues, pour la plupart, étaient bloquées par de la rubalise, des voitures renversées, des eaux profondes et des débris en tout genre, si bien qu'il leur fallut une heure pour parcourir la courte distance qui les séparait de leur immeuble. Il était près de seize heures quand ils atteignirent le coin de leur rue, où la police les arrêta. Bob expliqua qu'ils vivaient à deux pas et leur montra son permis comme justificatif de domicile. Les agents avaient pour consigne de maintenir à l'écart les journalistes et les curieux. Deux ambulances et des pompiers étaient sur les lieux, ce qui signifiait sans nul doute que des corps avaient été retrouvés. C'était vraiment tragique.

— Nous voulons juste récupérer quelques affaires. Des documents importants.

Le jeune policier hésita quelques secondes avant de hocher la tête et de leur faire signe de passer. Il portait d'épaisses bottes en caoutchouc pour patauger dans les eaux usées. Ellen essaya d'oublier sa nausée. Ce n'était pas le moment de faire sa chochotte. Grace aussi tentait de se montrer forte. Son visage était marqué par une expression résolue, le regard droit, alors qu'ils se garaient parmi les débris, devant l'immeuble, et sortaient de la voiture. Partout autour d'eux gisaient des objets brisés, des bouts de verre, des arbres déracinés, des branches et toutes sortes de débris impossibles à identifier déposés là par le courant. À l'extrémité de l'aire délimitée par un cordon, une grue pendait paresseusement. Des fils électriques traînaient, qu'il fallait enjamber avec précaution car certains étaient peut-être encore actifs. Tout était danger potentiel.

Devant la porte, ils trouvèrent le gardien. Le pauvre était dévasté : on venait de retrouver le cadavre du portier ; l'homme s'était noyé au sous-sol. Sous le choc de cette affreuse nouvelle, Ellen, Grace et Bob pénétrèrent dans le hall obscur et passèrent devant un mur croulant. Tout le mobilier de l'entrée avait disparu, emporté par les flots de la veille. Grace et Ellen se revirent toutes deux en train de fuir le bâtiment, de l'eau jusqu'à la poitrine. Le niveau était maintenant descendu à leurs genoux. Bob les accompagna d'abord chez elles, pour le soutien moral. Quand Grace sortit ses clés, ils retinrent leur souffle. Une petite volée de marches menait à l'appartement, et Ellen avait supposé que l'eau serait évacuée avec la décrue, mais non : il restait encore une trentaine de centimètres d'eau. Les meubles avaient bougé, s'étaient retournés, et les canapé et fauteuils étaient imbibés d'un liquide sale et pestilentiel. Leurs efforts pour les bâcher avaient été totalement vains.

Ils gravirent l'escalier dans l'obscurité. À l'étage, des torrents de pluie étaient entrés dans la chambre par les fenêtres cassées. Nombre d'objets précieux semblaient irrécupérables. Le lit et les manteaux de fourrure de Grâce étaient fichus, complètement détrempés. Seuls quelques vêtements, bien à l'abri dans les placards, et les toiles accrochées dans certains recoins avaient survécu. Partout gisaient des affaires dispersées aléatoirement.

À regarder ce spectacle effroyable, il était évident que, si Grace était restée seule ici, elle ne s'en serait pas sortie indemne, assommée peut-être par un objet volant, ou pire : morte de froid ou de frayeur, morte noyée… Des larmes roulèrent sur les joues de la vieille dame tandis qu'elle effleurait ses objets préférés, comme pour leur dire adieu. Bob et Ellen, le cœur serré, pleurèrent avec elle, et même Blanche adopta un air de gravité dans son petit harnais, sanglée contre la poitrine de sa maîtresse.

Grace fut la première à rompre le silence :

— C'est pire qu'après Sandy…

Certains objets pourraient être récupérés à l'aide d'une restauration minutieuse, mais ce ne serait pas une mince affaire. Certes, Grace avait toujours pris soin de tout assurer, ce qui serait utile, bien sûr. Mais une partie de ses trésors à valeur artistique ou sentimentale étaient irremplaçables.

Ellen avait de la peine pour sa mère. Beaucoup de temps serait nécessaire pour rénover l'appartement, remettre en état les objets précieux qui pouvaient l'être, et racheter tout ce qui avait été irrémédiablement abîmé. D'autant que Grace devrait trouver un autre endroit où vivre pour les mois à venir. Il lui faudrait un sacré courage pour surmonter tout ça…

— Eh bien, déclara cette dernière en séchant ses larmes et en caressant machinalement sa chienne. Cela ne va pas être du gâteau mais on va y arriver !

Elle leur fit un sourire triste.

Dans l'appartement de Bob, la situation était plus terrible encore. Ses meubles n'étant pas de grande valeur, il n'avait rien fait pour les protéger, et presque tout était fichu. Ses vêtements dans le placard du rez-de-chaussée n'étaient plus qu'un tas de tissu trempé, et rien ne semblait récupérable, à l'exception des quelques livres et manuscrits conservés sur une étagère en hauteur.

D'expérience, Grace et Ellen savaient que certains artisans étaient des magiciens et pouvaient tout restaurer. Par exemple, ils congelaient les livres pendant qu'ils étaient encore humides, pour pouvoir ensuite les sécher page par page. Les deux femmes avaient dans leur carnet d'adresses de remarquables professionnels. Des restaurateurs de meubles, des spécialistes de la fourrure, des blanchisseurs qui faisaient des merveilles avec le cuir et les étoffes de luxe. La dernière fois, après Sandy, il avait fallu à Grace des mois pour tout remettre en état, mais vu l'appartement de Bob, il était difficile de croire que beaucoup de choses pourraient être sauvées... Les murs étaient si gorgés d'eau sale et puante qu'ils menaçaient de s'effondrer.

Un travail méticuleux et fastidieux les attendait tous, qui prendrait des mois et coûterait une fortune à l'assurance : il fallait maintenant trier tous ces tas de déchets afin de décider de ce qui devait être jeté, gardé, et restauré. Ellen avait aidé sa mère dans cette épreuve la dernière fois et n'hésiterait pas à le faire à nouveau. Grace regarda Bob et lui tapota gentiment le bras.

— On est là, Bob. Ce n'est pas si terrible que ça en a l'air, vous verrez.

Il soupira et lui sourit, essuyant une larme au coin de ses yeux.

— Je ne m'attendais pas à ça, admit-il.

Dans l'eau flottaient des photos encadrées de ses enfants, ainsi qu'une multitude de livres.

— J'imagine qu'il va falloir se retrousser les manches, pas vrai ?

117

Ils quittèrent bientôt ce décor tragique et regagnèrent le 4 × 4. Ellen était heureuse qu'ils se soient trouvés ensemble, tous les trois. Au moins, ils avaient pu se soutenir mutuellement.

Dans la voiture, Bob se tourna vers elles.

— Pourquoi ne viendriez-vous pas avec moi ? Je n'ai pas envie de vous ramener dans ce gymnase bruyant et bondé. L'appartement de mon agent dans l'Upper West Side est immense. Je suis absolument certain que cela lui fera plaisir de pouvoir aider des personnes en détresse et de vous héberger pendant quelques jours ; c'est un homme adorable. Vous vous reposerez bien mieux qu'au milieu de tous ces gens et de ce brouhaha.

— Je ne voudrais pas déranger votre ami..., lâcha Grace.

Elle était un peu gênée, mais ne pouvait nier que le refuge était un lieu exténuant. Elle avait à peine pu fermer l'œil depuis leur arrivée.

— Pour deux ou trois jours, alors... Le temps que nous trouvions une chambre d'hôtel ou une location meublée.

— Ah, parfait ! répondit Bob. Vous verrez, je suis sûr que ça ne le dérangera pas. Il aime recevoir du monde. Il est veuf et n'a pas d'enfants. Et il adore rendre service à ses amis.

Ses amis, d'accord... mais des inconnues ? songea Grace. Et une petite chienne ?

Ellen, quant à elle, se rangeait à l'avis de sa mère. Même s'il lui semblait peu probable qu'elles parviennent à trouver une chambre d'hôtel, ou même un appartement, en quelques jours. À vrai dire, la solution que proposait Bob était inespérée, un véritable soulagement.

— Je ne sais comment vous remercier, Bob, dit Grace à voix basse. Ainsi que votre ami. On ne restera pas longtemps, promis.

Dans le chaos du sud de Manhattan, il leur fallut deux heures pour atteindre la 42e Rue, à force de détours constants et d'embouteillages provoqués par ceux qui tentaient de se rendre à leurs habitations ravagées. Après ça, une fois arrivés dans la partie intacte de la ville, le trajet fut soudainement plus fluide. Il était presque dix-neuf heures quand ils se garèrent devant un magnifique immeuble de Central Park West. C'était comme passer de l'enfer au paradis en quelques rues. Bob aida Grace à descendre de voiture, puis tendit les clés au portier en uniforme, afin qu'il aille la garer au sous-sol. Ce dernier l'informa que M. Aldrich les attendait. Bob l'avait prévenu de leur arrivée peu après leur départ de Tribeca.

Quand Ellen et Grace pénétrèrent dans l'immense appartement de M. Aldrich, ce fut comme entrer dans un nouveau monde. Après les scènes de dévastation vues dans le sud de Manhattan et leur séjour de plusieurs heures dans le gymnase bondé, elles se sentaient comme les rescapées d'un naufrage. Le duplex était décoré dans un style très masculin, avec de magnifiques pièces d'époque et des peintures cotées. À l'évidence, un architecte et un décorateur avaient œuvré là de concert. Au bout de quelques secondes, Grace reconnut les lieux : elle en avait vu des clichés dans les pages de plusieurs magazines d'architecture ces dernières années, mais n'avait pas retenu le nom du propriétaire, collectionneur de trésors uniques et d'œuvres d'art rapportées du monde entier.

Bob les conduisit dans la bibliothèque. Il entra le premier dans la pièce et se dirigea à grands pas vers l'homme qui travaillait tranquillement à son bureau. Jim Aldrich était l'agent littéraire le plus important de New York, et sa collection d'art était tout aussi réputée. L'homme se leva pour les accueillir. Son sourire était chaleureux, et il semblait ravi de les recevoir. Très vite, il s'approcha de Grace et se mit à caresser Blanche.

— J'ai eu un bouledogue anglais pendant treize ans, vous savez. Je l'adorais. Je l'ai perdu il y a deux ans, et il me manque terriblement. Mais je n'ai pas eu le cœur d'en prendre un autre. Je suis tellement heureux que vous ayez amené votre petite chienne. Elle va apporter un peu de vie entre ces murs. Merci mille fois d'être venue, chère amie.

Grace demeura stupéfaite devant son sourire radieux et cet accueil si chaleureux. Il se comportait comme s'il avait invité ses meilleurs amis, et se montrait même adorable avec Blanche.

Jim engagea la conversation avec Ellen, puis leur montra leurs chambres respectives, toutes deux aussi élégantes que le reste de l'appartement. Ellen avait l'impression d'avoir été téléportée dans un monde féerique tant le contraste était frappant avec ce qu'elles venaient de vivre au refuge, ou de voir dans l'appartement de sa mère. Dans l'élégante atmosphère de confort et de luxe discret, Grace reprenait vie et redevenait elle-même, laissant derrière elle la victime de catastrophe naturelle.

— Nous mangerons un petit morceau quand vous serez installées, leur dit Jim.

Il brûlait d'interroger Bob sur l'état de son appartement, mais n'osait pas le faire en présence de Grace, dans l'hypothèse où elle-même aurait subi des dommages terribles. Quelques minutes plus tard, Bob lui racontait tout : les deux appartements avaient été complètement ravagés ; il ne restait pas grand-chose à sauver. Il lui confirma que le choc avait été terrible pour Grace et le remercia chaleureusement de l'accueillir, ainsi que sa fille.

— J'ai toujours été un grand admirateur de son travail d'architecte, lui répondit tout naturellement Jim. Et je suis vraiment heureux de pouvoir aider. Si l'on en croit ce que l'on voit à la télé, ça a l'air d'être un véritable cauchemar.

Jim sourit à son ami.

— Surtout, Bob, je suis content que tu sois sain et sauf. C'est triste pour ton appartement, mais ce ne sont que des dégâts matériels. Qu'est-ce que tu comptes faire ?

— Cette fois, je pense que c'est trop pour moi. Ce quartier… c'est traumatisant, vraiment… Je ne veux pas continuer d'y vivre avec la peur que ça recommence. J'ai pris une décision, tout à l'heure : je vais déménager au nord de Manhattan.

— Tu sais qu'il y a un appartement à vendre dans cet immeuble ? Un peu comme le mien. Si ça t'intéresse…

Bob lui lança un regard sceptique.

— C'est trop majestueux pour moi, ici. Je cherche plutôt une petite surface. Mes enfants ne viennent quasiment plus à New York, alors je n'ai pas besoin de beaucoup de place. Et je veux quelque chose de simple. J'aimais bien l'ambiance bohème de Tribeca…

— Moi non plus, je n'ai pas besoin de toute cette place, tu sais. Mais j'aime bien mon appartement quand même. J'imagine que c'est mon côté frimeur. Je vais demander s'il y a quelque chose de plus petit pour toi dans l'immeuble. En tout cas, je suis soulagé que tu veuilles déménager dans l'Upper West Side. Noyé dans un ouragan à Manhattan, quelle mort stupide et horrible !

Dire que c'était arrivé à d'autres…

Les deux amis parlèrent affaires. Jim avait reçu dans l'après-midi une offre intéressante pour les droits d'adaptation d'un des romans de Bob au cinéma. On ne lui proposait pas d'écrire le scénario – ce qu'il ne faisait de toute façon jamais – mais simplement d'en céder les droits. Et ce pour une superproduction avec un casting de rêve. Jim pensait qu'il fallait accepter.

Bob avait confiance dans le jugement de son ami et lui attribuait une bonne partie de son succès. C'était Jim qui avait lancé sa carrière : il avait un flair infaillible, était maître dans l'art des négociations, et avait toujours bien représenté Bob, avec des résultats gratifiants pour l'un comme pour l'autre.

L'agent approchait des soixante-dix ans et, s'il respirait la jeunesse, Bob avait l'impression de toujours lui avoir connu l'allure d'un vieil homme distingué. Avec l'âge, il était devenu un peu plus dur en affaires, mais un peu plus tendre dans sa vie privée. Bob éprouvait un profond respect pour lui, à la fois en tant qu'agent et en tant qu'ami. Il avait été très touché qu'il accueille Grace et sa fille avec tant de simplicité et de générosité.

Bob alla passer un coup de fil à ses enfants. Il les avait déjà appelés la veille pour les rassurer et leur dire qu'il s'était installé provisoirement chez Jim, mais après avoir vu la destruction de son appartement, il avait envie d'entendre à nouveau leurs voix. Tous deux furent très tristes d'apprendre combien il avait perdu, et rassurés de savoir qu'il avait l'intention de déménager. Cela leur semblait aussi la décision la plus sage.

Alors qu'Ellen déballait les rares effets personnels qu'elle avait pu emporter, elle pensa à l'énorme valise pleine de vêtements trempés qui stagnait chez sa mère et n'eut qu'une envie : appeler George. Il devait se faire un sang d'encre depuis deux jours qu'elle était injoignable. Elle le réveillerait probablement puisqu'il était minuit à Londres, mais elle était certaine qu'il serait surtout soulagé de l'entendre.

Dans la spectaculaire chambre d'amis qui lui avait été attribuée, il y avait un téléphone fixe. Elle nota mentalement de faire facturer l'appel à l'adresse de sa mère, puis composa le numéro de son domicile et attendit plusieurs sonneries. George décrocha enfin, d'une voix endormie.

— Chéri, c'est moi ! Je suis désolée de ne pas t'avoir appelé plus tôt. C'était l'enfer ici, mon portable ne captait plus, et maintenant je n'ai plus de batterie. On a dû évacuer l'appartement de ma mère. On est sorties avec de l'eau jusqu'à la poitrine, et ensuite on a été transférées dans un refuge. Un gymnase avec plein d'enfants qui couraient partout. Maman a tout perdu. Heureusement, on a trouvé une solution pour la nuit : on est logées chez un ami d'ami dans l'Upper West Side. Je suis désolée si tu t'es inquiété.

— Oh, tu sais, j'ai supposé que tout allait bien. J'avais entendu à la télé que les portables ne fonctionnaient plus dans certaines zones. Je me suis dit que tu finirais bien par me recontacter. Comment va ta mère ?

Ellen s'était attendue à ce qu'il soit complètement paniqué, mais son ton était plutôt nonchalant. Curieux… C'était la première fois qu'elle l'entendait si calme alors qu'il la savait en danger.

— Maman ? Bien, disons que… ça va. Elle est forte, mais quand même sous le choc – et ça se comprend. Elle a quasiment tout perdu. L'appartement est ravagé.

— Elle n'a qu'à déménager.

Cela fut dit sur un ton très détaché, comme si cela ne changeait rien pour Grace. George savait pourtant que sa belle-mère était très attachée à son appartement. D'où lui venait ce soudain manque d'empathie ? Déménager était certes la décision la plus sensée, mais il faudrait beaucoup de persévérance pour faire entendre raison à Grace.

— Donc au final, tout va bien ? reprit George.

— Oui… ça va, mais ça n'a pas été facile. Si tu avais vu le chaos qui régnait dans ce gymnase…

— Tu n'aurais pas dû partir à New York, lui reprocha-t-il. C'est ridicule de prendre l'avion pour rejoindre un ouragan.

Il semblait maintenant agacé, et bien moins compatissant qu'elle ne l'aurait voulu.

— Et ma mère, alors ? Je n'allais pas la laisser traverser cette épreuve toute seule ! Heureusement que j'étais là, je peux te le dire. Surtout quand on a été évacuées en pleine nuit, dans un canot de sauvetage.

— Grace est bien plus forte que toi et moi. Elle s'en serait très bien sortie seule.

Visiblement, cela ne l'intéressait pas de savoir ce qu'elles avaient réellement vécu. C'en était blessant. Sa réaction était pour le moins extrême et inappropriée vu les circonstances. Dire qu'Ellen avait passé deux jours à culpabiliser, l'imaginant fou d'inquiétude. Et voilà qu'il s'en fichait.

— Où es-tu, au fait ? s'enquit-il néanmoins.

— Chez un ami du voisin de ma mère, qui a accepté de nous héberger. Les New-Yorkais sont merveilleux en temps de crise. On est arrivées il y a une demi-heure ; il habite dans l'Upper West Side, et tout est parfaitement normal ici.

— Tu parles de l'écrivain ? Robert Wells ?

Comme beaucoup de monde, il avait lu ses romans. Il était même très impressionné que Grace le compte parmi ses connaissances.

— Oui, enfin non : on est chez son agent, Jim Aldrich. Bob était vraiment soulagé de pouvoir aider ma mère. Le refuge était bien trop éprouvant pour elle, et il n'y a plus une seule chambre d'hôtel libre à New York ! On va devoir louer un appartement pour quelque temps. J'ai bien peur d'être coincée ici pour plusieurs semaines, le temps de l'aider à déblayer l'appartement et à gérer les assurances. Je ne veux pas la laisser seule avec tout ça.

— Hum. Fais ce que tu as à faire, répondit George sur un ton détaché.

Son attitude était d'autant plus curieuse que, d'habitude, il protestait avec virulence quand elle s'absentait trop longtemps. Ellen se demanda s'il n'était pas jaloux qu'elle soit invitée chez l'agent de Bob, mais ça semblait peu probable. Il avait l'air réellement indifférent – ce dont elle ne revenait pas.

— Tu m'en veux ? lui demanda-t-elle franchement.

— Non, Ellen, bien sûr que non. De toute façon, je pense qu'une pause nous fera du bien. Quand tu es à la maison, toutes ces histoires de bébé… ça crée des tensions. C'est usant.

Ils n'avaient pourtant rien entrepris depuis trois mois. Et elle ne lui avait pas parlé de son intention de consulter un spécialiste à New York.

— Vraiment, George ? J'avais plutôt l'impression d'avoir mis le sujet en veilleuse depuis des semaines.

Il soupira.

— Je ne sais pas, Ellen. Je n'en peux plus, c'est tout. C'est trop déprimant. Il faut qu'on accepte le fait qu'on n'aura pas d'enfants ensemble.

C'était la première fois qu'il disait les choses comme cela, et ça sonnait comme un reproche. Des larmes montèrent aux yeux d'Ellen.

— Tu sais, poursuivit-il, on n'a pas toujours ce qu'on veut dans la vie. Les choses ne se passent pas toujours comme prévu. Tu crois pouvoir contrôler le moindre détail, mais ça ne marche pas comme ça. La nature a son mot à dire.

— C'est une déclaration très sérieuse pour un simple coup de fil, lâcha-t-elle, le visage baigné de larmes. Depuis quand tu penses tout ça ?

Et fallait-il qu'il le dise justement maintenant, alors qu'elle venait de survivre à un ouragan et qu'elle n'avait pas dormi depuis deux jours ?

— Ça fait un moment que j'y pense. Mais j'y ai beaucoup réfléchi ce week-end, aussi. J'ai parlé avec deux couples au manoir qui n'ont pas d'enfants et qui n'en veulent pas. Je me demande s'ils n'ont pas raison… Car même si on en avait, on les enverrait en internat privé à sept ou huit ans… Alors au final, qu'est-ce qu'on loupe, tu peux me le dire ? Quelques années de siestes et d'histoires avant d'aller au lit, et ensuite ils s'en vont ?

La tradition familiale voulait en effet que tous les garçons aillent à Eton. Sur ce sujet, c'était tout ou rien. George avait été très clair depuis le début. En l'épousant, Ellen savait qu'elle devrait se plier aux coutumes de l'élite anglaise. Et elle l'avait fait jusqu'ici.

Toutefois, en son for intérieur, elle avait toujours espéré obtenir quelques compromis sur la question des enfants. Visiblement, elle se fourvoyait.

— Et puis, reprit-il, on est bien plus libres sans enfants. On peut faire ce qu'on veut, voyager, se consacrer à sa carrière. Au final, c'est peut-être une bonne chose que ça n'ait pas fonctionné.

Pour elle, c'était au contraire la plus grande douleur et la plus grande déception de sa vie. Elle s'était gavée d'hormones et soumise à des procédures médicales loin d'être plaisantes. Tout cela en pure perte. L'expérience n'avait rien d'une bénédiction. Comment pouvait-il oser dire ça ?

— Je ne vois pas les choses de cette façon, George.

Le cœur serré, elle décida de changer de sujet.

— Comment s'est passé ton week-end ?

— Fantastique ! On s'est vraiment bien amusés ! Il y avait beaucoup de monde sympa : des habitués, et des nouveaux… Tu aurais adoré.

Elle l'écouta raconter en détail les festivités. Quand il eut terminé son récit, elle lui donna le numéro de Jim Aldrich et lui expliqua que son portable fonctionnerait dans l'Upper East Side une fois qu'elle l'aurait chargé, mais pas à Tribeca, où elle aiderait sa mère à déblayer l'appartement.

— Appelle-moi quand tu pourras, ce sera plus simple, lui dit-il. J'ai une semaine très chargée et je ne veux pas passer mon temps à tomber sur ton répondeur.

Ellen raccrocha, triste et troublée. Le manque d'empathie de son mari était inhabituel. Quelque chose clochait, elle le savait. Non seulement il s'était montré très froid au téléphone, mais encore il y avait ces aveux à propos des enfants. Alors qu'il avait été plus que coopératif jusque-là, il donnait soudain l'impression que c'était terminé. Qu'il était inutile qu'ils tentent quoi que ce soit d'autre. C'était un véritable deuil pour Ellen. Et leur couple dans tout ça ? Elle n'était plus sûre de rien.

Peu après, Grace entra dans sa chambre et surprit son expression de souffrance.

— Qu'est-ce qui ne va pas, ma chérie ?

— Rien, rien. Simplement George, encore une fois très… anglais.

— Ce n'est pas un scoop, ça. Il a toujours été très traditionnel et pas exactement du genre chaleureux et expansif. Et toi, tu t'es toujours pliée en quatre pour lui, et tu disais que c'était ce que tu voulais. Ça te pose problème, maintenant ? Pourquoi ? À mon avis, au bout de dix ans, c'est un peu tard pour se plaindre.

Ellen hocha la tête, surprise et peinée par la dernière remarque de sa mère. Celle-ci savait combien elle se battait pour avoir un enfant, mais elle pensait qu'elle aurait dû adopter ou abandonner des années plus tôt, qu'elle avait tort d'aller contre le destin, que c'était trop de pression, pour elle comme pour son mari. Ellen se sentit soudain très seule…

Elle avait le moral dans les chaussettes quand elle retrouva Bob et Jim Aldrich dans la cuisine. Bob mit son air préoccupé sur le compte des épreuves qu'elle avait dû surmonter ces derniers jours. Jim, quant à lui, ne la connaissait pas suffisamment bien pour remarquer que quelque chose clochait. Ils s'installèrent tous les quatre autour de la grande table ronde de la cuisine pour un dîner convivial. Le repas était délicieux, et les deux rescapées apprécièrent d'autant plus ce retour à la normale. Après le chaos des événements récents, cette soirée détendue, cet environnement si plaisant et cet hôte si généreux firent de leur retour à la civilisation un moment fort agréable.

Puis chacun s'isola dans sa chambre. Grace et Ellen profitèrent de la baignoire de leurs salles de bains respectives – même Blanche eut droit à son shampooing. Bob reprit la lecture de son dernier manuscrit, opérant çà et là quelques corrections. C'était le genre de soirée calme dont ils avaient tous besoin, avant d'affronter la nouvelle vague d'épreuves.

6

Le lendemain matin, le téléphone sonna chez Jake et Sarah Weiss. Ils étaient encore au lit, après avoir passé la nuit à rappeler tous les hôpitaux de New York, à la recherche de Ben. Adam, quatorze ans, était déjà debout pour jouer aux jeux vidéo, et c'est lui qui décrocha.

— Maman ? appela-t-il d'une voix enrouée en entrant dans la chambre parentale.

Sarah se redressa.

— C'est la police.

C'était l'appel qu'ils redoutaient. Jake se réveilla aussitôt et prit la main de son épouse, laquelle s'empara du combiné. Adam ne bougea pas, pétrifié lui aussi.

— Sarah Weiss à l'appareil, répondit-elle à l'agent.

C'étaient les policiers qui, généralement, informaient les proches des victimes du lieu de leur transfert et de leur état. Seuls les plus gradés passaient des appels comme celui-ci.

Jake regarda sa femme fermer brièvement les paupières, puis hocher la tête.

— Oui… oui, je comprends. Où est-il à présent ?

Pour Jake et Adam, ces bribes de dialogue énigmatiques étaient insupportables.

— Où est-ce qu'on peut le voir ?

Elle remercia le policier et raccrocha, le regard fuyant celui de son mari et de son fils. Soudain, des sanglots incontrôlables la secouèrent.

— Ils l'ont retrouvé sur Henry Street, à quelques centaines de mètres de son immeuble. Le médecin a rapporté un coup violent à la tête, probablement quand il a été emporté par le courant. Il est mort noyé… mon Dieu. Il est mort. Ben est mort…

Elle se jeta dans les bras de Jake, les joues ruisselantes de larmes. Adam se fondit dans leur étreinte, s'agrippant à sa mère comme s'il s'agrippait à la vie.

Ils restèrent ainsi pendant une heure, pleurant le garçon qu'ils aimaient tant, sans réussir à comprendre ce qui avait pu lui arriver. Si Peter s'en était sorti, pourquoi pas lui ? Comment la vie pouvait-elle être si injuste ?

Enfin, Sarah se leva pour préparer du café et des toasts. Elle répéta à Jake ce que lui avait dit la police. Ben était à la morgue, et ils allaient devoir s'y rendre plus tard pour l'identifier, et « prendre les dispositions ».

Après le petit déjeuner, Jake téléphona à John Holbrook, et Sarah à Elizabeth, la mère d'Anna. Tous deux pleurèrent pendant un long moment en apprenant la nouvelle, puis il fut décidé qu'Elizabeth se rendrait au chevet de Peter, à l'hôpital, pour lui parler en personne. Ensuite, elle l'emmènerait chez elle jusqu'à ce que ses parents arrivent à New York. Il leur faudrait venir, puisque c'était là, bien sûr, qu'auraient lieu les obsèques de Ben.

Chez les Weiss, le monde entier paraissait s'être écroulé. Adam était inconsolable : son frère, son héros, était parti. Et comme lui, ses parents, Jake et Sarah, erraient dans l'appartement comme des zombies. Souvent, sans savoir comment ils se retrouvaient là, ils atterrissaient dans la chambre de Ben et s'asseyaient sur son lit, hagards, semblant attendre le retour de leur fils aîné à la maison.

Quand Peter se réveilla aux urgences, la mère d'Anna était à son chevet. La veille, il avait enfin quitté son coin de couloir pour se voir attribuer un box. En voyant la mine sombre d'Elizabeth, une vague de panique le submergea. Était-il arrivé quelque chose à Anna ? La veille, elle avait promis de venir le voir ce matin-là. Pourquoi n'était-elle pas là ?

En réalité, Elizabeth avait ordonné à sa fille de rester à la maison. Celle-ci avait été dévastée en apprenant la nouvelle de la mort de son ami d'enfance. Son chagrin était immense.

— Est-ce qu'Anna va bien ? demanda Peter en se redressant.

Elizabeth hocha la tête, les yeux débordant de larmes.

— Oui, elle, ça va… On a retrouvé Ben ce matin.

Elle lui prit la main.

— Dans un hôpital ?

— Non… À quelques centaines de mètres de l'immeuble. La police pense qu'il a été emporté par le courant, qu'il a reçu un coup à la tête et qu'il s'est noyé.

Son corps gisait entre deux voitures retournées sur le trottoir, mais elle lui épargna ce détail.

— Oh, mon Dieu…

La douleur qu'elle lut sur le visage du jeune homme était terrible. Elle le prit dans ses bras pour calmer les sanglots qui le secouaient.

— Le médecin a dit que tu pouvais sortir. J'ai parlé à ta mère ce matin. Tu peux rester avec nous jusqu'à ce que tes parents viennent te chercher. Ils vont faire au plus vite.

— Je dois aller voir les parents de Ben. Et Adam.

Il voulait leur expliquer ce qui s'était passé, leur dire qu'il avait fait ce qu'il avait pu, qu'il avait insisté à plusieurs reprises pour que les sauveteurs le cherchent. Il ne voulait surtout pas que Jake et Sarah pensent qu'il l'avait abandonné.

Elizabeth comprenait que la mort de Ben serait pour Peter un double supplice : celui d'avoir perdu son ami adoré, mais aussi celui de la culpabilité inévitable du survivant.

— J'ai fait tout ce que j'ai pu, expliqua-t-il.

Elle le croyait, bien sûr. Surtout, elle supposait que si Ben avait été assommé par un poteau, il avait dû se noyer très vite. Personne n'aurait pu le sauver…

Juliette ausculta Peter une dernière fois et changea son bandage avant de signer son autorisation de sortie.

— Je suis désolée pour votre ami, murmura-t-elle, déclenchant un nouveau flot de larmes chez le jeune homme.

Il enfila avec peine les vêtements qu'Elizabeth lui avait apportés, puis alla chercher Mike.

L'atmosphère était grave chez Anna. Elle les attendait sur le pas de la porte, toute pâle. Ben était comme un frère pour elle ; elle n'arrivait pas à croire qu'il avait disparu. Quand elle vit Peter, elle se jeta dans ses bras, et ils pleurèrent ensemble. Mike les regarda en poussant des gémissements et s'assit près d'eux, la tête entre les pattes avant.

Dès que Peter eut avalé quelque chose, Anna et lui prirent un taxi pour se rendre à l'appartement des Weiss. Les parents de Ben revenaient tout juste de la morgue, et ils étaient assis dans la cuisine, complètement abasourdis, quand Anna et Peter débarquèrent avec le chien, tout excité de les revoir. Même si Adam faisait de l'asthme et n'était pas censé approcher les animaux, les deux jeunes gens avaient tenu à venir avec Mike. C'était à eux qu'il revenait, en mémoire de leur fils.

Adam passa ses bras autour du chien et se mit à sangloter. Sarah et Jake Weiss étreignirent Peter et Anna, puis écoutèrent le jeune homme expliquer ce qui s'était passé. Ils avaient quitté l'immeuble, par peur qu'il ne s'effondre. La violence du courant leur avait semblé l'issue la moins dangereuse, mais s'était avérée la pire.

— Tu ne pouvais pas savoir, lui dit doucement Jake en passant un bras autour de ses épaules. Tu as fait de ton mieux, et Ben aussi. J'aurais probablement fait la même chose : tenter le tout pour le tout.

— C'est horrible, je m'en veux terriblement, rétorqua Peter. On aurait dû partir avec Anna et passer la nuit chez Elizabeth… Ou chez vous…

Adam regarda les larmes rouler sur les joues du jeune homme. Lui aussi regretterait toute sa vie qu'ils ne l'aient pas fait.

— Personne ne pensait que l'ouragan serait si terrible, dit Jake. Et il aurait pu s'en sortir – comme toi. On ne peut pas prévoir ce que nous réserve le destin.

Le père de Ben essayait de voir les choses avec philosophie. Surtout, il s'efforçait d'être le plus réconfortant possible avec ce garçon rongé par la culpabilité.

— Je suis si content que tu aies survécu, ajouta-t-il à voix basse.

Sarah invita Anna à la suivre dans la chambre de Ben. Elle voulait que la jeune femme puisse emporter quelque chose en souvenir. Dans le salon, l'attention se reporta sur Adam, qui continuait de caresser désespérément le chien, malgré son allergie.

— Je vous ai ramené Mike, expliqua Peter. C'est à vous qu'il revient. C'est ce que Ben aurait voulu. Il l'aimait tellement…

— Je sais, Peter, mais on ne peut pas le prendre. À cause d'Adam… Garde-le, toi. C'est un peu de Ben qui sera toujours avec toi comme ça, un peu de votre vie ensemble.

Une vie terminée, fauchée dans la fleur de l'âge. Ben ne reviendrait pas à l'université, ne serait jamais diplômé, ne se marierait pas, n'aurait jamais d'enfants, ne vieillirait pas. Depuis le matin, ces pensées tournaient en boucle dans l'esprit de chacun. La vie de Ben s'était achevée à vingt et un ans, à la fin de l'adolescence. Dans le cœur de tous, il serait toujours un beau jeune homme, sain et plein de vitalité.

— Prends Mike et ramène-le à Chicago avec toi, si tes parents acceptent.

Peter savait que ça ne leur poserait pas de problème. Ils avaient déjà un golden retriever à la maison, et son père était tombé sous le charme de Mike quand il l'avait vu la première fois. Quant à lui, il était profondément touché par la proposition de Jake. Garder le chien de Ben était son plus cher désir.

— Tu comptes rentrer définitivement à Chicago ? poursuivit Jake.

Les événements étaient bien trop récents pour qu'il ait décidé quoi que ce soit. Ce qui était sûr, c'est que l'université ne rouvrirait pas ses portes avant des mois. C'était peut-être aussi bien… S'éloigner de New York, lieu de l'horrible drame qu'il venait de vivre, lui semblait nécessaire.

— Je ne sais pas. Je ne sais plus quoi faire maintenant. Mes parents veulent que je rentre à la maison pour un temps.

— Je pense qu'ils ont raison.

Peter s'effondra à nouveau dans les bras de Jake.

— Je suis désolé… Je suis tellement désolé de ne pas avoir pu le sauver… Je ne savais pas où il était parti ; je ne le voyais nulle part. Je n'ai vu que Mike, quand il est passé à côté de moi. Si j'avais pu, j'aurais tout fait pour sauver Ben.

— Je sais…

Quand les deux femmes revinrent dans la cuisine, elles les trouvèrent en larmes.

Peter et Anna s'attardèrent encore un peu, puis ils étreignirent les Weiss une dernière fois. Sur le chemin du retour, dans le taxi, Peter ne dit pas un mot, épuisé par les émotions des heures passées. Même Mike ne bougeait pas, assis aux pieds de son nouveau maître, immobile et silencieux comme jamais. À croire qu'il avait conscience de la tragédie en cours et qu'il faisait le deuil de Ben.

Une fois chez Anna, les deux amis s'installèrent côte à côte sur le canapé. Ils avaient besoin de parler de Ben et de tout ce qui s'était passé. Comme pour tous les étudiants de NYU, les cours d'Anna seraient annulés ce semestre. La jeune fille n'avait pas encore réfléchi une seconde à ce qu'elle comptait faire pendant ce temps-là. Peut-être rien…

Bizarrement, leur idylle semblait s'être éteinte d'un coup avec le drame. Était-ce parce que c'était Ben qui les avait réunis ? Était-ce parce que ce drame était trop grand ? les dépassait trop et engloutissait leur amour ?

— Tu crois que c'est fini entre nous ? lui demanda-t-elle doucement.

La question la hantait depuis qu'elle avait appris la mort de Ben. Leur histoire d'amour lui paraissait désormais futile et inappropriée. Le temps était au deuil, pas au romantisme.

— Je ne sais pas, répondit-il. Je ne sais plus rien. Tout est irréel…

Il lui lança un regard triste. Elle avait raison : leur histoire appartenait au passé, celui où Ben était encore là, un passé qu'ils ne pourraient pas faire revivre sans lui. Ils avaient trop perdu.

— Tu préfères que je m'en aille de chez vous ? lâcha-t-il d'un ton hésitant.

— Bien sûr que non, Peter ! Où est-ce que tu irais ?

— Mes parents vont arriver d'ici quelques jours. Je peux aller à l'hôtel en les attendant.

Les obsèques auraient lieu le vendredi. Le jeune homme était soulagé que les parents de Ben ne lui aient pas demandé de préparer un discours : il n'en aurait pas été capable. Rien que d'y aller serait une épreuve.

Elizabeth commanda des pizzas pour tout le monde. Peter dîna avec les filles, mais quand elles voulurent regarder un film, il alla se coucher, exténué. Dans la chambre d'amis, Mike s'allongea à côté du lit, et Peter laissa tomber sa main pour rester en contact avec lui. C'était son chien désormais. Un cadeau de Ben et de sa famille. Peter se pencha pour regarder le labrador, les larmes aux yeux.

— Je suis désolé, mon chien. Moi aussi, il me manque.

Mike lécha sa main, puis poussa un gémissement, comme en hommage au garçon qu'ils aimaient tant, et qu'ils avaient perdu.

À l'hôpital, la panne des générateurs avait forcé les équipes à se contenter des équipements fonctionnant sur batterie. Toute la journée, les malades avaient été transférés dans d'autres hôpitaux, tandis que les moins gravement atteints commençaient à rentrer chez eux. Les urgences étaient toujours surpeuplées, cependant, car les patients continuaient d'affluer. C'était toutefois plus gérable – d'autant que leurs effectifs étaient au complet, réquisitionnés pour l'occasion.

Juliette n'avait pas quitté l'hôpital, prenant seulement des pauses pour dormir sur son petit lit de camp. Le chien qui y avait passé la nuit lui manquait déjà. Elle avait vu le désespoir se peindre sur le visage de son jeune maître quand il avait appris la mort de son ami. Ce n'était pas une surprise pour elle : les histoires tragiques étaient nombreuses. Il faudrait beaucoup de temps à Peter pour surmonter ce traumatisme. Les médecins pouvaient traiter les blessures du corps, mais la façon dont l'esprit des survivants réagissait à ce qu'ils avaient vécu était plus difficile à soigner.

À vingt-deux heures ce soir-là, alors qu'elle s'apprêtait à aller manger un morceau à la cafétéria, Sean Kelly fit son apparition. Il l'accompagna sur son chemin pour faire le point sur le nombre de patients traités, une donnée qu'il devait consigner dans son rapport. De nouveaux corps étaient découverts toutes les heures dans les rues, dans les appartements et dans les caves, surtout des personnes âgées et des enfants – les premières victimes de la noyade –, mais aussi des adultes dans la force de l'âge qui n'avaient pas évacué à temps et avaient pris des risques inconsidérés. D'autres avaient tenté de jouer aux secouristes sans en détenir les capacités ou l'équipement. Mais les médias relayaient également des histoires plus heureuses, voire incroyables : des héros étaient nés, qui par leur courage avaient pu sauver des vies.

— Vous êtes rentrée chez vous depuis l'ouragan ? demanda Sean à Juliette.

— Non, je suis là depuis le début. Mais ce n'est pas grave. De toute façon, si mon appartement a été inondé, il est impraticable. Et puis, c'était déjà le chantier avant.

Il éclata de rire. Il imaginait sans mal que la décoration d'intérieur ne fût pas son fort. Elle était bien trop impliquée dans son travail pour s'intéresser à quoi que ce soit d'autre. Tous les médecins urgentistes avaient des horaires délirants.

— Pareil pour moi, admit-il. Si mon appartement explosait, je ne suis pas sûr que je le remarquerais.

Il lui lança un regard de connivence. Puis reprit :

— Vous habitez où, Juliette ?

— Pas bien loin. J'ai choisi cet appart justement pour l'emplacement, parce qu'il n'était pas loin de l'hôpital.

— Vous savez quoi ? J'ai l'impression que vous êtes une accro au boulot, comme moi. Je dirais même plus : une accro aux crises, à l'adrénaline… Ça vous arrive de vouloir une vie privée ?

— On verra quand je serai à la retraite ! plaisanta-t-elle. Mon père n'était jamais là quand on était petits, il enchaînait les accouchements. Et aux urgences, c'est pire encore. J'imagine que j'aurai le temps de tomber enceinte à cinquante ou soixante ans.

Une nouvelle fois, il s'esclaffa. Quoiqu'elle fût cachée sous le tissu informe et pastel de son uniforme, la silhouette magnifique de Juliette ne lui avait pas échappé. C'était une très belle femme, qui devait l'être plus encore en tenue de ville, avec du maquillage et quelques coups de brosse dans les cheveux…

— Il paraît qu'on peut concilier les deux : vie privée et boulot, dit-il avec malice. Si, si, c'est possible, même aux urgences…

— Vraiment ? Appelez-moi si vous trouvez comment !

La plupart des médecins urgentistes se mariaient entre eux et ne se voyaient jamais. Beaucoup trompaient leur conjoint avec le personnel hospitalier, et la jeune femme ne voulait pas prendre cette direction.

— Vous sortez quand même, parfois ? insista-t-il.

Il la trouvait trop jeune et trop jolie pour qu'elle sacrifie toute vie sentimentale ou sociale. Il pouvait parler, cependant. À trente-cinq ans, lui non plus n'avait jamais vraiment eu de relation sérieuse. Il se contentait de passer d'une catastrophe naturelle à la suivante, prenant à peine le temps de se poser entre deux missions.

— Ça m'arrive, oui… J'ai eu une histoire avec le responsable du service, ça a duré cinq secondes. Un vrai connard.

Les mots étaient sortis tout seuls de sa bouche. Il faut croire que Sean lui inspirait confiance.

— Moi aussi, j'ai eu mon lot de relations au boulot. On va dire que notre métier ne nous donne pas trop l'occasion d'aller voir ailleurs.

Juliette acheta un sandwich et mordit dedans goulûment.

— Quand vous aurez fini de manger, voulez-vous que je vous dépose chez vous ? proposa-t-il fort gentiment. Ce sera peut-être plus agréable que d'être seule pour se confronter aux dégâts subis par votre appartement. Je pourrai vous donner un coup de main, et même vous ramener à l'hôpital en un rien de temps.

Un grand sourire éclaira le visage de Juliette.

— Oh, merci ! C'est une très bonne idée, oui. Pour tout vous avouer, j'avais peur de rentrer chez moi.

La jeune femme était touchée par la gentillesse de cette proposition.

— Et puis, il est peut-être encore temps de sauver quelques objets de valeur. Et de récupérer des affaires au passage : vous allez probablement être coincée ici pendant un moment encore.

Quelques minutes plus tard, elle le suivait à l'extérieur de l'hôpital. Le véhicule de Sean – un 4 × 4 de service à gyrophares – était garé juste à l'angle. Elle s'installa sur le siège passager.

— Comment avez-vous atterri à New York ? lui demanda-t-il en démarrant. Vous venez de Détroit, c'est bien ça ?

— Oui. Je n'ai pas eu le poste que je voulais à Chicago, et on m'en proposait un très bon ici, alors je l'ai accepté. Je ne regrette rien, j'aime beaucoup Manhattan. Et vous ? Où avez-vous grandi ?

— Pas loin, dans le Queens. Je suis un gars du coin. C'est peut-être pour ça que je tiens tant à cette ville et à ses habitants.

Impossible d'exercer des métiers comme les leurs sans s'intéresser profondément aux inconnus qu'ils sauvaient.

Il se gara devant son immeuble, et Juliette sortit les clés de son portefeuille. L'état du bâtiment était déprimant, et son appartement se trouvait au rez-de-chaussée, ce qui n'augurait rien de bon – même si elle était assez loin du fleuve pour espérer encore avoir été épargnée.

L'électricité n'avait toujours pas été rétablie, mais Sean avait apporté une lampe torche puissante. Ils entrèrent prudemment dans l'appartement. Le sol était jonché de vêtements et de sabots de bloc. Le lit était défait, les murs dénués de la moindre décoration. Sur la table s'empilaient des livres de médecine, et dans la corbeille à fruits se trouvaient deux stéthoscopes et des échantillons de médicaments donnés par les laboratoires.

— Ah, je vois que Martha Stewart est votre inspiration déco, plaisanta-t-il.

— Ça alors ! On dirait que rien n'a bougé, constata Juliette avec soulagement.

Embarrassée, elle s'empressa de ramasser les vêtements qui traînaient par terre et les jeta dans le panier de la salle de bains.

Le minimalisme du studio était extrême. Bien plus que Sean ne l'avait imaginé. On aurait dit une chambrette de dépannage. Il ouvrit le frigo et n'y trouva qu'un citron ratatiné et du Coca light.

— Hum. Ça vous arrive de passer du temps chez vous ?

— Pas si je peux l'éviter, avoua-t-elle. Je ne viens ici que pour dormir et seulement quand c'est possible. Si mes pauses entre deux services sont courtes, je reste dormir à l'hôpital. Et je ne mange jamais chez moi.

— Incroyable, vous êtes pire que moi ! Dans mon frigo à moi, il y a deux bouteilles de Coca et une de San Pellegrino. Vous gagnez des points avec le vieux citron, mais il me semble que j'ai une pizza périmée dans le congélateur.

Il sourit.

— Juliette, ça vous dirait de dîner avec moi, un jour ? Un vrai repas, pas ma pizza périmée, je vous le promets. J'ai l'impression que ça nous ferait du bien à tous les deux.

À la lumière féerique de la lampe torche, elle vit son sourire s'agrandir.

— Ça pourrait être sympa, répondit-elle timidement.

Il lui plaisait, mais elle avait du mal à imaginer comment ils pourraient faire fonctionner une relation. Ce n'était pas compatible avec leurs jobs. Peut-être pourraient-ils devenir amis ?

— Je voulais vous demander, poursuivit-il : Vous vous déguisez en fille, quand vous sortez ?

— Ça m'arrive. La dernière fois, c'était pour ma première communion. J'avais une robe blanche en organdi. Et je peux vous avouer que ma belle-sœur m'a offert des sous-vêtements Victoria's Secret pour Noël – les étiquettes sont toujours dessus.

Il éclata de rire.

— Je pense qu'on irait bien ensemble, déclara-t-il de but en blanc alors qu'ils se préparaient à partir.

Même s'il n'y avait rien eu à faire dans son appartement, la visite avait permis de la rassurer. À vrai dire, elle tenait beaucoup à ses livres de médecine et à ses sabots préférés : il lui avait fallu deux ans pour les faire à ses pieds.

— Qu'est-ce qui vous fait croire ça ? répondit-elle, intriguée. Vous ne préféreriez pas plutôt sortir avec une fille qui s'habille correctement, qui se maquille et qui porte des talons ? Vous savez, moi, j'attends d'être titulaire avant de m'intéresser à tout ça. Pour l'instant, j'évite les distractions.

C'était vrai. Mais il y avait aussi le fait que les relations amoureuses ne lui avaient jamais paru aussi excitantes que ses études de médecine.

— Un minimum de vie sociale ne peut pas être négatif, si ?

— Certes.

Elle sourit. Elle appréciait sa franchise, ses choix de carrière, et son humilité – cela la changeait des égocentriques du genre de Will Halter.

— Mais pourquoi moi ? insista-t-elle.

Que voyait-il en elle ? Aussi étrange que cela puisse paraître à un œil extérieur, Juliette ne se considérait pas comme une femme séduisante. Encore moins comme une séductrice. Les hommes avec qui elle travaillait tous les jours étaient de simples collègues, voire des camarades... Elle ne les voyait pas comme des partenaires potentiels.

Elle verrouilla la porte d'entrée et rangea les clés dans la poche de sa blouse blanche.

— C'est évident, rétorqua-t-il. Vous êtes belle, intelligente, et qui plus est gentille. C'est la combinaison jackpot, non ?

— Merci pour le compliment. Je pourrais vous le retourner, vous savez. La plupart des médecins que je côtoie ont des ego surdimensionnés. Difficile de les prendre au sérieux ou de passer plus de cinq minutes en leur compagnie.

Malgré son physique avantageux, Sean n'était pas de ce genre. Il ne semblait pas plus conscient de son charme qu'elle du sien.

— Alors, qu'est-ce que vous en dites ? demanda-t-il en démarrant le moteur. Un dîner, quand les choses se seront calmées ?

— Pourquoi pas ! Mais essayez de me prévenir assez tôt pour que j'aie le temps d'emprunter une robe à une infirmière, plaisanta-t-elle.

— Pas la peine, j'adore votre tenue. L'uniforme de l'hôpital vous va à ravir. Mais à votre place, je sortirais les sous-vêtements de votre belle-sœur, juste au cas où.

Elle sourit.

— Qui sait ? Peut-être que j'attendais de vous rencontrer pour les mettre, le taquina-t-elle.

Cinq minutes plus tard, il se garait devant les urgences. Juliette reprit, songeuse :

— Vous ne trouvez pas que ce serait bizarre si quelque chose de bon nous arrivait un peu grâce à cet horrible ouragan, qui a causé tant de tragédies pour d'autres ? Peut-être qu'il faut y voir un signe…

Il plongea ses yeux dans les siens.

— Depuis que je vous ai rencontrée la nuit dernière, j'ai l'impression de m'être réveillé d'un long sommeil. Comme si je venais de me souvenir qu'après tout je n'ai que trente-cinq ans et que je ne suis pas encore mort. Tous les deux, on passe notre vie à aider les autres à survivre à des tragédies, mais on a aussi le droit au bonheur. Vous ne croyez pas ?

— Je n'avais jamais vu les choses comme ça… Mais vous avez raison : les tragédies des autres ne devraient pas être les nôtres.

Soudain, Sean mourait d'envie de l'embrasser. Il se contenta toutefois de lui adresser un sourire radieux. Il voulait que leur premier baiser soit unique, qu'il ait du sens pour eux.

— Je reviendrai vous voir demain, promit-il alors qu'elle descendait du véhicule.

Elle se tourna pour lui sourire.

— Merci, Sean. J'ai vraiment passé un bon moment. Et merci de m'avoir accompagnée chez moi. Je tâcherai de penser à racheter un citron frais pour la prochaine fois.

— Génial !

Il la regarda s'éloigner vers l'hôpital et lui faire un signe de la main. Dès l'instant où il avait posé les yeux sur elle, il avait pensé qu'elle était différente. Désormais, il en avait la confirmation.

— Tu étais où ? demanda Michaela à Juliette quand elle la vit passer devant elle.

Elle avait vingt minutes de retard sur sa pause, ce qui n'était pas son genre.

— Je voulais jeter un coup d'œil à mon appartement.

— Et alors ?

— Alors il est dans le même état déplorable que celui où je l'avais laissé. Mais tout est resté au sec. En revanche, il faut vraiment que je fasse une lessive. Il doit y avoir une quinzaine de blouses qui traînent par terre.

Michaela éclata de rire et secoua la tête.

— Pourquoi tu ne te contentes pas de les jeter et d'en redemander d'autres ? Personne ne le saura, et au pire, tout le monde s'en fiche.

— Excellente idée !

Juliette attrapa un dossier et s'engouffra dans le couloir, le sourire aux lèvres. Elle pensait à Sean et s'aperçut qu'elle attendait avec impatience leur rendez-vous – s'ils trouvaient un jour une date qui leur convienne à tous les deux. Elle se surprit à espérer que cela fonctionne, entre eux. Il lui plaisait. Au point qu'elle se demandait maintenant où pouvaient bien traîner ses sous-vêtements Victoria's Secret. Les avait-elle donnés à une copine ? Ou étaient-ils enterrés sous une pile de fringues quelque part ? Il allait falloir qu'elle cherche.

7

L'hôtel que Charles avait trouvé pour Gina et ses filles s'avéra bien plus confortable qu'il ne l'avait cru. Petit, certes, et loin d'être aussi élégant ou agréable que l'appartement de son ex-femme, mais suffisant pour le moment. Il était en outre bien situé : à l'est de la 50e Rue, non loin de Central Park. Charles y accompagna Gina et les filles pour jouer et se promener autour de l'étang qu'elles adoraient. Puis ils allèrent prendre le thé au Plaza.

Gina n'était toujours pas retournée chez elle pour constater les dégâts. À vrai dire, elle ne savait même pas si la police l'y autoriserait. Beaucoup de zones restaient dangereuses et inaccessibles. En ville, c'était encore le chaos, surtout là où l'électricité n'avait pas été rétablie. Charles avait promis à Gina de l'accompagner chez elle quand le danger serait levé.

Les jours qui suivirent, il les emmena au restaurant à chaque repas, imagina quantité d'activités amusantes pour Lydia et Chloe, et, quand Gina voulut faire les boutiques, il proposa avec joie de s'en occuper. La jeune femme n'était pas surprise : il avait toujours été un excellent père. Le problème entre eux était ailleurs. Quand ils s'étaient mariés huit ans plus tôt, elle s'était retrouvée projetée dans une existence à laquelle elle n'était pas prête et dont elle ne voulait pas à l'époque. Toutefois, après un an passé à New York avec Nigel, la vie de bohème avait un peu perdu de son charme. D'autant qu'elle ne pouvait pas compter sur Nigel – il venait de le prouver.

Même si elle nourrissait une forte rancœur à son égard, elle s'inquiétait pour le photographe. Elle n'avait pas de nouvelles depuis qu'il avait quitté le gymnase, ce qui l'agaçait profondément. À en croire les médias, la situation restait dangereuse à Red Hook. Elle aurait aimé qu'il lui envoie au moins un message. Elle avait essayé de l'appeler, en vain.

Pendant ce temps-là, fidèle à sa parole, Charles dormait sur le sol de leur chambre d'hôtel, sans se plaindre. Elle avait proposé un roulement pour le lit, mais il avait acheté un sac de couchage et prétendait y dormir confortablement. Il avait aussi fait le plein de jeans et de tee-shirts pour aller jouer avec les filles dans le parc – une activité aussi ridicule qu'incommode en costume.

Gina quant à elle n'avait emporté que quelques débardeurs, une minijupe et un jean, mais ces habits simples lui allaient à merveille. Même en haillons, elle aurait eu l'air de sortir des pages d'un magazine. En revanche, Charles n'arrivait pas à croire qu'elle s'était fait tatouer le dos. Le dessin représentait une fleur – un motif délicat, certes, mais ce n'était vraiment pas à son goût.

Il ne fit aucun commentaire, bien sûr. Après tout, ils n'étaient plus mariés – une réalité dont il tâchait de se souvenir quand ils sortaient se promener tous ensemble. Ces sorties lui rappelaient douloureusement le temps où ils formaient une famille, et Charles devait se répéter mentalement, encore et encore, qu'ils avaient divorcé et que Gina en aimait un autre.

Un soir où les filles dormaient, il lui demanda si elle accepterait de revenir en Angleterre quelques semaines. Pas pour lui, évidemment… Mais il voulait que Lydia et Chloe puissent se remettre doucement de leurs émotions, loin du chaos de New York.

— Juste le temps de vous poser. Leur école est fermée jusqu'à Noël, de toute façon.

Le bâtiment avait été réquisitionné pour servir de refuge aux victimes de l'ouragan.

Gina hésita un instant, prise au dépourvu.

— Je ne sais pas. Pourquoi pas, mais j'aimerais bien rester ici pour Nigel. Je ne veux pas disparaître comme ça et le laisser en plan.

Pourtant, c'était exactement ce qu'il avait fait, lui, l'abandonnant avec ses deux filles sans même prendre de leurs nouvelles.

— C'est juste une proposition, reprit Charles. Je n'espère rien d'autre derrière. Je pense simplement que ce serait bon pour toi et les filles, et j'adorerais les avoir avec moi à Londres, le temps que New York revienne à la normale.

— Peut-être qu'elles pourraient y aller avec toi, répondit Gina pensivement. On verra ce qu'en pense Nigel…

Charles hocha la tête, se retenant de critiquer cet homme qu'il détestait et pour lequel il n'avait aucun respect. Il se demandait d'ailleurs quand le photographe referait surface. Visiblement, il ne se pressait pas pour prendre des nouvelles de Gina et estimait qu'elle pouvait gérer la situation. C'était probablement le cas, certes, mais se serait-il comporté ainsi si Gina avait vraiment compté pour lui ?

Charles soupira. Dire que c'étaient des hommes comme Nigel qui faisaient craquer son ex-femme...

Ellen venait de passer la matinée au téléphone avec la compagnie d'assurances. Ils avaient promis d'envoyer un expert au plus vite pour estimer les dégâts, mais ne pouvaient pas lui donner une date exacte. Tout le sud de Manhattan ayant été inondé, ça prendrait probablement un certain temps. Ellen avait ensuite appelé plusieurs agences de gestion de biens et leur avait dit que sa mère cherchait à louer un appartement meublé pour plusieurs mois.

Grace était toujours aussi déterminée à réparer les dégâts – peu importe le temps qui serait nécessaire – et à se réinstaller chez elle. Ellen espérait lui faire entendre raison dans les jours à venir. Elle refusait de la voir subir un troisième ouragan dans les cinq ou dix prochaines années. C'était un risque bien trop élevé. Sa mère devait se montrer raisonnable et quitter cette zone 1 de la ville. Mais il était encore trop tôt pour aborder le sujet. Dans l'immédiat, Grace avait besoin d'un toit. Elle ne pouvait pas rester chez Jim Aldrich éternellement, aussi gentil et accueillant soit-il. Après tout, elles le connaissaient à peine, et Grace avait besoin de son propre espace et de sa propre vie. Elle était de nature trop indépendante pour accepter de se faire héberger pendant plusieurs semaines.

D'après les agents immobiliers, la moitié des habitants de New York cherchait des locations meublées et temporaires. Ils promirent de rappeler Ellen dès qu'ils auraient quelque chose. En attendant, les deux femmes avaient du pain sur la planche. Il fallait vider les débris de l'appartement de Grace, confier tout ce qui pouvait être restauré aux artisans, et, surtout, stocker le reste ailleurs jusqu'à ce que les lieux soient de nouveau habitables.

Tout cela prendrait au moins six mois... Car il faudrait attendre que l'immeuble entier soit réhabilité. Même les propriétaires des étages supérieurs allaient devoir déménager, le temps de refaire toute la plomberie et les installations électriques. Exactement comme la dernière fois... Ellen et Grace connaissaient par cœur le processus.

Il en fallait plus, cependant, pour effrayer Grace, laquelle rappelait à qui voulait l'entendre qu'elle était architecte, que restaurer des habitations était son quotidien et que ce serait l'occasion de quelques améliorations.

Après le déjeuner, Ellen retrouva sa mère chez elle. Bob, avec l'aide de l'homme à tout faire de l'immeuble, était en train de traîner les débris les plus lourds jusqu'aux bennes à ordures. Grace avait de l'eau jusqu'aux chevilles : insensible à l'odeur d'égouts qui s'en dégageait, elle y plongeait sa main protégée par un gant de caoutchouc avant de trier ce qu'elle repêchait.

Pour Bob, c'était décidé : une fois que son appartement serait déblayé, il le vendrait. Deux ouragans en cinq ans, ça faisait trop pour lui. Grace s'étonna.

— Vous n'êtes pas sérieux, Bob ?

Il avait déjà mentionné cette possibilité auparavant, mais elle ne l'avait tout bonnement pas cru.

— Si, je suis tout à fait sérieux ! On aurait pu se noyer, cette fois-ci, Grace. Je n'ai plus l'âge de recommencer à zéro tous les cinq ans. J'admire votre énergie, mais je suis incapable de vous imiter.

Grace avait prévenu son cabinet qu'elle prendrait les deux semaines à venir afin de nettoyer son appartement, de s'organiser et de gérer les assurances. Sa motivation était sans failles.

— C'est trop déprimant, continua Bob. J'ai perdu trop de souvenirs… mes premières éditions… Sans compter que j'ai l'impression d'être assis sur un volcan. Tôt ou tard, la catastrophe se reproduira. Avec le réchauffement climatique, c'est certain. Et la ville n'a pas les moyens d'investir dans des mesures de sécurité réellement protectrices. Ça fait cinq ans qu'ils en parlent, mais à part quelques barrages, ils n'ont rien mis en œuvre. Ça coûte trop cher. Non, Grace, je n'ai aucune envie de revivre ça. Mes enfants me trouvaient déjà fou de vouloir rester après Sandy…

Il sourit, puis s'exclama fièrement :

— Je tourne la page, je prends un nouveau départ ! Je vais chercher un appartement dans le nord de Manhattan. D'ailleurs, je pense que vous devriez y réfléchir aussi. Si Ellen n'avait pas été là l'autre soir, vous y seriez peut-être restée, Grace…

La vieille dame sourit avec assurance.

— Ne vous en faites pas pour moi, Bob. J'aurais évacué à temps.

— Vraiment ? Je n'en suis pas si sûr, étant donné la façon dont les choses se sont passées… De toute façon, Grace, qu'est-ce qui explique que vous ayez envie de courir le risque de revivre ça ?

Il regarda autour de lui pour appuyer sa question. Grace resta silencieuse un instant.

— Je déteste l'Upper East Side, répondit-elle tristement. C'est trop coincé. J'ai déjà donné, je n'y retournerai plus.

Pendant tout le reste de l'après-midi, alors qu'elle continuait de trier ses objets, Grace demeura silencieuse. Les dégâts étaient pires qu'elle ne l'avait pensé de prime abord. Son canapé en mohair blanc était irrécupérable, de même que ses magnifiques tapis et ses fauteuils capitonnés. La puanteur avait trop fortement imprégné les tissus pour espérer pouvoir les rénover. Ellen avait donc pris chaque pièce en photo, puis… l'avait jetée. Même les meubles d'ébénisterie, y compris les pièces d'époque, avaient subi des dommages irréversibles.

Sur le chemin du retour, Grace avait l'air épuisée et abattue. Arrivée chez Jim Aldrich, elle se retira dans sa chambre pour se reposer. Ellen, de son côté, appela Philippa, son assistante londonienne, et lui dit l'effroi qu'elle avait ressenti devant l'ampleur des ravages causés par l'eau. Après quoi elle rejoignit Bob à la cuisine pour prendre le thé.

— C'est trop dangereux…, lâcha-t-elle tristement. Je ne comprends pas que maman veuille rester là-bas…

Bob lui sourit avec gentillesse.

— Peut-être que c'est juste une question de temps. Grace est une femme coriace qui n'a pas l'habitude de baisser les bras, mais elle n'est pas stupide. Elle finira par changer d'avis, j'en suis certain. Pour l'instant, elle veut retrouver ce qu'elle a perdu.

Le regard de Bob se perdit dans le vide alors qu'il reprenait :

— Tourner la page est souvent difficile. Il m'a fallu un bon bout de temps pour faire une croix sur ma vie en Californie. Même après mon divorce, j'espérais encore convaincre ma femme de nous donner une seconde chance. Puis elle est morte. Et même alors, je n'ai pas voulu quitter la région pour rester proche d'elle. Jusqu'au moment où je me suis rendu compte que je m'accrochais au souvenir d'une femme qui ne m'avait jamais vraiment aimé. En fait, sa mort m'avait permis de créer une illusion de l'amour que nous nous portions, j'avais fantasmé notre histoire. C'est en comprenant cela que j'ai enfin lâché prise. J'ai vendu la maison, je me suis débarrassé de tout, et j'ai déménagé ici. Je suis bien plus heureux maintenant. On peut perdre beaucoup de temps à pleurer ce qui n'a jamais existé.

Il but une gorgée de thé, puis reprit :

— Le plus dur, c'est d'être loin de mes enfants. Ils sont restés en Californie. C'est là qu'ils ont grandi, là qu'ils ont toute leur vie. Ils habitent à Los Angeles. Mon fils est réalisateur, et ma fille, avocate dans l'industrie du divertissement. Mais si je retournais m'installer là-bas, je ne ferais qu'attendre de les voir, et les embêter à être toujours dans leurs pattes. Je suis bien mieux à New York. Ici, j'ai ma propre vie. De toute façon, je n'ai jamais beaucoup aimé L.A. quand j'y vivais, et on ne peut pas rester accroché à nos enfants éternellement. Une fois qu'ils grandissent, il faut accepter de se retrouver seul. C'est comme ça. Vous, par exemple, vous vivez à Londres, et votre mère ici…

Bob observa Ellen : elle avait l'air pensive, comme si ce qu'il venait de dire lui donnait matière à réflexion. Il s'épanchait rarement ainsi, mais avec elle, il se sentait à l'aise.

— Vous savez, dit-elle, j'ai l'impression que quand on pense aux enfants de manière abstraite, on a tendance à croire qu'ils vont rester avec nous pour toujours. Alors que…

— Alors que ce n'est pas vrai, vous avez raison. En pratique, ils grandissent très vite et passent à autre chose, et c'est normal ! Je ne suis pas en train de me plaindre des miens… D'autant que je n'ai pas vraiment été là pour eux quand ils étaient ados. J'étais toujours en train d'écrire, trop occupé par mon boulot.

Il soupira.

— C'est comme ça… Si c'était à refaire, j'essaierais de me débrouiller autrement. Aujourd'hui, on est contents quand on se revoit, mais c'est toujours très bref et rare. Au final, les années pendant lesquelles on vit avec ses enfants représentent une toute petite portion de son existence. J'aurais aimé qu'on me le dise quand ils étaient plus jeunes, j'aurais été plus présent.

Ellen lut le regret dans ses yeux et se sentit désolée pour lui. Grâce à lui, cependant, elle venait de comprendre que le bébé qu'elle désirait si ardemment ne resterait pas toujours bébé, et même ne vivrait pas avec elle très longtemps – surtout si George faisait les choses à sa façon et l'envoyait en internat à sept ans.

Bob reprit :

— C'est à nous de remplir notre vie une fois qu'ils sont grands. Et ce n'est pas toujours facile. D'où l'importance des relations que l'on entretient avec son partenaire, ses amis, ou son travail. Pour moi, le travail est essentiel. Je vis dans un monde imaginaire. Les livres remplissent ma vie bien plus que ne l'ont jamais fait ma femme et mes enfants.

Il haussa un sourcil et regarda intensément Ellen.

— Est-ce bien, est-ce mal ? je ne sais pas… En tout cas, ma femme a eu raison de demander le divorce. J'étais un piètre mari. Tout ce qui m'intéressait, c'était de figurer en tête de liste des meilleures ventes. Au final, j'ai eu ce que je voulais, mais ça m'a coûté mon mariage. On ne fait pas toujours le bon choix, conclut-il, la voix teintée de regret.

— Vous ne vous êtes jamais remarié ? demanda Ellen.

— Non. Quand j'ai enfin abandonné l'illusion du mariage parfait et que j'ai eu le courage d'affronter la vérité, je me suis dit que la vie à deux n'était vraiment pas mon point fort. Depuis, je m'en tiens aux livres, et ça a l'air de mieux me réussir.

Ellen ne fut pas convaincue par cette dernière déclaration. Bob lui faisait l'effet d'un homme très seul. Était-ce dans la nature des écrivains ? Était-ce forcément des gens solitaires comme les marins amoureux de la mer ? À l'entendre, on aurait dit que le grand amour de Bob était son travail. Pourtant, à quarante-neuf ans, il était encore jeune ; il pouvait très bien espérer rencontrer quelqu'un.

Ellen regagna sa chambre et resta songeuse un bon moment. Ce que Bob avait dit sur les enfants donnait matière à réflexion. Il en donnait une impression si éphémère, si brève : ils grandissent, et puis s'en vont. Et dans le monde de George, les parents s'en séparaient avant même qu'ils grandissent ! Elle avait cru jusqu'ici qu'elle pourrait faire changer son mari d'avis sur ce sujet, mais peut-être se fourvoyait-elle. Auquel cas ce serait un déchirement pour elle que d'envoyer son enfant en pension à sept ans, surtout après tous ces efforts pour l'avoir…

Ce soir-là, le dîner fut tout aussi intéressant et vivant que la veille. Question architecture, Jim Aldrich en connaissait un rayon, et il eut avec Grace une discussion très riche. Après le dîner, il l'emmena dans sa bibliothèque pour lui montrer les livres qu'il collectionnait sur le sujet. Grace était intriguée par son hôte, voire fascinée – et la réciproque semblait vraie. Ils discutaient toujours avec passion quand Bob et Ellen partirent se coucher.

— À côté d'eux, j'ai l'impression d'être un vieux fossile, lâcha Bob. Regardez-moi, après une petite journée de ménage dans les appartements, je peux à peine bouger. Pourtant votre mère a travaillé dur, elle aussi, mais on a l'impression qu'elle pourrait encore papoter toute la nuit.

Ellen sourit – elle était si contente que sa mère se plaise chez Jim Aldrich. Arrivée devant la porte de sa chambre, elle souhaita bonne nuit à Bob et voulut appeler George, mais il était trop tard. Elle lui donnerait des nouvelles le lendemain matin.

— À demain ! lui lança Bob.

Quelques minutes plus tard, elle entendit la machine à écrire s'activer dans la chambre voisine et se laissa bercer par ce bruit délicieusement rétro, à la fois stupéfaite et émerveillée qu'il écrive encore ses livres ainsi et n'ait pas cédé à l'appel de l'ordinateur. Elle repensa à ce qu'il lui avait confié au sujet de son mariage et de ses enfants. Tout cela témoignait d'un sens de l'introspection profond et elle comprenait pourquoi sa mère l'aimait tant. Il ne s'ouvrait pas facilement aux autres, mais lorsqu'il le faisait, on découvrait un homme honnête, sans artifice, et sincère.

Le lendemain matin, Ellen appela le bureau de George depuis sa chambre. Il était treize heures à Londres, et il l'informa qu'il était sur le point d'aller déjeuner à son club. Son ton était effectivement pressé, mais aussi étrangement distant. À nouveau, elle eut cette impression qu'il lui en voulait pour quelque chose… Lorsqu'elle lui dit que le nettoyage de l'appartement de sa mère prendrait un certain temps, il eut cette réponse nonchalante :

— Ne te presse pas. Après tout, l'absence nourrit l'affection.

Elle ne l'avait jamais entendu dire une chose pareille !

— On dirait que je ne te manque pas beaucoup, commenta-t-elle, trahissant plus sa contrariété qu'elle ne l'aurait voulu.

— Oh, ça ne fait pas si longtemps que tu es partie. Même pas une semaine.

Il s'était passé tant de choses en si peu de temps qu'Ellen avait l'impression que dix ans s'étaient écoulés. À l'inverse, George semblait apprécier sa solitude, ce qui était relativement inhabituel pour lui.

— Tu fais quoi ce week-end ? demanda-t-elle.

— Je vais chez les Warwick.

Encore un de ces couples qui invitaient tous leurs amis dans le manoir fabuleux dont ils avaient hérité. Ellen ne put s'empêcher de se sentir exclue. D'autant qu'elle avait vraiment le sentiment que quelque chose clochait. Mais quoi ?

Après le petit déjeuner, Ellen et Grace retournèrent à Tribeca pour continuer de déblayer l'appartement. D'après leurs estimations, les déménageurs pourraient venir dans quelques jours pour emballer et emporter tout ce qui pouvait être stocké ailleurs. Pour l'instant, les artisans défilaient pour récupérer les meubles susceptibles d'être restaurés. En début d'après-midi, Ellen informa sa mère qu'elle avait un rendez-vous.

— Tu vas voir ton client ?

Grace savait qu'au départ Ellen avait prévu de travailler pendant son séjour à New York. Mais sa fille secoua la tête.

— Non, c'est autre chose.

Sa réponse était délibérément vague. Elle ne voulait pas dire à Grace qu'elle allait voir un spécialiste de la fertilité. Et elle ne voulait pas non plus décaler une date réservée des mois auparavant. Tout son dossier médical avait été numérisé et envoyé au médecin pour qu'il puisse l'étudier en amont. Elle espérait de toutes ses forces qu'il se montrerait plus optimiste que ses homologues anglais.

Elle se donna une heure et demie pour traverser Manhattan et arriva cinq minutes avant l'heure du rendez-vous. La secrétaire lui fit remplir une dizaine de formulaires avant de la conduire dans le cabinet. Le médecin était jeune, dynamique, très respecté dans son milieu, et particulièrement célèbre pour ses techniques innovantes.

La délicatesse, en revanche, n'était pas son fort. À peine se fut-elle assise qu'il lui annonça qu'il n'y avait aucun espoir pour elle d'arriver au terme d'une grossesse – à moins qu'elle n'accepte l'idée d'un don d'ovules. Ses conclusions allaient dans le sens de celles des spécialistes anglais : elle avait beau n'avoir que trente-huit ans, ses taux hormonaux étaient trop faibles, de même que la qualité de ses ovules. Du côté de l'appareil reproducteur, elle montrait des signes de vieillesse prématurée. D'ailleurs, même avec un don d'ovules, il n'y avait aucune garantie que son corps puisse mener la grossesse à terme.

Le médecin lui suggéra donc de faire appel à une mère porteuse ou d'envisager l'adoption. Elle lui répondit qu'elle et son mari n'envisageaient aucune de ces options comme une possibilité : ils voulaient un bébé qui soit génétiquement le leur. Derrière son bureau, le jeune homme lui lança un regard franc et répéta ce qu'il lui avait déjà dit :

— Madame Wharton, ça n'arrivera pas. Ce serait mentir que de prétendre le contraire. La mère porteuse ou l'adoption sont a priori vos seules options. Vous vous torturez avec ces multiples tentatives de FIV vouées à l'échec. Ça doit être terriblement difficile à supporter, d'un point de vue émotionnel.

Les yeux d'Ellen se remplirent de larmes. Pour elle, le verdict du médecin sonnait comme une condamnation. Dire que pendant quatre ans, George et elle avaient tout essayé... Leur quotidien n'avait été qu'échographies et injections d'hormones. L'idée d'essayer de faire un bébé était devenue une obsession, une torture pour l'un comme pour l'autre. Quatre ans de déceptions douloureuses, à faire l'amour sans plus aucune spontanéité, à vivre chaque test de grossesse comme s'il s'agissait d'une question de vie ou de mort, à enchaîner les fausses couches... Inévitablement, leur couple ne pouvait pas en sortir indemne. Et maintenant, ils arrivaient au bout de l'impasse. Tout espoir était perdu.

Ellen sentit l'effroi la gagner. Comment annoncer cela à George ?

Le médecin reprit :

— Comme je vous l'ai dit, on peut essayer le don d'ovules une fois, mais si cela ne fonctionne pas, je ne recommande pas de poursuivre dans cette voie. Les chances de réussite sont trop faibles. Et si vous et votre mari refusez l'adoption ou l'idée de faire appel à une mère porteuse, il va falloir, madame Wharton, que vous envisagiez un avenir sans enfant.

Cinq minutes plus tard, le spécialiste mettait fin à la consultation. Elle se retrouva dehors, devant l'immeuble, vacillante et aveuglée par les larmes.

Elle pleura sur tout le chemin du retour. Heureusement, il n'y avait personne chez Jim Aldrich quand elle arriva. Sa mère et Bob étaient toujours à Tribeca, et Jim au travail. Ellen s'enferma dans sa chambre et se réfugia sous la couette. Son dernier espoir d'avoir un enfant venait d'être anéanti. Elle ne serait jamais mère. Pour elle, il n'y avait pas de plus cruel destin.

Elle avait l'impression qu'une partie d'elle-même s'était éteinte cet après-midi-là.

8

Gina tentait de joindre Nigel en permanence depuis que son téléphone captait à nouveau. Elle lui avait envoyé une multitude de SMS et attendait désespérément qu'il réponde. Pourquoi ce silence ? Se fichait-il d'elle ou quoi ? Ils vivaient pourtant ensemble depuis un an, et elle avait mis fin à son mariage pour le suivre à New York. La moindre des choses aurait été qu'il prenne de leurs nouvelles…

Et lui, comment allait-il ? Elle ne savait même pas où il passait la nuit. Leur appartement était en zone inondée, et tout l'immeuble avait été évacué. Elle supposait donc qu'il était toujours à Brooklyn, avec ses amis artistes, mais là non plus les logements n'étaient pas habitables. Tout du moins était-ce ce qu'il lui avait dit.

Il la rappela enfin le jeudi soir, alors qu'elle dînait au restaurant avec Charles et les filles. Quand elle décrocha, elle perçut immédiatement son ton furieux et s'empressa de sortir pour que Chloe et Lydia n'entendent pas la conversation.

— Je peux savoir pourquoi tu m'envoies tous ces putains de SMS, Gina ? Tu comprends pas que je suis occupé ? J'ai pas le temps de te répondre.

— Je m'inquiète pour toi, c'est tout. Je ne sais même pas où tu es ni où tu dors…

Son ton plaintif eut le malheur de l'énerver davantage.

— Et ça change quoi ? Je t'ai dit que j'étais occupé. J'aide mes potes à sauver leurs toiles. J'ai pas de temps à perdre à m'inquiéter pour toi.

Pendant un instant, elle se demanda s'il ne la trompait pas avec une autre. Mais c'était peu probable. Il semblait bien trop investi par sa grande mission.

— Je rentrerai quand j'en aurai terminé ici, là je suis dans un motel à Brooklyn. De toute façon, t'as ton idiot d'ex-mari qui s'occupe de toi…

Gina haussa un sourcil. Voilà qui était sympathique de sa part. Dire que Charles avait été adorable avec elle, et ce malgré tout ce qu'elle lui avait fait subir…

— Il tient aux filles, c'est normal. Mais ce n'est pas à lui de s'occuper de moi. Je suis avec toi, pas avec lui.

— Je n'ai aucune intention de m'occuper de toi, répliqua-t-il durement. Je ne suis ni ton père ni ta mère. Je ne suis pas non plus le père de tes morveuses. Je ne vois vraiment pas pourquoi j'aurais dû m'en occuper.

— Par amour pour moi, peut-être ?

Gina était de plus en plus énervée. Il avait dépassé les bornes en traitant ses filles de morveuses… D'autant que celles-ci avaient toujours été adorables avec lui. Elles semblaient bien l'aimer, n'ayant aucune idée du rôle qu'il avait joué dans la séparation de leurs parents. Gina reprit :

— Tu trouves ça normal, de nous laisser tomber en plein ouragan pour aller donner un coup de main à ta bande d'artistes ?

— Eh bien oui, rien de plus normal ! De toute façon, tu n'en es pas morte, de cet ouragan. Alors de quoi tu te plains ?

— On a été évacuées de notre appartement ! Et le passage de l'ouragan était quelque chose de terrifiant ! Là, ça fait plusieurs jours qu'on vit dans une petite chambre d'hôtel uniquement avec ce qui tient dans une petite valise ! Je ne suis pas une simple potiche, Nigel, que tu aurais rencontrée avant-hier. J'ai quitté Charles pour toi, je te rappelle. Tu devrais au minimum te sentir un peu responsable envers nous.

— Arrête de me prendre pour Charles ! Je ne suis pas un chevalier servant ou une mauviette qui n'a rien d'autre à faire que changer les couches des gosses. Tu es une grande fille, Gina, alors conduis-toi en adulte. Tu as quitté Charles parce que tu en avais envie – tu t'ennuyais comme un rat mort avec lui. Ça ne veut pas dire que toi et tes filles êtes sous ma responsabilité !

Gina était de plus en plus meurtrie par tout ce qu'elle entendait.

— C'est tout ce que je suis pour toi ? lança-t-elle. Un bon coup quand ça t'arrange, et quand tout va mal tu m'oublies ? C'est vraiment tout ce que je vaux à tes yeux ? Dire que je m'inquiétais pour toi, Nigel. J'avais peur que tu te noies ! Je me suis fait un sang d'encre toute la nuit. Mais toi, tu te fiches complètement de ce qui pouvait nous arriver.

— Je ne suis pas la Croix-Rouge, merde alors ! Et vous n'étiez pas en danger, au refuge…

166

— Peut-être, mais en pleine tempête, on était terrifiées.

— Il ne t'est rien arrivé… Moi, j'ai perdu tout mon matériel photo et mes négatifs ! C'est mille fois plus grave !

Et voilà, il venait de l'exprimer clairement : ses appareils étaient plus importants qu'elle à ses yeux.

— Sérieusement, j'en peux plus de ton cirque, continua-t-il. Je ne vais pas être à tes pieds parce que madame a pris la grosse tête.

— Quel rapport avec ma carrière ? Je suis juste une femme, un être vivant, j'ai besoin de toi à mes côtés.

— Oh, si tu crois que je vais débarquer sur un cheval blanc parce que tu as peur… Non, j'ai mieux à faire. Je n'ai pas l'intention de jouer au preux chevalier pour assouvir tes fantasmes romantiques. On n'est pas mariés, Gina. Et Chloe et Lydia ne sont pas mes filles. Mets-toi-le une bonne fois pour toutes dans ta petite tête.

Elle allait répondre, mais il poursuivit :

— Et d'ailleurs, je te rappelle que j'ai fait tout le chemin jusqu'à Manhattan pour venir te voir au refuge. Rien ne m'y obligeait…

Sauf qu'il en avait surtout profité pour transporter et mettre en sécurité les précieuses toiles de ses amis…

— L'amour aurait pu t'y obliger, Nigel…

Gina avait les larmes aux yeux. Rien d'autre ne comptait pour Nigel que sa petite personne, ses amis, et sa passion du moment. Et là tout de suite, ce n'était plus elle, sa passion.

— Oh là là, les grands mots, tout de suite. Je t'aime, Gina, mais mon atelier, c'est ma vie. Et pour l'instant, mes amis ont plus besoin de moi que toi.

— C'est bon à savoir, déclara-t-elle calmement.

Soudain, elle n'eut plus envie d'argumenter. Il tenait peut-être à elle – un peu –, mais jamais elle ne serait sa priorité. Nigel avait une conception très lâche des relations amoureuses. Peu à peu, Gina prenait conscience de tout ce sur quoi elle avait fait une croix en cédant à l'attrait de la nouveauté et de la légèreté. Au bout du compte, quand les paillettes perdaient de leur brillant, elle se retrouvait seule.

Toujours énervé, il conclut d'un ton sombre :

— Bon, on se voit quand je rentre. Je vais probablement rester là quelques semaines. Mais ne compte pas sur moi pour t'appeler. Je suis trop occupé.

— Je vais retourner à Londres pour quelque temps, rétorqua-t-elle. Les filles n'ont pas école, Charles veut passer du temps avec elles, et moi j'ai envie de voir mes parents. De toute façon, je n'aurai pas de travail ici pendant quelque temps : l'agence de mannequinat est fermée à cause de l'inondation.

Elle lui en voulait et ne savait pas si elle serait capable de lui pardonner. Nigel venait de dévoiler une facette de sa personnalité qu'elle n'avait jamais perçue auparavant. Quelle idiote elle avait été de s'enticher de ce type ! Elle avait été éblouie par son charme, sans se rendre compte qu'il n'y avait rien derrière. Le retour à la réalité était bien désagréable, et la déception brutale. Ce n'était pas un homme sur lequel on pouvait compter, ni pendant un ouragan ni jamais. Nigel ne prenait soin que d'une personne, lui-même.

— Fais ce que tu veux, Gina. Tu pars quand ?

— Je ne sais pas encore. Peut-être ce week-end. On verra en fonction des billets d'avion.

Elle avait attendu de lui parler pour prendre une décision. Maintenant, elle savait.

— OK ! Amuse-toi bien en Angleterre.

Elle n'y allait certainement pas pour s'amuser. Tout ce que Gina voulait, c'était retrouver un peu de calme pour elle et ses filles, après le traumatisme qu'elles venaient de vivre.

Cette discussion laissa la jeune femme pensive. Quand elle retourna dans le restaurant, Charles vit tout de suite que quelque chose n'allait pas. L'expression de joie qu'elle avait eue en prenant l'appel avait laissé place à une tristesse infinie. Tout en continuant à discuter avec ses filles, il en vint à la conclusion que la conversation avec Nigel — car c'était forcément lui, non ? — s'était très mal terminée. Et de fait, en rentrant à l'hôtel, Gina lui annonça qu'elle y avait bien réfléchi et que ce ne serait peut-être pas une mauvaise idée qu'elle et les filles aillent passer quelques semaines à Londres... Puisque Chloe et Lydia n'avaient pas école, de toute façon...

— Je logerai chez mes parents, proposa-t-elle.

Charles savait que ce n'était pas la solution la plus pratique : ces derniers vivaient à une heure de Londres.

— Et les filles iront avec toi, reprit-elle. Enfin, si tu veux... Je pourrai venir m'en occuper la journée quand tu seras au boulot. Ou alors elles peuvent venir avec moi chez papa et maman... si tu préfères.

— Tu sais, Gina, tu peux t'installer à l'appartement avec nous... J'ai une chambre d'amis et un canapé convertible. Je n'aurai qu'à dormir dans le salon, et toi et les filles prendrez les chambres.

L'arrangement semblait parfaitement convenable. D'autant que Charles n'était pas du genre à forcer les choses. Ils partageaient actuellement une chambre d'hôtel, et il s'était montré on ne peut plus courtois avec elle, ne se laissant aller à aucune ambiguïté. Depuis un an qu'ils étaient séparés, elle avait oublié combien Charles était gentil et attentionné... Oui, Londres était une bonne idée : elle allait pouvoir se remettre de ses émotions.

— Eh bien, j'accepte ta proposition, Charles. Merci ! Quand comptais-tu rentrer ?

— Je me disais samedi, maintenant que les aéroports ont rouvert. C'est trop tôt pour toi ?

Charles imaginait qu'elle avait peut-être prévu de voir Nigel avant de partir, et on était déjà jeudi.

— Ça ira. Je vais voir si je peux passer à l'appartement demain pour récupérer des vêtements.

— Au pire, tu achèteras des habits à Londres.

— Oui. C'est ce que je me disais aussi.

Elle sourit, puis reprit :

— Mes parents vont être tellement contents de voir les filles.

Quant à Charles, il trépignait d'impatience à l'idée d'accueillir Chloe et Lydia pendant plusieurs semaines... ainsi que Gina.

En un geste spontané, il lui proposa son bras, mais elle s'écarta. La réalité du divorce l'avait bien vite rattrapé. Mais Gina était la mère de ses enfants, c'était déjà ça...

Aussitôt rentré à l'hôtel, il réserva les billets d'avion. Gina lui dit qu'il pouvait payer ceux des filles, mais qu'elle paierait le sien.

— Ça ne m'embête pas, lui dit-il gentiment.

— Non, ce ne serait pas correct, lui rappela-t-elle.

Elle tenait à son indépendance, et comme l'avait bien dit Nigel, elle était grande.

Les filles furent ravies d'apprendre leur départ pour Londres. Charles leur expliqua bien qu'il ne s'agissait que d'un séjour de quelques semaines, et non d'un retour définitif. Il leur dit qu'elles allaient beaucoup s'amuser et qu'ils allaient pouvoir faire plein de choses ensemble. Les deux fillettes se mirent à hurler de joie en sautant sur le grand lit de la chambre. Gina et Charles eurent le plus grand mal à les border ce soir-là.

Quand elles s'endormirent enfin, Gina roula sur le flanc et regarda Charles, allongé par terre dans son sac de couchage.

— Merci, Charles, chuchota-t-elle.

— Merci à toi...

Gina était heureuse de quitter New York. Entre l'ouragan et cette conversation horrible qu'elle venait d'avoir avec Nigel, elle était chamboulée... Et peut-être même qu'au fond, elle avait très envie de rentrer dans son pays natal, tout simplement.

— Bonne nuit, dit-elle en se retournant de l'autre côté pour dormir.

Il sourit. Il venait de comprendre que l'ouragan, s'il avait été un événement traumatisant, avait aussi été une bénédiction. Il rentrait à la maison avec ses filles. Ce n'était que temporaire, mais c'était néanmoins un cadeau du ciel qui valait tout l'or du monde.

Le vendredi, les obsèques de Ben furent d'une tristesse infinie. Les Holbrook étaient arrivés de Chicago la veille, et Peter fit son entrée à l'église accompagné de ses parents. L'air grave et solennel, il s'installa à côté d'Anna et de sa famille. Partout, il y avait des amis, des camarades de classe, des anciens professeurs de l'école privée de Ben, et des gens qui le connaissaient depuis toujours. La famille avait demandé qu'à la place de fleurs, des dons soient faits en son nom au Hurricane Relief Fund, pour aider ceux qui avaient perdu leur domicile dans la tragédie. La FEMA, l'agence fédérale des situations d'urgence contribuait à ce fonds, mais les sommes n'étaient pas suffisantes pour aider tout le monde, et la plupart des New-Yorkais n'étaient pas assurés pour ce type de catastrophes.

À peine assis, Adam, le frère de Ben, se mit à pleurer. Dans les bras de son mari, sa mère était tout aussi inconsolable. Ben avait toujours été un bon garçon, et personne n'imaginait qu'il lui arriverait quelque chose d'aussi terrible. Il n'était pas du genre à prendre des risques, n'avait jamais consommé de drogue, ne buvait pas trop d'alcool. C'était un fils exemplaire, un étudiant brillant, un garçon formidable : tous les discours – ceux de ses professeurs comme ceux de ses amis – le rappelaient.

Peter était raide et extrêmement pâle sur son banc. Tout au long de la messe, il eut l'impression que, d'un instant à l'autre, quelqu'un allait se lever et lui jeter à la figure : « Pourquoi tu es toujours en vie et pas Ben ? Pourquoi tu ne l'as pas sauvé ? » À la fin du service, lorsque la prière d'action de grâce fut entonnée, des tremblements violents secouèrent ses épaules. Incapable de croiser le regard des Weiss, Peter baissa les yeux au sol alors que la procession se formait derrière le cercueil. Les parents de Ben lui avaient demandé de faire partie des porteurs, mais il ne s'en était pas senti capable. Il était trop écrasé par le poids de la culpabilité. Ses parents sortirent de l'église et il se posta avec eux sur le trottoir, au bord de l'évanouissement. Les employés des pompes funèbres étaient en train de glisser le cercueil dans le corbillard.

Il se rendit compte qu'Anna était à côté de lui.

— Ça va ? demanda-t-elle, inquiète.

Il se contenta de hocher la tête et suivit des yeux le véhicule qui s'éloignait. On enterrait Ben au cimetière du Queens, en petit comité. Les Holbrook étaient invités à s'y rendre, mais Peter ne s'en sentait pas la force. Nauséeux, étourdi, il regarda les visages qui l'entouraient : chacun d'eux lui semblait porter une accusation silencieuse. Il voulait fuir ; il avait l'impression de ne pas être à sa place ici. Comme s'il n'aurait pas dû survivre.

Peter sentit sa mère lui toucher le bras et croisa son regard alarmé.

Celle-ci s'était déjà procuré le nom d'une psychothérapeute à Chicago. Son médecin généraliste lui avait expliqué en effet que Peter souffrirait très probablement de stress post-traumatique pendant un bon moment et qu'il faudrait qu'il soit suivi.

Après la messe, Peter suivit ses parents à l'hôtel sans dire un mot à ses amis. Il ne voulait pas non plus voir Anna... Il resta allongé sur son lit pendant une heure, tandis que ses parents parlaient à voix basse dans le salon. Puis, ils se rendirent chez les Weiss, où tout le monde était rassemblé devant un énorme buffet. Le père de Ben pleurait sans discontinuer, et sa mère semblait complètement perdue. Elle disparut dans sa chambre quand Jake commença à remercier les gens d'être venus, et Peter ne put s'empêcher de penser qu'elle l'évitait pour ne pas avoir à lui dire au revoir. Avant de partir, il serra dans ses bras le père et le frère de Ben, puis s'engouffra dans l'ascenseur avec l'impression d'être un assassin. Il n'avait même pas dit au revoir à Anna. C'était trop douloureux. Et ils n'avaient plus rien à se dire.

Peter emboîta le pas à ses parents comme un zombie. À l'hôtel, il enleva machinalement son costume, enfila un jean et un sweat, s'allongea sur son lit, et alluma la télé. Il ne voulait parler à personne, et encore moins penser.

John vint le voir.

— Comment tu vas, mon garçon ?

Peter serrait dans ses bras le labrador allongé sur le lit à côté de lui. Mike avait posé sa tête sur l'oreiller et semblait très content d'être à l'hôtel. Il portait toujours le collier que Ben lui avait acheté. Peter le considérait comme une relique sacrée.

— Ça va, papa.

Que pouvait-il répondre d'autre ?... Même si, non, ça n'allait pas du tout. Jamais il n'oublierait la messe ni tous les événements qui en étaient à l'origine. Il regrettait amèrement leur décision, au petit matin, de quitter l'immeuble pour s'élancer dans le torrent d'eau. Il avait orienté Ben vers le mauvais choix. Puisque, au final, l'immeuble ne s'était pas effondré. Ben serait encore en vie aujourd'hui, s'ils y étaient restés.

La veille, Peter était retourné à l'appartement avec le père de Ben pour l'aider à empaqueter ses affaires et à porter les cartons au rez-de-chaussée. Il avait ensuite fait les siens et les avait laissés là-bas. Ses parents les feraient envoyer à Chicago. Quant aux meubles, ils s'étaient mis d'accord pour les donner aux bonnes œuvres. Peter ne pouvait plus les voir. Il ne savait pas encore où il vivrait à son retour à New York, mais il ne voulait plus jamais revoir cet immeuble de sa vie.

Ce soir-là, Peter s'endormit tout habillé. Il n'avait pas touché au hamburger que son père avait commandé pour lui au room service.

Le lendemain matin, le jeune homme fut à peine capable de se lever pour monter dans le taxi. Les doigts serrés sur la laisse de Mike, il remarqua avec indifférence les regards inquiets qu'échangeaient ses parents.

À l'aéroport, John s'occupa des enregistrements. Il avait prévu pour Mike une grande caisse en plastique qui voyagerait dans la soute, mais, au moment d'y faire entrer le chien, Peter secoua la tête.

— Je ne peux pas lui faire ça, papa. Je vais louer une voiture et conduire jusqu'à Chicago. Je ne peux pas l'envoyer en soute. Il ne mérite pas ça, et il aura trop peur.

— Tu n'es pas en état de conduire jusque là-bas, Peter, lui répondit John tout bas afin que l'employée au comptoir ne l'entende pas. Et il n'y a pas d'autre solution : Mike est beaucoup trop lourd pour venir en cabine avec nous. Il doit aller en soute.

Le regard de son fils se fit plus désespéré.

— Il y a un problème ? demanda nerveusement la femme au comptoir.

— Je ne veux pas mettre mon chien en soute ! cria alors Peter.

— Hum, je vois… Est-ce que c'est un chien d'assistance ?

— Non, répondit John, embarrassé.

C'était un problème qu'il n'avait pas anticipé. Les premiers signes du stress post-traumatique de Peter apparaissaient. Peut-être allait-il falloir qu'ils rentrent en voiture.

— Est-ce que c'est un chien de soutien psychologique ? insista la femme.

— Comment ça ? demanda Peter.

Le chien les regardait avec intérêt, la tête penchée sur le côté.

— Si vous avez peur de l'avion, monsieur, et que vous avez besoin de garder votre chien avec vous en soutien psychologique, et si vous pouvez nous fournir un certificat médical, alors votre chien peut voyager à vos pieds.

— Même un chien de cette taille ? lâcha John, incrédule.

Il n'avait jamais entendu parler de ça avant.

— Bien sûr, répondit-elle comme si c'était tout à fait banal.

— Je n'ai pas de mot de mon médecin, dit Peter d'un ton misérable.

— Hum… Est-ce que vous avez besoin de le garder avec vous ?

Peter regarda Mike, qui agitait la queue et tirait joyeusement la langue.

— Oui.

— Mon fils a traversé une terrible épreuve, intervint John. Il vient de survivre à l'ouragan, a réussi à sauver le chien de la noyade, et a passé plusieurs jours

176

à l'hôpital avec lui. Nous vous serions extrêmement reconnaissants si vous pouviez le laisser monter à bord sans lettre du médecin.

Peter lança un regard reconnaissant à son père. Sa mère se mit à prier pour que cela fonctionne.

— Vous êtes un survivant d'Ophelia, monsieur ?

Peter hocha la tête. Après tout, oui… il était un survivant.

— Un instant, je vous prie, leur dit-elle d'un ton soudain très officiel. Je reviens tout de suite.

Elle se dirigea droit vers son supérieur, et fut de retour deux minutes plus tard, avec un grand sourire.

— Aucun problème, monsieur. Nous sommes ravis de vous aider, vu les circonstances. Mais à l'avenir, veuillez penser au mot du médecin. Et puisque c'est un chien d'assistance, son billet est gratuit.

Ils passèrent les portiques sans un accroc. Les hommes de la sécurité caressèrent affectueusement Mike. Le labrador trottait joyeusement à côté de Peter. À bord de l'avion, il s'installa à ses pieds, parfaitement à l'aise, observa avec intérêt les autres passagers passer. Plusieurs têtes se tournèrent en le voyant, mais personne ne se plaignit. Peter supposa qu'ils le prenaient pour un chien d'aveugle, même sans le harnais. Mike était officiellement devenu un chien d'assistance !

Peter passa l'essentiel du trajet à regarder par le hublot. Au moment de l'atterrissage, il caressa doucement le gros labrador noir qui venait de se réveiller.

— Tout va bien, mon grand. On est arrivés à la maison.

Les parents de Peter échangèrent discrètement un sourire, l'air soulagé. Ils avaient réussi à ramener leur fils à la maison.

Dans le salon d'embarquement pour le vol à destination de Londres, Charles passa un dernier appel. Il voulait prévenir Ellen qu'il partait et lui souhaiter bonne chance. Il sentait qu'un lien étrange les unissait depuis le vol éprouvant de l'aller.

— Je suis à l'aéroport, lui annonça-t-il. Gina et les filles rentrent avec moi à Londres pour quelques semaines. Puisqu'il n'y a pas école…

— Tant de choses se sont passées ces derniers temps, fit-elle remarquer.

Charles repensa à la terreur qui s'était emparée de lui pendant les turbulences. Cette fois-ci, il n'avait plus aucune appréhension. Au contraire, il était étonnamment calme, comme toujours quand il voyageait avec sa famille.

— Donnez-moi de vos nouvelles, quand vous rentrerez à Londres, Ellen. On pourrait se programmer un déjeuner, un jour

— Avec plaisir, Charles ! Je vous appelle dès mon retour Et d'ici là, prenez soin de vous… J'espère que les choses se dérouleront comme vous l'espérez.

— Tout ce que je veux, c'est passer du temps avec mes filles…

Une joie qu'Ellen ne connaîtrait jamais… Cette pensée provoquait en elle un fort sentiment d'injustice. Il allait pourtant bien falloir qu'elle accepte son sort, qu'elle arrête de regarder avec envie les jeunes mères et leur bébé, les pères et fils se baladant dans

178

la rue main dans la main... Elle devait faire une croix sur son rêve.

— Bon. On s'appelle à votre retour, conclut Charles.

Les passagers commençaient à embarquer.

— Très bien. Bon vol, Charles.

— Ne vous inquiétez pas ; cette fois, ça ira !

Il raccrocha, puis rejoignit les filles et Gina.

— C'était qui ? demanda celle-ci.

— Ellen. Je voulais la prévenir qu'on partait. Elle a été incroyable avec moi pendant le vol Londres-New York. J'ai fait une crise d'angoisse à cause des turbulences liées à la tempête.

Gina lui sourit : là, il était pourtant on ne peut plus calme, serein, et détendu. D'ailleurs, depuis quelques jours, il lui apparaissait sous une lumière nouvelle. C'était un homme d'affaires heureux, sûr de lui, et ce n'était plus un crime aux yeux de Gina, ni même un défaut.

Tous deux acceptèrent la flûte de champagne que leur proposa l'hôtesse de l'air. Ils n'avaient pas de raison particulière de trinquer, mais ils venaient quand même de survivre à un ouragan !

9

Le lendemain, Jim Aldrich décida d'organiser un brunch pour ses invités. Le dimanche était pluvieux, et cela s'y prêtait parfaitement. Ils se retrouvèrent dans l'élégante bibliothèque à midi, où plusieurs exemplaires du *Sunday Times* et du *Wall Street Journal* les attendaient. Quand il vit Grace entrer, un sourire illumina le visage de Jim. Il posa immédiatement ses mots croisés.

— Pardonnez-moi, Grace, mais c'est une terrible addiction. Ces satanées grilles me torturent toute la semaine. Je me réveille au beau milieu de la nuit pour tenter de remplir les cases qui me résistent.

— Moi aussi, répondit-elle en riant. C'est une façon de penser particulière, comme l'apprentissage du mandarin. J'avais essayé de m'y mettre quand j'étais jeune, pour impressionner M. Pei, un de mes clients. J'ai fini par abandonner le chinois, mais je continue de m'acharner sur les mots croisés du *Times*.

— Ah ! J'en ai un pour vous, alors ! lança-t-il en reprenant son journal. « Célèbre architecte parisien du dix-neuvième. »

— Facile ! C'est Haussmann. Avec deux *s* et deux *n*. Ça rentre ?

Il leva les yeux vers elle, impressionné, puis s'empressa de compter les cases.

— Pile poil. Mais vous avez l'air douée, ma parole ! Peut-être qu'on devrait les faire ensemble.

Il lui montra les mots qui lui manquaient, et elle en trouva deux très rapidement. Ils étaient en train de se féliciter mutuellement à grand renfort d'éclats de rire quand Bob et Ellen entrèrent dans la pièce.

— Qu'est-ce que c'est que ce raffut ? s'enquit Bob.

— J'ai trouvé mon binôme pour les mots croisés du dimanche, répondit Grace. Ce maudit casse-tête me rend folle, mais je ne peux pas m'empêcher d'y revenir.

— Personnellement, je n'y touche plus, dit Bob en s'emparant du *Wall Street Journal*. Ça fait des années que j'ai abandonné. J'étais nul, c'était presque pathologique. Mon ex-femme et moi n'arrêtions pas de nous disputer à cause de ça. Je mettais le bazar dans les cases, et ça la rendait folle parce que je les remplissais au stylo.

Jim admit d'un air embarrassé qu'il avait aussi cette mauvaise habitude. Grace, cependant, continuait de remplir les cases qu'il avait laissées blanches. Oui, ils faisaient une bonne équipe, songea-t-elle. Elle sourit. Elle se sentait étonnamment détendue et reposée malgré les horreurs qu'elle avait traversées.

Ellen avait parlé aux experts des assurances à plusieurs reprises et avait déjà tout planifié avec les déménageurs. L'appartement serait vidé entièrement dans les prochains jours.

— Bon, lâcha Grace avec un soupir, il n'y a pas que le jeu dans la vie : il va falloir que je m'attelle à une tâche moins drôle, celle de trouver un appartement temporaire. Je ferais peut-être bien de chercher ici, dans l'Upper West Side. C'est le chaos total à Tribeca. La moitié des immeubles sont condamnés, et les propriétaires vont vouloir tirer profit des rares appartements disponibles sur le dos des victimes de l'ouragan. Les loyers vont atteindre des records. C'est ce qui s'était passé après Sandy.

Elle vit sa fille hocher la tête avec une expression approbatrice.

— Oui, reprit-elle, il me semble que c'est une très bonne idée : je vais élargir mon champ de recherche !

— Sinon, Grace, vous savez que vous pouvez rester ici aussi longtemps que vous le souhaitez, dit Jim.

La proposition était généreuse, mais Grace ne voulait pas déranger. Elle savait que Bob avait l'intention de rester là aussi longtemps que nécessaire, peut-être même plusieurs mois, mais les deux hommes étaient très proches. Et puis, Grace n'aimait pas dépendre de quelqu'un – aussi gentil et agréable soit-il.

Elle sourit à son hôte.

— Merci, Jim, mais je ne veux pas vous embêter. Les invités deviennent vite fatigants, et Blanche aime avoir son propre appartement, dit-elle en caressant sa chienne.

Jim éclata de rire.

— En tout cas, elle sera toujours la bienvenue. Et vous aussi !

Il était très impressionné par la sérénité de Grace, en ces circonstances. Elle se tenait au courant de ce qui se passait à son bureau et prévoyait d'y retourner dès que cette histoire de logement serait résolue. Ellen elle aussi passait beaucoup de temps au téléphone avec son cabinet à Londres. Il fallait également qu'elle fasse la tournée des boutiques vintage et des antiquaires pour ses clients. Malheureusement, beaucoup étaient restés fermés depuis l'ouragan, et ce, même dans les zones qui n'avaient pas été touchées, au nord de la 42e Rue. Les employés étaient en effet coincés en banlieue, ou bien s'occupaient de vider leur logement inondé. Les ponts de Manhattan avaient rouvert quelques jours plus tôt, mais personne ne pouvait entrer sur l'île avec moins de trois personnes dans son véhicule. Le covoiturage était obligatoire pour tenter de limiter les risques d'embouteillage dans les rues sinistrées.

Jim attrapa le *New York Times* sur la table basse, l'ouvrit à la section livres et le tendit à Bob. La liste des best-sellers y figurait, et le dernier roman de Bob était numéro un cette semaine. L'écrivain sourit, puis rendit le journal à Jim, lequel le passa aussitôt à Grace. L'éditeur de Bob avait acheté une page entière pour faire la promotion de son livre : la photo le montrait en veste en tweed et chemise négligemment ouverte. Il était fort séduisant...

— Je l'achète cette semaine, promit Grace.

Bob protesta, l'assurant qu'il lui donnerait un exemplaire gratuit.

— Je ne veux surtout pas que mes amis se sentent obligés d'acheter mon livre, expliqua-t-il modestement. Ça me gêne.

— Ah si, si, je vais l'acheter, insista Grace.

Ellen jeta un coup d'œil à la liste des best-sellers et sourit à Bob.

— Félicitations, dit-elle.

Personne n'était véritablement surpris par cette bonne nouvelle. L'article expliquait qu'il s'agissait de son quarante-cinquième livre apparaissant dans la liste des meilleures ventes du *Times*.

— Je m'étonne toujours, avoua-t-il. Je me sens si chanceux que les gens lisent mes livres.

— Vous allez devenir aussi incontournable qu'Agatha Christie, prédit Grace.

Elle était une grande admiratrice des mystères ingénieux et des retournements de situation psychologique de dernière minute. Toutefois, contrairement aux policiers anglais classiques, les polars de Bob étaient de véritables pavés – qui malgré tout parvenaient à captiver le lecteur pendant quatre cents pages. Il ne déméritait pas de son succès.

— On devrait fêter ça, proposa Grace. À moins que ce ne soit déjà la raison de ce brunch ?

— Non, mais c'est une bonne idée, répondit Jim. On va rajouter ça au programme.

À croire qu'elle attendait le signal, la gouvernante les invita justement à passer dans la salle à manger. Un somptueux buffet de crêpes, de gaufres maison et d'omelettes les y attendait. Grace s'installa avec un soupir :

— C'est exactement pour ça qu'il ne faut pas que je reste ici trop longtemps : vous êtes bien trop accueillant, Jim, et il ne me faudrait pas deux semaines pour devenir aussi grosse que cette table !

Elle n'avait pris aucun cours de yoga depuis le passage de l'ouragan, son club préféré à Tribeca étant fermé pour cause d'inondation. Elle s'était rendue sur place un soir : une personne occupée à déblayer les lieux l'avait informée que le club serait forcé de déménager. Elle allait donc devoir en trouver un nouveau, ou recontacter sa prof dont la ligne n'avait pas encore été rétablie. De toute façon, elle n'avait pas une minute à consacrer au yoga, ni à aucune autre activité. Elle devait absolument trouver un logement...

Pendant le brunch, les conversations fusèrent, animées et éclairées. Jim avait quelques années de moins que Grace, mais auprès de lui, elle se sentait femme pour la première fois depuis longtemps – une sensation étrange pour elle. C'était un homme très séduisant, prospère, érudit, et elle était certaine qu'il collectionnait les conquêtes. En outre, il était veuf depuis quinze ans et habitué à sa vie de célibataire. En clair, il n'avait pas besoin d'elle... C'était en tout cas ainsi qu'elle voyait les choses, s'imaginant trop vieille pour éveiller son intérêt. Elle avait renoncé à cet aspect de sa vie bien des années auparavant, quand les relations amoureuses étaient devenues trop compliquées et trop encombrantes, et qu'elle en avait eu marre de gérer les manies, les névroses et les problèmes d'un autre. Les siens lui suffisaient amplement, et elle préférait se concentrer sur une carrière certes chronophage, mais florissante et gratifiante.

Sauf que, pour la première fois depuis des années, un homme venait d'éveiller son intérêt. Elle se sentait un petit peu stupide et faisait de son mieux pour qu'il ne s'en rende pas compte, évitant tout flirt, se comportant avec lui comme avec n'importe quel homme intelligent ayant du répondant. Par moments, toutefois, elle avait clairement le sentiment qu'il lui témoignait une attention marquée. Mais non : elle ne rouvrirait pas la porte à la romance dans sa vie. Pour elle, c'était trop tard.

Ce dimanche de détente était une pause bienvenue, mais une semaine chargée attendait les deux femmes, et elles se retirèrent dans leurs chambres respectives. En chemin, Ellen, à qui rien n'échappait, fit remarquer à sa mère en souriant :

— Tu as vu, maman : Jim a l'air de beaucoup t'apprécier…

— Et c'est réciproque, mais ne me regarde pas comme ça, je t'en prie. Je suis bien trop vieille pour lui.

Elle essayait de couper court à toute idée qui pourrait naître dans la tête d'Ellen – comme dans la sienne.

— Bien sûr que non tu n'es pas trop vieille, maman ! Tu as à peine un ou deux ans de plus. Vous allez très bien ensemble. Et il semble très impressionné par toi.

— C'est gentil de me dire ça, chérie, mais je n'ai plus l'âge pour ces bêtises. C'est trop de distraction et d'ennuis potentiels. Et de toute façon, je suis sûre qu'il ne me voit pas comme ça.

— Pourquoi te fermes-tu ainsi ? Il serait de bonne compagnie pour toi. Au moins pour un dîner de temps en temps. Ça ne coûte rien d'essayer.

— Non. Il n'y a rien à essayer. Et il est évident qu'il voit des femmes beaucoup plus jeunes, c'est un homme très séduisant.

— Peut-être que non, tu n'en sais rien… Et puis même si c'était le cas, tu es toi-même remarquablement belle, maman. Il serait chanceux de t'avoir.

— J'apprécie tes compliments, chérie, mais je ne suis pas à vendre, merci bien. N'y pense plus !

Sur ce, Grace s'éclipsa dans sa chambre, et Ellen fit de même. Elle pensait que George serait rentré de son week-end à cette heure-ci, mais elle tomba sur la messagerie. Elle essaya à nouveau quelques heures plus tard, avant le dîner, avec le même résultat. Elle avait quitté Londres il y a neuf jours à peine, et pourtant elle avait l'impression que des années s'étaient écoulées. Elle se sentait étrangement déconnectée de son mari. D'ailleurs, leurs échanges téléphoniques avaient tous été désagréables, depuis l'ouragan, comme s'il lui tenait rigueur de quelque chose. Prise d'un mauvais pressentiment, Ellen préféra ne pas s'acharner sur son téléphone. De toute façon, elle serait bientôt de retour en Angleterre, et alors tout reviendrait à la normale. Elle hésitait encore à lui parler de sa consultation avec le spécialiste. Peut-être voudrait-il faire une dernière tentative ? Peut-être serait-ce la bonne ? Des miracles bien plus surprenants étaient arrivés à d'autres, non ? Souvent alors même qu'ils avaient baissé les bras…

C'était un peu comme le casino à Las Vegas – Ellen espérait à chaque fois remporter le jackpot, parvenait à se convaincre que c'était possible, et rentrait toujours les poches vides. Les montagnes russes de la procréation. Elle était tiraillée entre l'idée d'abandonner tout espoir comme on le lui conseillait, ou celle de prier pour un miracle et persuader George de tenter une dernière FIV…

Un profond soupir s'échappa de la gorge d'Ellen : à quoi ressemblerait leur vie, et leur mariage, sans la perspective d'un enfant ? Elle ne parvenait pas à l'imaginer. Elle avait toujours pensé qu'elle aurait le bonheur un jour d'être mère. Sa propre mère, Grace, considérait qu'elle aurait dû se faire une raison bien des années plus tôt. Mais elle avait eu une fille, elle : elle ne pouvait pas comprendre à quel point c'était difficile d'accepter de ne pas avoir d'enfants. Comment abandonner un rêve, quand il faisait partie de soi depuis si longtemps ?

Jim et Bob sortirent dîner avec leurs amis du monde de l'édition ce soir-là. Ellen et Grace furent ravies de rester au calme. La première en profita pour dresser des listes de choses plus ou moins urgentes qu'elle devait faire, et la seconde, pour envoyer à son cabinet des instructions concernant une présentation reportée à cause de l'ouragan. Ils avaient en outre reçu plusieurs appels de personnes dont les maisons avaient été sévèrement endommagées dans le Connecticut et le New Jersey, ce qui promettait beaucoup de travail à venir. Du point de vue d'une architecte, les ouragans étaient une bénédiction pour le chiffre d'affaires, et une malédiction pour tout le reste.

Le lundi matin, deux hommes à tout faire de l'immeuble de Grace les aidèrent à porter les derniers débris à la benne. Ces débris avaient autrefois été des objets délicats et des meubles élégants importés d'Italie. Ils étaient maintenant réduits en morceaux et imprégnés d'une puanteur d'égouts effroyable. Au final, c'était même un vrai soulagement que d'évacuer tout ça hors de l'appartement.

Peu après, les déménageurs firent leur apparition et emballèrent les rares bibelots intacts, la porcelaine et les verres en cristal qui avaient survécu. Il fallait également envoyer toutes les lampes chez un électricien pour faire remplacer les fils qui avaient pris l'eau. Toute la semaine, Ellen et Grace avaient travaillé à la lueur de spots alimentés par batterie dont la copropriété avait fait l'acquisition – le retour de l'électricité dans l'immeuble n'était pas prévu avant un moment.

À la fin de la journée, les déménageurs avaient chargé les cartons, les caisses et la plupart des meubles dans leur camion. L'expert de l'assurance était venu pour prendre des photos et une vidéo. Quand Bob émergea de l'autre bout du couloir pour constater l'avancement des opérations, il fut impressionné.

— Waouh ! Vous êtes des pros, toutes les deux ! s'exclama-t-il d'un ton admiratif.

Grace n'avait même pas l'air fatiguée et prenait déjà des notes sur ce qu'elle avait l'intention de changer dans l'appartement. Quant à Ellen, elle guidait les déménageurs avec poigne.

— Vous comptez vraiment revenir vivre ici, Grace ? demanda Bob, incrédule.

— Oui ! J'aime mon appartement !

— Mais si ça recommençait ?

La décision de partir avait été simple pour lui. Il préférait largement abandonner son appartement plutôt que de revivre ce cauchemar.

— Ça ne recommencera pas.

Ellen prit une expression affligée. Comment pouvait-on être aussi têtu ?

La vieille dame reprit, plus déterminée que jamais :

— Deux fois, c'était un hasard extraordinaire. Trois fois, c'est tout bonnement impossible.

— Il ne faut pas sous-estimer Mère Nature, répondit Bob très sérieusement. Elle gagne toujours. En tout cas, c'est ce que je pense : je vais quant à moi visiter deux appartements dans l'immeuble de Jim demain.

— Mais le quartier est tellement mieux ici ! Je m'ennuie à mourir dans ces immeubles remplis de gens coincés.

— Eh bien, moi, je préfère l'ennui à ça, rétorqua-t-il en lançant un regard dégoûté autour de lui.

Des traces d'eau sale et nauséabonde serpentaient sur les murs. Et son appartement était dans le même état. Quasiment tous ses meubles avaient fini à la benne.

— Financièrement, je sais que je vais prendre une claque en vendant mon appartement, reprit-il, mais tant pis. En plus, je n'ai pas spécialement envie de payer les réparations des parties communes. Je préfère partir avant.

À la fin de la journée, la puanteur s'était un peu atténuée dans l'appartement de Grace. Mais à l'extérieur, le temps s'était réchauffé et avait décuplé les odeurs pestilentielles des rues où les rats grouillaient maintenant, s'échappant des caves inondées des immeubles.

Le lendemain, les déménageurs vidèrent les placards et mirent les vêtements qui nécessitaient un lavage à sec délicat dans des cartons. La plupart des chaussures de Grace atterrirent dans la benne, mais l'assurance avait promis de compenser cette perte. La vieille dame était une des rares victimes de l'ouragan à être aussi bien couverte. Cela coûtait cher, mais finalement, sa prudence s'avérait payante. Elle avait eu aussi beaucoup de chance avec ses photos : celles de l'enfance et du mariage d'Ellen, celles de son propre passé et de celui de ses parents. Conservées dans des albums à l'étage, elles n'avaient pas été abîmées.

Beaucoup de gens ne pouvaient pas en dire autant. Les journaux publiaient des centaines d'histoires plus déchirantes les unes que les autres. Il y avait les photos bien sûr, à valeur sentimentale, et tous les biens matériels... Il y avait aussi les morts. Les enterrements se succédaient, jour après jour.

Le mardi après-midi, Ellen s'attarda quelques minutes dans l'appartement de sa mère totalement vide. Songeuse, épuisée et triste. C'était éprouvant de voir un lieu qui avait été si beau désormais méconnaissable.

Même s'il n'y avait pas eu de dégâts dans les beaux quartiers de New York, le moral de la ville tout entière avait pris un coup. Certes, un élan de motivation et de solidarité naissait chez ceux qui, comme Grace, étaient bien décidés à reconstruire. Ellen considérait que sa mère était dans l'erreur, mais l'esprit humain est bien trop indépendant et imprévisible pour être contrarié. Après tout, peu de femmes auraient été si obstinées qu'elle-même dans leurs efforts pour tomber enceintes. Chacun avait sa propre obsession déraisonnable, et celle de Grace était de retourner vivre chez elle à Tribeca. Elle aimait l'immeuble, l'appartement, la vue sur le fleuve, à en perdre la raison.

Ce soir-là, Ellen appela George et tomba sur le répondeur, une fois de plus. Il lui envoya peu après un SMS pour la prévenir qu'il était en réunion, qu'ensuite il avait un dîner et qu'il la rappellerait lorsqu'il rentrerait à la maison. Ce qu'il ne fit pas...

Le lendemain matin, Grace retourna au travail, et Ellen alla voir l'agent immobilier qui lui avait été recommandé. La recherche d'appartements meublés était une véritable expérience en soi. La liste des logements vacants était longue, mais celle des réfugiés des quartiers inondés plus encore, surtout ceux des zones recherchées comme Tribeca, dont les habitants étaient prêts à payer n'importe quel prix et à signer le bail à la première visite. L'agent immobilier ayant prévenu Ellen qu'il lui faudrait prendre une décision rapide, celle-ci avait dit à sa mère de se tenir prête à accourir du bureau si un appartement plaisant – ou simplement salubre – se présentait à elle.

L'agent immobilier était une femme un peu trop excentrique selon les critères d'Ellen, mais après tout, si elle avait de beaux biens en réserve, quelle importance ? D'ailleurs, elle travaillait pour une agence à la réputation impeccable. Elle reconnut en outre immédiatement le nom de Grace et en fut très impressionnée. Tant mieux, songea Ellen : cela ne pouvait pas faire de mal. Peu après, la femme lui assura justement que sa mère était la candidate idéale. En théorie, si elle trouvait un appartement à son goût, son dossier serait facilement accepté.

Les exigences de Grace n'étaient pas spécialement faciles à satisfaire : elle voulait un immeuble avec un concierge et une équipe d'employés au complet, une jolie vue, des pièces lumineuses, deux chambres minimum, de préférence une troisième pour y installer son bureau, le tout idéalement situé dans les quartiers à la mode, autrement dit dans les rares zones qui n'avaient pas été endommagées de SoHo, de Greenwich Village, de Tribeca, et en dessous de la Cinquième Avenue. Elle tolérait aussi l'Upper East Side mais uniquement entre la 60ᵉ et la 70ᵉ Rue, ou sur Central Park West si l'appartement était absolument fabuleux. Bien sûr, il fallait aussi que les chiens soient acceptés, ce qui n'allait pas de soi pour la plupart des propriétaires d'appartements meublés.

L'agent immobilier emmena d'abord Ellen dans la partie sud de Manhattan, puisque c'était la zone que privilégiait Grace. Le premier appartement qu'elle lui montra était situé dans un bâtiment moderne… mais à un étage élevé, ce que sa mère n'aimait pas trop. Elle préférait les premiers étages, en cas d'incendie. Les plafonds étaient si bas qu'Ellen eut l'impression de devoir se courber en permanence. L'aménagement et la décoration étaient plutôt misérables, voire abominables ; il y avait des paillettes dans la peinture des murs et du plafond, ce que Grace détesterait assurément, et les meubles en osier semblaient venus tout droit du Mexique. Les derniers occupants étaient des étudiants – et ça se voyait.

Elles visitèrent ensuite une petite maison de ville en grès rouge sur Washington Square. Là, le logement était magnifique et décoré avec un goût exquis, mais sans concierge. L'agent avait décidé de le lui montrer « juste au cas où », espérant qu'Ellen aurait un coup de cœur, mais celle-ci lui répondit qu'elles perdaient leur temps si tous les critères de la liste n'étaient pas satisfaits. L'agent s'excusa et la conduisit dans un loft à SoHo, avec une cuisine à l'américaine – ce que Grace n'aimait pas. Il y avait trois appartements à Tribeca, mais sans concierge : ils ne valaient donc pas le déplacement, même si l'agent jura qu'ils étaient fabuleux. Ellen décida de zapper le suivant également, censé être

incroyable et correspondre exactement à leurs désirs…
pour quarante mille dollars par mois, ce qui était bien
au-dessus du budget de Grace. L'appartement suivant
était un joli petit deux-pièces dans Greenwich Village,
mais le salon était si minuscule que c'était à devenir
claustrophobe.

Après ça, il fallut envisager d'aller au nord de
Manhattan. Ellen était découragée. L'agent immobilier passait son temps au téléphone pour échanger des
listes de biens avec la concurrence et négocier les prix
des loyers. On aurait dit un bookmaker ou un dealer.

En montant dans le taxi, Ellen avait la migraine. Elle
se mit d'accord avec l'agent immobilier pour commencer à la limite géographique fixée par Grace, à savoir
la 79ᵉ Rue, puis pour redescendre ensuite. Les deux
premières adresses étaient très propres, mais sinistres,
avec la pire exposition possible. La maison de ville
suivante, en face de la Frick Collection, n'avait pas de
portier. Enfin, elles arrivèrent à l'angle de la 68ᵉ Rue et
de la Cinquième Avenue, ce qui n'était pas trop loin du
cabinet de Grace (cela faisait même une jolie balade à
pied par temps ensoleillé). L'appartement donnait sur
Central Park, et l'annonce promettait un jardin sur le
toit et acceptait les animaux. Des points positifs, donc.
Toutefois, Ellen attendait de voir, elle ne voulait pas
se faire de faux espoirs…

Le bien était enregistré chez un autre agent immobilier, lequel avait demandé au portier de les laisser
entrer car il serait en retard. En franchissant le seuil,
Ellen eut l'impression que l'appartement était encore
habité. Le salon était très chic, dans les tons beiges,
et meublé chez un célèbre designer italien qu'elle

reconnut aussitôt. Une petite pièce aux murs couverts de livres servait de bureau, et il y avait une grande suite bleu pâle et une chambre d'amis dont le papier peint était rayé marine et blanc. Une petite salle à manger, une cuisine séparée et une chambre de bonne complétaient l'ensemble. L'entrée était en marbre noir et blanc, et la vue sur Central Park s'avéra spectaculaire. L'appartement semblait bien entretenu. Quant au jardin aménagé sur le toit, il était tout à fait charmant : le mobilier provenait de chez Brown Jordan, un fournisseur qu'Ellen affectionnait.

Hum. C'était vraiment bien… Elle ne comprenait même pas comment quelqu'un pouvait vouloir quitter une perle pareille. La surface n'était pas démesurée, ce qui signifiait qu'une seule femme de ménage suffirait. De plus, toutes les pièces se trouvaient sur le même niveau, ce qui était très confortable. Sans compter que, si Grace le souhaitait, la propriétaire fournissait même la vaisselle et le linge de maison.

— Pourquoi louent-ils ? demanda Ellen.

— La propriétaire a déménagé à Palm Beach, dans une immense maison, mais elle veut attendre de voir si elle s'y sent vraiment bien avant de vendre. Elle a peur que New York lui manque. Du coup, elle propose un bail de six mois, avec la possibilité de six mois supplémentaires si au bout de cette période elle n'a pas envie de le reprendre.

C'était suffisant pour laisser à Grace le temps de retaper le duplex de Tribeca – si elle s'y obstinait. Ellen était ravie : elle adorait l'appartement, et aurait été heureuse d'y vivre elle-même.

L'agent immobilier poursuivit ses explications :

— Si la propriétaire décide de s'en séparer, le bien sera à vendre d'ici six mois ou un an, et le locataire sera tenu de nous laisser organiser des visites.

— Et le loyer ?

Avec toutes les informations dont elle avait été abreuvée, Ellen en avait oublié le montant. Elle fut agréablement surprise : c'était en dessous de tout ce qu'elles avaient vu à Tribeca. Mais il était vrai que l'Upper East Side était devenu moins cher que les quartiers plus populaires, mais très à la mode.

Ellen hocha la tête. Il lui restait un dernier détail à vérifier :

— À partir de quand est-il disponible ?

— Dès maintenant. Il est sur le marché depuis quinze jours, mais avec l'ouragan, toutes les visites ont été annulées. Deux sont programmées demain, et une autre vendredi.

Ellen s'isola dans la cuisine blanche parfaitement aménagée et appela sa mère.

— Allô, maman, je te dérange ?

— Je suis en pleine réunion, je peux te rappeler ? J'aurai fini dans dix minutes.

— Parfait, dès que tu sors, saute dans un taxi. Je crois que je viens de trouver la perle rare. C'est à l'angle de la 68e rue et de la Cinquième Avenue. Il n'y avait rien de correct plus au sud, et celui-ci reste un petit peu classique pour toi, mais je pense que tu ne trouveras pas mieux pour un meublé en courte durée. À moins que tu n'aimes les hauteurs sous plafond de moins de deux mètres et les paillettes sur les murs.

Celui-ci est vraiment bien, il va partir vite. Il faut absolument que tu viennes le voir tout de suite.

— Super, chérie, tu es la meilleure ! Je suis là dans vingt minutes, grand maximum. Ils acceptent les chiens ?

— L'agent m'a dit que la propriétaire avait deux caniches, alors ça ne lui pose aucun problème. Maman, c'est l'appartement parfait. En tout cas, moi, j'adorerais y vivre !

Sa fille avait beau avoir des goûts plus consensuels que les siens, avec un léger penchant pour les fioritures architecturales, Grace avait une confiance absolue en sa capacité de choisir quelque chose qui lui plairait. Elle devinait toujours parfaitement les désirs de ses clients...

L'agent immobilier patienta sur place avec Ellen, profitant de ce temps vide pour passer toute une série d'appels. Grace arriva quinze minutes plus tard.

— Je le prends ! décréta-t-elle au bout de quelques minutes. C'est superbe ! Mais je pense que je préfère utiliser mon propre linge de maison, précisa-t-elle, pensive.

Ses draps avaient été complètement ravagés par l'eau pestilentielle de l'inondation, et elle avait tout jeté. Il fallait donc qu'elle en rachète des neufs. Grace afficha un large sourire et embrassa sa fille. Dire que celle-ci lui avait dégoté l'appartement parfait en un seul jour !

Elles s'assirent toutes les trois autour de la table de la cuisine pour remplir les quatre exemplaires du contrat : pour l'agence, pour la propriétaire, pour Grace, et enfin, pour la copropriété. L'instant était si solennel que la vieille dame eut l'impression de signer la Constitution des États-Unis, ou le Traité de Versailles.

— Bon, maintenant, il faut compter une semaine pour l'aval de la copropriété, expliqua l'agent.

Grace se doutait que les questions techniques prendraient un peu de temps. Il lui faudrait notamment fournir des lettres de recommandation de partenaires professionnels et de sa banque. Mais ce n'était pas un problème. Sa secrétaire s'occuperait de tout cela.

L'agent immobilier les rassura :

— Je vais leur dire d'annuler les visites prévues demain et après-demain.

En sortant, Grace remercia une nouvelle fois sa fille. C'était un très gros souci en moins. Certes, la déco n'était pas tout à fait son style, et elle ne se voyait pas vivre là indéfiniment. Tribeca lui manquait déjà. Mais pour six mois, c'était absolument parfait – et très pratique pour aller au boulot.

Ellen, elle aussi, était très soulagée. Maintenant que sa mère avait trouvé un toit, elle allait bientôt pouvoir repartir à Londres. D'autant que le déménagement ne serait pas compliqué : toutes les affaires de Grace étaient stockées dans un box, et elle n'aurait que ses vêtements à transporter. L'appartement possédait d'ailleurs un dressing de rêve.

Ellen décida de rester encore deux jours à New York, le temps nécessaire pour trouver les meubles qu'elle avait promis à ses clients. Ainsi, elle serait de retour chez elle deux semaines exactement après son départ. Elle avait l'impression d'avoir déplacé des montagnes. Les choses s'amélioraient enfin à New

York, dix jours seulement après l'ouragan qui avait ravagé l'appartement de sa mère, et tout le sud de Manhattan...

Ellen rentra chez Jim, sur Central Park West. Il était seize heures à New York, vingt et une heures à Londres, et elle voulait annoncer à George son retour imminent. Elle l'appela à peine le seuil de sa chambre franchi, le sourire aux lèvres. Elle était tellement contente de l'appartement qu'elle avait trouvé pour sa mère : il était vraiment parfait sous tous les aspects.

Pour une fois, George décrocha aussitôt. Il semblait distrait et fatigué, mais Ellen n'y prêta pas plus d'attention, pensant qu'il avait simplement eu une longue journée au bureau.

— Je rentre à la maison, lui annonça-t-elle joyeusement.

— Quand ça ?

Il n'avait pas l'air particulièrement enthousiaste.

— Samedi, c'est ce qui me semble le plus logique. Je dois rester pour le travail encore un jour ou deux ici. Je n'ai rien pu faire jusqu'à présent avec cette histoire d'ouragan. D'ailleurs, je viens de trouver un super meublé pour maman. Elle emménage la semaine prochaine, dès qu'elle aura l'aval de la copropriété. Elle y restera pour les six prochains mois, le temps de retaper son duplex.

— Elle est complètement dingue de vouloir retourner vivre là-bas, commenta-t-il d'un ton agacé.

— Je suis bien d'accord. Même son voisin, l'écrivain, déménage. Je vais encore essayer de la convaincre. J'espère qu'elle finira par changer d'avis.

Un long silence suivit, et Ellen se demanda ce qu'il pouvait bien fabriquer. Lisait-il en même temps ? Elle attendit qu'il reprenne la parole.

— Ellen, il faut qu'on parle, à ton retour, lâcha-t-il finalement.

— De quoi ?

Ellen sentit ses nerfs se tendre devant la gravité du ton qu'il avait employé.

Il soupira.

— De beaucoup de choses. Quatre ans de tentatives de procréation inutiles, c'est trop pour moi. Je n'en peux plus.

Elle resta silencieuse un moment, puis décida d'être honnête avec lui.

— Tu sais, George, j'ai revu un spécialiste cette semaine. Il est du même avis que le dernier médecin qu'on a vu à Londres. Mes ovules ne sont plus assez jeunes. Il a dit qu'il nous fallait une donneuse.

— Arrête, Ellen. Je n'en peux plus.

Elle le trouva franchement injuste. Après tout, c'est elle qui avait subi les injections d'hormones, suivi les traitements ; c'était ses ovules qu'on avait douloureusement prélevés, et c'était elle qui avait supporté la FIV, pas lui. Mais il avait été là pour tous les tests, les déceptions, les fausses couches, ce qui n'avait pas été une partie de plaisir non plus.

— Je suis désolée que ça n'ait pas fonctionné, dit-elle.

Elle voulait lui demander s'il était toujours aussi farouchement opposé à l'adoption et au principe des mères porteuses, mais elle n'osa pas. Manifestement, il avait beaucoup réfléchi à tout ça pendant son absence.

— Moi aussi, je suis désolé. Notre couple en a pris un sacré coup.

Que voulait-il dire ? Elle trouvait au contraire qu'ils s'en étaient étonnamment bien tirés…

— Ellen, reprit-il, je suis désolé de te dire ça maintenant, mais c'est terminé pour moi. Je voulais attendre ton retour pour te le dire, mais à quoi bon ? Ça fait plusieurs mois que j'y pense.

— Je comprends, répondit-elle doucement, les larmes aux yeux.

— Non, Ellen, je crois que tu ne comprends pas vraiment. C'est vraiment terminé. Tout, notre mariage aussi. Ces histoires ont tout gâché. Il n'y a plus aucun romantisme entre nous, plus de désir, plus d'espoir. On a fait l'amour suivant un programme quasi militaire pendant presque la moitié de notre mariage. Je ne peux plus le supporter, et je suis certain que toi non plus.

Ellen sentit son cœur battre de plus en plus vite.

— C'est faux, rétorqua-t-elle, la gorge nouée par l'angoisse. J'aime toujours autant faire l'amour avec toi, même si ça n'est plus aussi spontané qu'avant.

Sa voix s'affaiblit alors qu'elle réfléchissait à leur couple. Oui… Peut-être que la situation était pire qu'elle n'avait voulu l'admettre. Elle s'était tellement concentrée sur son objectif qu'elle n'avait pas vu tous les à-côtés négatifs. George reprit :

— C'était horrible pour moi, de t'infliger ces injections qui te faisaient souffrir, et de recommencer tout à chaque fois : la dépression, les larmes au moindre signe, les fausses couches, ces discussions incessantes sur tes ovules. J'ai l'impression d'avoir fait la fac de médecine pendant quatre ans. Pourtant, tu sais, avoir des enfants n'a jamais été si important que ça à mes yeux. J'aurais été parfaitement heureux sans. C'est un miracle que toutes ces procédures et ce stress ne m'aient pas rendu impuissant. Faire l'amour à un tube à essai, *Playboy* en main !... Tu te rends compte ! J'ai détesté chaque minute de tout ça.

C'était la première fois qu'il était si franc avec elle, et Ellen prit soudain conscience de la terrible erreur qu'elle avait commise en s'acharnant comme ça sur son objectif. Elle avait détruit leur mariage... Que pouvait-elle faire, à présent, pour le réparer ?

— Je comprends, je suis désolée. Mais il est possible de repartir sur d'autres bases, non ? demanda-t-elle d'une petite voix.

— Pour moi, c'est fini, lâcha-t-il. Je pensais ce que j'ai dit tout à l'heure. Je veux divorcer. Ce ne serait pas juste de te laisser t'accrocher à quelque chose qui est mort pour moi désormais. Il est temps qu'on reprenne chacun le cours de nos vies.

Il hésita quelques secondes, puis reprit :

— Et tu sais, Ellen... je me rends compte maintenant que nous n'avons jamais été faits l'un pour l'autre. Tu as tout fait pour essayer d'être celle dont j'avais besoin, tu as fait beaucoup d'efforts pour t'adapter à la vie à l'anglaise pour moi, mais c'est artificiel, je le vois bien.

Soudain, Ellen sentit son cœur cesser de battre. Dans ses mots, elle avait perçu tout autre chose.

— Tu es tombé amoureux, c'est ça ?

Elle avait lâché les mots d'un coup, sans réfléchir. Une pause interminable s'ensuivit.

George aurait voulu lui dire la vérité les yeux dans les yeux. Mais il ne pouvait plus mentir... Il tenait toujours à elle, se faisait du souci pour elle, mais de manière fraternelle. Son amour pour Ellen était mort.

— Oui, il y a quelqu'un d'autre, avoua-t-il.

— Mon Dieu... Depuis quand ?

— Un moment... Un an environ.

Être enfin honnête avec elle était un véritable soulagement pour lui.

— Je pensais que ça passerait, continua-t-il, que c'était juste pour m'amuser. Mais c'est devenu sérieux.

Il hésita un moment, puis :

— Je l'aime, je veux l'épouser.

Ellen pensa un instant qu'elle allait s'évanouir. C'était comme si une bombe venait d'exploser dans son cœur et de le déchirer en mille morceaux.

— Mais... Pourquoi tu ne m'as rien dit, George ? Qui c'est ? J'imagine que c'est une Anglaise, ajouta-t-elle avec amertume.

— Oui. C'est la cousine d'un ami d'enfance. Je la connais depuis toujours. Elle vient de divorcer, et je l'ai retrouvée par hasard l'an dernier. Tu étais quelque part à l'étranger pour un client, en Espagne ou dans le sud de la France, je crois.

— Comme c'est pratique... Et là, je suppose que tu l'as emmenée avec toi chez tes amis ces deux derniers week-ends ?

Cette fois, il répondit immédiatement – la vérité était bien plus facile à dire maintenant qu'il avait commencé.

— Oui. Elle était là.

— Et ça n'a pas dérangé nos amis ? Ils trouvent ça normal ? Ou ils se fichent complètement de moi ?

— Beaucoup la connaissaient déjà. C'est la cousine de Freddy Harper.

— Ah ! La cousine de Freddy Harper... C'est parfait alors ! Elle est l'une des vôtres. Si je comprends bien, personne n'a eu une once de loyauté envers moi, alors que tu amenais ta maîtresse à ma place. C'est désolant... Au moins, aux États-Unis, on a un peu de décence.

Cela signifiait aussi que sa chère amie Mireille savait et ne lui avait rien dit. Ellen se sentait trahie. Tout le monde s'était bien moqué d'elle. Et surtout George.

— Ce n'est pas ma maîtresse. Je compte l'épouser.

— Pour l'instant ça l'est ! Tu es encore mon mari, que je sache... Et j'aimerais bien savoir, George : qu'est-ce que tu comptais faire, au juste, si j'étais tombée enceinte alors que tu couchais déjà avec elle ?

— Ç'aurait été un sérieux problème, j'avoue.

— C'était aussi incroyablement malhonnête de ta part ! Ça fait un an que tu me mens !

Elle se sentait stupide de n'avoir rien vu venir. Elle qui s'était évertuée à devenir la femme parfaite pour lui, au final, elle n'était simplement pas « l'une des leurs ».

— Ellen, ça fait deux ans que tout le monde sait que ça ne marchera jamais. Tu es la seule à refuser de le voir. Si j'avais cru un instant qu'il y avait une chance pour que tu tombes enceinte, je n'aurais pas laissé les choses évoluer avec Annabelle. De toute façon, notre mariage était terminé bien avant qu'elle ne débarque dans ma vie – pour moi en tout cas.

— Génial... Ça ne faisait pas de toi un homme libre pour autant. Et bien sûr, je suis la dernière au courant...

— Peut-être que tu ne faisais pas attention. Tu voulais un bébé plus que tu ne me voulais, moi.

Ellen resta un instant interdite. Avait-il raison ? Elle ne savait pas… Mais le temps de l'introspection viendrait plus tard.

— Tu comptes avoir des enfants avec elle ? reprit-elle.

— On n'en a pas parlé. Mais elle n'est pas aussi obsédée que toi par ça. D'autant qu'elle en a déjà deux. Je ne suis pas sûr qu'elle en veuille d'autres, ni même que moi, j'en veuille, après tout ce qu'on a traversé. J'aurais été parfaitement heureux en couple sans enfant, avec une femme qui m'aurait aimé pour moi-même, et non comme simple donneur de sperme.

Les larmes roulaient sans discontinuer sur les joues et le menton d'Ellen.

— Tu n'as pas le droit de dire ça, George. Je voulais un bébé parce que je t'aime.

— Arrête ! C'est devenu une obsession ; on aurait dit que ton objectif, c'était de déjouer tous les pronostics médicaux !

Il soupira.

— Quand tu reviendras, reprit-il, je propose qu'on mette la maison en vente. À moins que tu ne veuilles la garder, mais elle est bien trop grande à mon avis – elle l'a toujours été. C'était un achat absurde.

Ellen hocha la tête. L'immobilier était pour l'heure le cadet de ses soucis. Elle venait de perdre son mari, il était amoureux d'une autre, et leur mariage était fini. Il n'y aurait pas de bébé, et il n'y avait plus de George. La déflagration dans son cœur était immense.

— Tu rentres quand ? demanda-t-il d'un ton très factuel.

— Je n'ai pas encore réservé mon billet. Je pensais rentrer samedi.

— OK. Je vais quitter la maison avant que tu ne sois là. On verra pour les détails à ton retour.

Il hésita deux secondes, puis lui posa une question à laquelle elle n'avait pas songé un seul instant.

— Tu comptes rester à Londres, ou retourner à New York ?

Ces mots furent prononcés froidement. Ellen eut l'impression qu'il se fichait totalement de la voir partir. Peut-être même préférait-il qu'elle parte... Pour lui, c'était bel et bien terminé. Il voulait qu'elle disparaisse de sa vie. Il gérait la question comme un partenariat commercial qui se serait mal terminé, non comme une histoire d'amour qui prenait fin.

— Je n'en sais rien, pourquoi ?

— Je me posais la question, c'est tout. Tu serais plus heureuse aux États-Unis, non ?

C'était sa manière de dire qu'elle ne s'était jamais vraiment adaptée à son monde et que, sans lui, elle n'y avait plus sa place. Le message était clair comme de l'eau de roche.

— Je suis désolé, Ellen, poursuivit-il. Je sais que le choc est rude, mais en fin de compte, c'est mieux pour nous deux.

Pour lui, certainement, oui. Mais elle doutait que ce soit meilleur pour elle. À vrai dire, elle n'en savait rien. Elle avait l'impression qu'un nouvel ouragan venait de frapper et que les conséquences en étaient encore plus dévastatrices. Pour elle, s'entend. L'ouragan Annabelle – plus que l'ouragan Ophelia – avait ravagé sa vie.

Ellen s'allongea sur le lit de la chambre d'amis et sanglota pendant des heures. Quand Grace finit par rentrer, elle lui dit qu'elle avait la migraine et qu'elle préférait rester couchée. Elle ne lui raconta pas sa conversation avec George, elle en était incapable. C'était trop douloureux et trop récent pour en parler. Plus que tout, elle aurait voulu haïr George, mais elle n'y parvenait pas. Parce qu'au fond il n'avait pas totalement tort. Peut-être qu'elle avait désiré un bébé plus qu'elle ne l'avait désiré, lui. Quoi qu'il en soit, c'était fini. Dix ans de sa vie venaient de s'envoler en fumée. Elle n'avait plus rien. Pas de bébé, pas de mari. Elle allait devoir repartir de zéro, se reconstruire une vie.

En avait-elle la force ? En avait-elle même l'envie ? Une partie d'elle était morte. Une partie d'elle avait péri sous le torrent des mots de George cet après-midi-là.

10

Le lendemain matin, Ellen se leva au prix d'un grand effort. Elle avait la tête embrumée comme après une cuite de deux semaines, se souvenant de chaque mot prononcé par George la veille. Elle n'avait pas eu de nouvelles depuis leur conversation. Pas de SMS ni de mail pour lui dire qu'il était désolé, qu'il l'aimait encore, qu'il avait changé d'avis...

C'était bel et bien fini pour lui. Et il attendait d'elle que, pour une fois, elle adopte le légendaire flegme britannique et aborde toute cette histoire avec professionnalisme.

Ellen se sentait trahie. Par George et par sa maîtresse bien sûr, mais aussi par leurs amis qui étaient au courant depuis des mois, et même par son amie Mireille. Soudain, elle eut envie de faire table rase... De ne plus jamais les revoir, pas même George.

Elle se mit à réfléchir. Des décisions capitales l'attendaient : où allait-elle vivre désormais ? quel avenir pour son cabinet ? Avec ce poids immense sur les épaules, elle s'installa dans la cuisine avec une tasse de café, le regard dans le vide. Quand Bob, dix minutes plus tard, entra dans la pièce pour se faire un café à son tour, elle sursauta.

— Pardon, dit-il, je n'avais pas l'intention de vous faire peur. Vous allez bien, Ellen ? Votre mère nous a dit que vous aviez la migraine hier soir.

— Oui, oui. Je vais bien, répondit-elle, embarrassée.

Elle savait qu'elle devait avoir une tête abominable et qu'elle n'était certainement pas crédible. Mais que dire d'autre ? Lui avouer tout de go que sa vie s'était arrêtée la veille ? Qu'elle se sentait abandonnée, vulnérable, honteuse et mal-aimée ?

— Ces quinze derniers jours ont été éprouvants, lâcha-t-elle en guise d'excuse.

— Oui, c'est vrai… On a tous besoin d'une pause, et je suis sûr que les effluves d'égouts qui nous entourent n'aident pas. J'ai appris que vous aviez trouvé un super appartement pour votre mère. Elle va beaucoup nous manquer.

Ellen lui rendit faiblement son sourire.

— Oui, il sera parfait pour elle. Et vous ? Comment se sont passées vos deux visites ?

— Figurez-vous que c'était aussi mon jour de chance ! J'ai trouvé pile ce qu'il me fallait. Un peu plus grand que ce que je voulais, environ cinquante mètres carrés de plus que mon appartement à Tribeca, mais je m'y sens bien. La vue est la même qu'ici, et ce sera sympa d'être dans le même immeuble que Jim. Je vais pouvoir lui déposer chaque nouveau chapitre en temps réel.

Il plaisantait, mais semblait sincèrement ravi.

— Il faut prévoir quelques travaux, précisa-t-il. La mère du propriétaire actuel y vit depuis quarante ans, et je vais avoir besoin d'aide pour le rénover. Je pensais demander conseil à votre mère, et peut-être l'embaucher comme architecte sur le projet. Il faut refaire la cuisine, les salles de bains… J'aimerais bien abattre un mur ou deux pour créer un immense bureau avec vue sur Central Park.

Son enthousiasme faisait plaisir à voir.

— C'est exactement son domaine. Ma mère va adorer.

— Elle dit que vous n'allez pas tarder à nous quitter. Vous repartez quand ?

Il n'avait pas envie qu'elle parte… Et elle non plus n'avait pas envie de rentrer. Son ouragan personnel soufflerait très fort lorsqu'elle devrait revoir George.

— Samedi, je pense. J'ai beaucoup de problèmes à régler à Londres.

Elle ne précisa pas quoi, et il ne posa pas de questions, voyant bien qu'elle était bouleversée. Ils restèrent assis à la table de la cuisine, l'un en face de l'autre, à boire leur café en silence. Puis elle leva vers lui un regard sombre.

— En fait, Bob, je ne l'ai pas encore dit à ma mère, mais hier soir, mon mari m'a quittée. Il y pense depuis un an environ, apparemment. Il veut divorcer, il compte se remarier.

L'écrivain, d'abord stupéfait, lui exprima ensuite toute sa compassion.

— Oh ! Je suis désolé pour vous, Ellen. C'est brutal, et d'autant plus par téléphone.

Il n'arrivait pas à croire qu'on puisse faire une chose pareille. Cet homme était-il sans cœur ou quoi ?

— Peut-être que c'est mieux ainsi, répondit-elle. Comme ça, je n'ai pas eu l'occasion de sangloter à ses pieds, plaisanta-t-elle.

— Qu'est-ce que vous comptez faire ? Est-ce que vous allez revenir vous installer aux États-Unis ?

— Je n'en sais rien. Mais je vais devoir prendre une décision rapidement. George veut vendre la maison, ce qui est probablement la chose la plus intelligente à faire.

Elle regarda Bob avec intensité. Elle avait envie de se confier à cet homme si charmant qui l'écoutait avec empathie. Elle reprit :

— En fait, j'ai passé les quatre dernières années à enchaîner les traitements hormonaux et les FIV, pour essayer d'avoir un bébé. C'était devenu une obsession pour moi. Maintenant, je sais bien que ça ne marchera jamais. Un énième spécialiste me l'a confirmé. Je n'aurai jamais d'enfant. Et désormais, je n'ai même plus de mari. Mon monde est totalement chamboulé.

Elle sourit.

— Ça me fait beaucoup de remises en question. Je préférais encore l'ouragan, c'était plus simple à gérer.

Il hocha la tête, compatissant.

En même temps qu'elle parlait, Ellen était étonnée de voir tout ce qu'elle parvenait à lui confier. Elle ne ressentait pas la moindre gêne.

— Un divorce n'est agréable pour personne, je sais de quoi je parle. Et toujours traumatisant, même pour celui qui en fait la demande. Je ne voulais pas divorcer non plus, et puis ma femme a simplement cessé de m'aimer. Je le méritais probablement, mais il n'empêche que ça fait mal. On se comporte tous bêtement quand il s'agit des relations amoureuses, et on devient vite aveugle à ce que ressent l'autre.

— Oui… Je n'avais pas compris à quel point George en avait marre de ces histoires de FIV et d'infertilité. Il m'a avoué que ces quatre dernières années avaient été insupportables pour lui.

— Il aurait dû vous le dire tout de suite, au lieu de vous tromper.

Elle hocha la tête, puis laissa son regard se perdre dans son café. Bob lui tapota affectueusement le bras puis retourna travailler. Il avait beaucoup de peine pour elle. Elle avait peut-être commis des erreurs, mais il était sûr qu'elle avait fait de son mieux. Son mari, en revanche, avait l'air d'un véritable abruti.

En fin de matinée, Ellen réserva un vol pour Londres : il décollait le samedi soir pour atterrir le dimanche matin. Ensuite, elle sortit faire les boutiques pour ses clients, mais revint les mains vides. Elle avait l'esprit ailleurs, ne pouvait penser qu'à ce que lui avait dit George.

Ce soir-là, Ellen s'enferma dans sa chambre : elle n'avait toujours pas envie de parler à sa mère. Mais le lendemain, alors qu'elle était en train de préparer ses bagages, celle-ci vint la voir et lui demanda carrément ce qui n'allait pas. Ellen s'apprêtait à mentir, mais au final, à quoi bon ? Elle s'assit sur le lit.

— George me quitte, maman. Il veut divorcer. Il en aime une autre.

Grace fut effroyablement choquée. Elle s'attendait à bien mieux de la part d'un homme qu'elle croyait honnête.

— Là, comme ça, il te quitte ? Il te l'a dit au téléphone ?

212

Pour toute réponse, Ellen hocha la tête.

— Mais… tu avais des doutes ? Vous vous disputiez ?

— Non, je pensais même que tout allait bien. Il dit que ça fait un an que ça dure, que les traitements hormonaux et les FIV, c'était trop pour lui.

— Est-ce qu'il t'en a parlé à un moment, est-ce qu'il t'a prévenue ?

— Non. Mais j'aurais dû m'en douter… Ça a été une période très difficile et très stressante pour nous. Cette femme, sa maîtresse…, c'est la cousine d'un ami. Je pense que ça a joué aussi. Il veut être avec quelqu'un de son propre clan.

— Pourtant, tu as toujours fait les choses à sa façon. Tu l'as laissé établir toutes les règles. Tu as adopté tous ses critères vieux jeu.

Grace hésita quelques secondes, puis reprit :

— Peut-être que tu n'aurais pas dû… Comment tu le vivais, toi ? Est-ce que ça t'allait vraiment ?

Ce n'était pas la première fois que Grace se posait la question, mais elle n'avait jamais osé en parler à sa fille.

— Sur certains points, ça m'allait. C'était important pour lui, alors j'ai respecté ses traditions. Ç'aurait été plus compliqué si on avait eu des enfants. Avec ses histoires d'internat et tout ça… Il veut mettre la maison en vente dès que je serai rentrée – il a l'air très pressé. Maintenant qu'il a décidé que c'était terminé, il veut tourner la page au plus vite.

— Mais toi, alors ? Qu'est-ce que tu veux ?

Ellen pensait trop peu à elle. Elle était bien trop arrangeante, et George en avait pleinement profité.

— Je ne sais pas ce que je veux, maman. Je n'ai pas eu le temps d'y réfléchir.

Grace avait le cœur serré de voir à quel point sa fille était brisée. Sa peine lui faisait mal.

— Est-ce que tu veux rester à Londres ?

— Je n'en sais rien. Je pensais que j'avais une vie là-bas, et des amis. Mais apparemment ils étaient tous au courant pour cette femme, et personne ne m'a rien dit. Elle est l'une des leurs. Moi, je ne l'ai jamais été. Je m'en rends compte maintenant.

Une grande tristesse envahit son regard.

— Du coup, je ne suis pas sûre que ma place est là-bas, ni que j'ai envie d'y rester. Peut-être que je ferais mieux de revenir m'installer à New York et de gérer ma boîte à distance. Aller en Europe uniquement quand j'ai besoin de rencontrer mes clients. Voir si ça fonctionne… Et en attendant, rester avec toi, un peu.

Grace réfléchit un moment avant de répondre.

— En effet, c'est envisageable. Mais tu ne peux pas vadrouiller d'un endroit à un autre sans te fixer. Tu as vécu pendant des années selon les règles de George, à ne faire que ce qu'il voulait. Je t'accueillerai aussi longtemps que tu voudras, bien sûr, ne serait-ce déjà que pour que tu voies si c'est possible de faire les allers-retours. Mais tu as besoin de ton propre espace, de ta propre vie, de tes propres règles. Il est temps pour toi de réfléchir à ce que tu veux faire de ta vie ; tu ne peux pas te contenter de vivre dans ma chambre d'amis.

Sa mère avait raison. Ellen se rendait compte qu'elle n'avait de chez-soi nulle part, ni aux États-Unis ni en Angleterre. Et au lieu de se sentir libre, elle se sentait simplement perdue. Elle ne savait plus où étaient ses propres besoins ; qui elle était... Il fallait qu'elle se retrouve.

— Tu as raison, maman, je vais réfléchir à tout ça.

Grace la prit dans ses bras.

— Je suis désolée, ma fille. Mais je suis certaine que tu sauras prendre la bonne décision, au bon moment.

Ellen hocha la tête, mais elle n'en était pas aussi convaincue. Clairement, elle s'était trompée sur toute la ligne au sujet de George ! Et pour l'heure, elle appréhendait fortement son retour à Londres : elle sentait qu'il lui faudrait démonter sa vie, pièce par pièce. Mais c'était un passage obligé. Ensuite, peu importe la ville qu'elle choisirait, elle devrait repartir de zéro.

Le lendemain, avant de partir à l'aéroport, Ellen remercia à nouveau Jim pour son hospitalité. Elle avait adoré son séjour. Il lui assura que ça avait été un réel plaisir de les accueillir, elle et sa mère. En remerciement, elle lui offrit un magnum de champagne, et donna de généreux pourboires aux employés de maison. Elle alla également saluer Bob.

— Bonne chance, Ellen, lui dit-il avec chaleur. Prenez soin de vous à Londres.

— Bonne chance à vous aussi, pour l'appartement.

Elle essayait de paraître plus vaillante qu'elle ne l'était. Quand on venait de se faire quitter par son mari, il était difficile de ne pas se sentir humiliée, quelque part. Et elle savait que ce sentiment s'accroîtrait quand elle reverrait toutes ses connaissances, à Londres. Elle avait l'impression d'être une ratée...

C'est la larme à l'œil qu'elle étreignit sa mère une dernière fois. Ces deux semaines bien étranges lui faisaient l'effet d'une vie entière. Tout avait volé en éclats, et rien encore n'était reconstitué.

Le vol pour Londres lui sembla durer une éternité. Elle resta éveillée pour la plus grande partie et arriva exténuée à Heathrow, où elle prit un taxi pour rentrer dans une maison vide. Comme promis au téléphone, George était parti. Elle devina qu'il était probablement en week-end avec Annabelle, ou à la campagne, dans l'un des manoirs de ceux qu'elle avait cru être ses amis.

La première chose qu'elle fit fut de jeter un œil dans les placards de la chambre, et dans son dressing à lui. Ses vêtements avaient disparu. Ainsi que tout un tas de petites choses. Son regard se posa sur les photos d'eux qu'il lui avait laissées, et elle s'assit sur le lit pour pleurer. Ce retour était déprimant au-delà de l'imaginable.

George appela ce soir-là, et elle entendit ce ton froid et factuel qu'elle lui connaissait depuis peu. Malgré ça, il semblait de bonne humeur. Le week-end avait dû être agréable pour lui...

— Tu es bien rentrée ?

— Si on veut…, répondit-elle d'un ton morne. J'ai vu que tu avais emporté tes affaires.

— Oui. D'ailleurs… peut-on se voir cette semaine pour se répartir le reste ?

Elle avait acheté la plupart des meubles et des éléments de décoration, lui l'électroménager et l'audiovisuel. Quelques objets étaient des cadeaux de mariage, d'autres avaient été offerts par Grace. Certaines pièces d'époque appartenaient à la famille de George depuis des générations. L'idée d'en passer par ces questions bassement matérielles – quoi appartenait à qui ? – la déprima plus encore. En outre, à quelle adresse enverrait-elle ce qui lui reviendrait ? Elle n'en avait aucune idée. Elle prit une voix neutre pour masquer sa confusion.

— Pourquoi cette urgence ?

— Il vaut mieux mettre ça derrière nous rapidement, pour pouvoir tourner la page. Ça ne sert à rien de traîner.

Clairement, il savait ce qu'il voulait, lui.

Il reprit.

— Pareil pour la maison : on devrait la mettre en vente au plus vite… À moins que tu ne veuilles t'y installer ?

Ellen n'en avait aucune envie. Cet endroit lui faisait mal. C'était le cocon qu'ils avaient acheté en pensant aux enfants qu'ils auraient, celui dans lequel elle s'imaginait vieillir aux côtés de George. Finalement, c'était une bonne chose qu'ils n'aient pas acheté de maison de campagne, ç'aurait été une complication de plus.

— Tu as prévenu tous nos amis ? demanda-t-elle.

— Ils sont au courant, oui.

Elle supputa qu'elle était la dernière informée, comme dans un mauvais film. Il l'avait ridiculisée pendant un an. Quelle humiliation !

— À quoi ressemblait New York quand tu es partie ? reprit-il d'un ton neutre.

— Au sud de Manhattan, c'est le chaos. Au nord, rien n'a changé.

Mais tout ça était déjà très loin pour elle. Son esprit était accaparé par ses doutes. Que devait-elle faire ?

Elle n'avait pas envie de baisser les bras si facilement et de quitter Londres la queue entre les jambes, mais d'un autre côté, rester signifiait s'exposer plus longtemps à l'humiliation, voire prendre le risque d'entendre parler du mariage de George et d'Annabelle. Sans compter qu'elle avait l'impression qu'elle ne pouvait plus faire confiance à personne ici.

Ils se donnèrent rendez-vous à la maison le mardi soir, après le travail. Le lundi matin, elle arriva au bureau très tôt pour rattraper son retard sur les dossiers de ses clients. Ses assistants lui demandèrent des nouvelles de l'ouragan, et, avisant son air dévasté, comprirent que les événements avaient été dramatiques. Aucun d'eux ne soupçonnait que la vraie catastrophe s'appelait George, et non Ophelia.

Philippa resta dans son bureau pour lui montrer des photos de meubles et des échantillons de tissus. C'était une belle fille aux origines asiatiques qui travaillait pour Ellen depuis cinq ans – cela faisait d'elle son assistante avec le plus d'ancienneté. Au bout de quelques minutes, Ellen lui raconta tout.

— George et moi allons divorcer.

Philippa crut d'abord avoir mal entendu. Elle était persuadée que leur couple était fait pour durer.

— Mais… c'est fou ! Qu'est-ce qui s'est passé ?

— Beaucoup de choses, j'imagine. Quatre ans de FIV. Et il en aime une autre.

— Mon Dieu, je n'arrive pas à y croire. Je n'aurais jamais imaginé ça de lui.

Philippa l'avait toujours trouvé snob et arrogant, mais il était tellement bien sous tous rapports, à la limite de l'ennui même, qu'elle ne l'aurait pas pris pour un homme infidèle.

— Quel salopard ! ajouta-t-elle.

Ellen, quant à elle, ne savait pas si elle était en colère, ou seulement triste. La tristesse l'emportait pour le moment. Peut-être que la colère se réveillerait plus tard.

— Moi non plus, je n'aurais pas cru ça de lui, répondit-elle d'un ton lugubre.

— Qu'est-ce que je peux faire pour t'aider ?

— Dans l'immédiat, il faut que je règle quelques affaires bassement matérielles avec George, du genre répartition des meubles et mise en vente de la maison. Ensuite, on aura du pain sur la planche, toi et moi.

D'autant plus si elle retournait s'installer à New York.

— J'ai rendez-vous avec lui demain, reprit-elle.

— Tu as l'air tellement calme, fit remarquer Philippa, mi-admirative, mi-inquiète.

— Je n'ai pas le choix. Il a pris sa décision. Depuis longtemps, je pense… Il compte l'épouser, sa nana.

— Quel imbécile. Je suis désolée pour toi, Ellen. Et vraiment : n'hésite pas à me dire s'il y a quoi que ce soit que je puisse faire. T'aider à faire les cartons, par exemple. Où est-ce que tu comptes t'installer ? Tu cherches un nouvel appart à acheter ?

— Un jour, sûrement.

Elle hésita quelques secondes, puis :

— En fait, il se peut que je retourne m'installer à New York… Mais le cabinet restera domicilié ici, ne t'inquiète pas. Au pire, je reviendrai à Londres si ça

219

se passe mal, mais sinon, je pensais essayer de faire des allers-retours pour les rendez-vous avec les clients.

Elle aurait besoin d'au moins une assistante à New York, mais les jeunes femmes compétences et motivées étaient légion. Philippa, quant à elle, gérerait les bureaux à Londres. Avec les mails et le téléphone, Ellen ne serait pas bien loin.

— Si c'est ce que tu décides de faire, tu vas me manquer.

Philippa était triste, mais elle comprenait ses raisons.

— On dirait que tu affrontes ton propre ouragan personnel, remarqua-t-elle, compatissante.

— Oui, c'est un peu ça…

Le lendemain en fin d'après-midi, Ellen quitta le bureau à reculons. L'heure de son rendez-vous avec George approchait. À dix-huit heures tapantes, il entra dans la maison sans sonner, alors qu'elle était en train de se servir un verre de vin pour se donner du courage. Elle le trouva changé. Il semblait plus heureux, arborait une cravate colorée, et avait une nouvelle coupe de cheveux qui le rajeunissait. Mais la vraie différence se trouvait dans ses yeux. Son regard était brillant, vivant, mais aussi… complètement indifférent à elle. Il était clair qu'elle ne faisait déjà plus partie de sa vie. Il s'était débarrassé d'elle sans aucun regret.

Jamais elle ne s'était sentie si insignifiante. C'était comme une gifle reçue en pleine figure. Elle faisait partie du passé, et rien de plus. Il avait arrêté de croire en leur mariage sans rien lui dire, sans même lui donner une chance de changer les choses, de faire des efforts. Il l'avait abandonnée en silence sans prévenir et était passé à autre chose. Ellen se demanda si elle pourrait un jour refaire confiance à quelqu'un.

Ils décortiquèrent la maison pièce par pièce, Ellen prenant des notes tandis qu'ils énonçaient ce qu'ils voulaient garder. Ils ne se disputèrent pas – elle ne voulait pas s'abaisser à ça, et, de toute façon, elle ne souhaitait garder que ce qu'elle avait acheté elle-même. Tout ce qui avait appartenu à sa famille à lui – soit les œuvres d'art et les meubles d'époque qui venaient de la maison de campagne de ses grands-parents –, elle s'en fichait.

Ce pèlerinage dans la maison avec lui fut une véritable torture. Pour lui, il ne s'agissait que d'objets, rien de plus. Alors que pour elle, c'était les reliques d'une vie perdue. Comme si quelqu'un était mort et qu'ils se partageaient ses biens...

Au fond, c'était bien ça dont il était question : la mort de leur mariage.

George l'informa qu'il comptait déménager ses affaires au plus vite, puisqu'il faudrait qu'il meuble son nouvel appartement. Manifestement, il n'avait pas chômé pendant son absence. Son voyage à New York s'était révélé très pratique pour lui. Ellen se demanda même s'il avait eu le mauvais goût d'inviter sa petite amie chez eux et de dormir avec elle dans leur lit.

— Alors, tu as décidé de ce que tu allais faire et d'où tu comptes vivre ?

Il semblait très curieux de le savoir, ce qu'elle trouva extrêmement cruel. Voulait-il qu'elle débarrasse le plancher londonien ?

— Ça fait six jours, George, que tu m'as dit que tu me quittais. Tu peux peut-être me laisser un peu plus de temps pour y réfléchir ?

Elle lui confirma tout de même qu'il pouvait mettre la maison en vente, et c'est là qu'elle comprit qu'il voulait surtout récupérer son argent. Ce n'était pas qu'il en eût besoin. Non, il était riche. C'était plutôt, supputa-t-elle, pour se désinvestir littéralement de tout ce qui fait leur mariage. Elle avait vu d'autres hommes agir ainsi, mais ne l'en aurait jamais cru capable.

Après son départ, elle erra dans la maison, la boule au ventre. Elle passa le reste de la semaine à songer aux paroles de sa mère : oui, il fallait qu'elle trouve ce qu'elle désirait vraiment ; il fallait qu'elle cesse de se contenter de vivre la vie de quelqu'un d'autre… Mais que désirait-elle vraiment ? Elle ne le savait pas.

Grace emménagea dans sa location meublée pendant le week-end et appela Ellen pour lui dire à quel point elle était ravie. En outre, Bob et Jim venaient pour le dîner.

— Super, maman ! Salue-les de ma part.

La semaine avait été longue et éprouvante pour Ellen, car il lui avait fallu rattraper deux semaines de retard sur ses dossiers. Elle avait fait un aller-retour Londres-Nice le vendredi pour constater l'avancement des travaux d'une maison qu'elle redécorait à Saint-Jean-Cap-Ferrat. Et surtout, comme un bruit de fond, peu importe ce qu'elle faisait, la question de son avenir lui martelait le cerveau en permanence.

Elle ne s'attendait pas à ce que la maison se vende rapidement, mais une fois que George eut pris ses affaires, elle aussi voulut déménager. Tout s'était passé si vite, et peut-être que c'était pour le mieux. Il se comportait de manière si ingrate, si froide, qu'elle avait l'impression de ne plus le connaître. Elle avait perdu tout respect pour lui.

Elle était à Londres depuis deux semaines quand elle tomba par hasard sur un couple d'amis. Elle fut choquée par la réserve avec laquelle ils la saluèrent. À croire qu'ils la connaissaient à peine ! Clairement, leur loyauté était toute pour George. Ils n'avaient éprouvé aucun scrupule à se ranger du côté de la maîtresse.

Finalement, c'est ce qui motiva la décision d'Ellen. À peine rentrée chez elle, elle appela Philippa.

— C'est bon, j'en ai assez, annonça-t-elle calmement. Je rentre à New York.

Son assistante n'était pas surprise. Elle se doutait bien qu'elle en arriverait là. Et c'était probablement pour le mieux…

— Je vais louer un box pour mes affaires, et je les ferai envoyer à New York quand j'aurai trouvé un appartement.

Elle ne voulait pas prendre un meublé, comme sa mère. Elle avait besoin d'un endroit où elle se sentirait chez elle. On venait d'arracher ses racines londoniennes, et il fallait qu'elle les plante ailleurs. Pour l'instant, ce serait New York.

— Est-ce que tu pourrais me caler un rendez-vous avec tous les clients qui ont un projet en cours ? Je veux qu'ils comprennent bien que je n'hésiterai pas à revenir si nécessaire. Ils pourront me joindre par mail, Skype, et je leur donnerai mon numéro de portable. Je communique déjà essentiellement à distance avec certains. Ce ne sera pas un grand changement pour eux.

Philippa acquiesça et programma les rendez-vous. Quand Ellen rencontra ses clients, aucun d'eux ne sembla inquiet. Au contraire, ils aimaient bien l'idée que leurs tissus, meubles et accessoires viennent d'outre-Atlantique, au moins en partie. Elle reviendrait pour chaque installation, et au moindre problème. Personne n'émit la moindre objection. Finalement, la transition se ferait en douceur pour eux.

Ellen informa George de la date du déménagement de ses affaires, mais garda secrète sa destination. Sa vie privée ne le regardait plus. Toutes les décisions concernant les biens matériels avaient été prises rapidement, puisque la seule chose qu'ils possédaient en commun était la maison. Le reste se négocierait au moment du divorce. S'il le souhaitait, il pouvait la joindre via son assistante ou son avocat.

Ellen et Philippa supervisèrent l'empaquetage de ses affaires et le transport de ses meubles et d'une partie de ses vêtements dans un local de stockage. Pour les quelques jours qui restaient, Ellen prit une chambre dans un petit hôtel près du bureau. Avant de partir, elle décida d'appeler Charles Williams, l'homme dont elle avait fait la connaissance dans l'avion lors de son dernier voyage. Lui et Gina étaient rentrés à Londres depuis un mois maintenant. Charles sembla ravi d'entendre sa voix.

— Vous êtes rentrée quand ? demanda-t-il d'une voix épanouie.

— Il y a trois semaines environ. Gina et vos filles sont toujours là ?

— Oui. Le propriétaire de leur appartement à New York a dit à Gina qu'elle ne pourrait pas réemménager avant trois mois, alors on a mis Chloe et Lydia à l'école ici. Elles sont ravies, les grands-parents aussi, et ça me fait plaisir de les avoir.

— Et Gina ? Elle est contente ?

Ellen était curieuse, mais ne voulait pas le mettre mal à l'aise.

— Je ne sais pas trop, je ne lui ai pas demandé. Je ne veux pas la faire paniquer avec des questions, mais elle a l'air heureuse. Quoi qu'il arrive, ç'aura été génial de l'avoir avec les filles ici. Les choses semblent bien plus simples qu'avant. Peut-être qu'on est tous les deux plus matures. Et vous ? Tout est rentré dans l'ordre ?

Ellen éclata de rire – au moins elle ne pleurait plus quand on lui posait cette question.

— Pas vraiment, non. Avant que je quitte New York, mon mari m'a annoncé qu'il voulait divorcer. Cela fait un an qu'il a une liaison. J'ai été assez stupide pour ne pas m'en rendre compte. Ils vont se marier. Notre maison est à vendre et je retourne m'installer à New York. Vous voyez, ça fait de gros changements en perspective. Je n'avais pas envie de rester à Londres. C'est trop dur.

À l'entendre, on aurait pu penser qu'elle prenait la fuite, mais la vérité, c'était qu'elle ne savait pas quoi faire d'autre. Elle vivait dans le monde de George depuis dix ans, et voulait en sortir avec dignité. Pour elle, et pour l'instant, ça voulait dire New York. Même si elle n'avait rien de définitif là-bas non plus et qu'elle devrait rester chez sa mère le temps de trouver un appartement...

— Je suis désolé, je ne savais pas, dit-il gentiment.

— Moi non plus. Ça a été la mauvaise surprise.

— Peut-être qu'au final c'est une bonne chose ?

— On verra bien.

Elle en doutait, mais elle allait faire de son mieux pour se reconstruire une belle vie.

— Donnez-moi des nouvelles, Ellen. Et appelez-moi si vous êtes de passage à Londres pour le boulot. Ça me ferait plaisir de vous revoir.

Comme c'était étrange : son seul ami à Londres était un inconnu qu'elle avait rencontré dans un avion un mois plus tôt.

Charles resta pensif après avoir raccroché. Ellen était en instance de divorce, tandis que lui vivait depuis un mois sous le même toit que son ex-femme. La vie prenait parfois de drôles de chemins… Ces dernières semaines, Gina et lui s'étaient très bien entendus. Elle s'était installée dans la chambre d'amis avec Chloe et Lydia. Et lui n'avait fait aucune tentative de séduction. Il ne se le permettait pas, car elle ne lui avait donné aucun signe que de telles avances seraient bienvenues. Pourtant, il était quasiment sûr que son histoire avec Nigel était terminée. Ils avaient eu une dispute retentissante au téléphone, au cours de laquelle elle l'avait accusé de ne pas tenir à elle.

Ce jour-là, quand Gina revint de l'école avec les filles et que ces dernières partirent jouer dans leur chambre, il lui raconta sa conversation avec Ellen.

— C'est terrible, commenta-t-elle, visiblement peinée.

Il s'abstint de lui dire qu'elle lui avait fait quasiment la même chose, deux ans plus tôt.

— Du coup, elle déménage à New York. Ça doit être dur pour elle, après toutes ces années passées à

Londres. Elle doit avoir l'impression d'avoir perdu à la fois un pays et un homme.

Charles contempla la femme qu'il aimait depuis si longtemps, et pas seulement parce qu'elle était la mère de ses enfants. Une question le tourmentait depuis des semaines. Jusqu'alors, il avait eu peur de faire tanguer le navire, mais maintenant il voulait savoir. Histoire de ne pas se faire d'illusions sur des sentiments qu'elle ne ressentait peut-être pas.

— Et nous, Gina ? Tu penses qu'il y a encore quelque chose ?

Elle sourit.

— Oui, Charles. Je le pense très fort. Mais je ne savais pas, de ton côté, comment tu voyais les choses… Après Nigel, et tout ce que je t'ai fait…

Charles sentit son cœur s'envoler.

— Tu es sincère ?

Elle hocha la tête. Lui sourit à nouveau. Il fit alors ce qu'il rêvait de faire depuis des semaines : l'embrasser à pleine bouche !

Au bout de quelques secondes, elle se dégagea, souriante.

— Je pensais que si tu étais intéressé, tu prendrais les devants. Mais tu n'as rien fait, alors je me suis tue, expliqua-t-elle timidement.

Aux yeux de Charles, elle était plus belle que jamais.

— Je ne voulais pas te manquer de respect.

— Moi non plus, après toutes mes erreurs passées.

Elle l'embrassa à son tour.

— Les méandres de l'amour sont incroyables, lâcha-t-il, songeur. Peut-être que tout ce qui nous est arrivé aura été positif, après tout.

— Oui… Je crois que New York m'a aidée à grandir. Et pendant l'ouragan, j'ai compris qui tu étais vraiment. Tu es un père incroyable, un mari fiable, et un homme merveilleux. Je ne l'avais pas vu avant. Quelle imbécile j'étais !

— Moi aussi, j'ai été bête. J'aurais dû comprendre que tu avais besoin de temps, que tu avais besoin de t'amuser un peu en dehors des rôles d'épouse et de mère.

— Je suis prête pour tout ça, maintenant, rétorqua-t-elle.

Il l'enlaça.

— Alors tu restes ? chuchota-t-il.

Elle hocha la tête.

— Dans ma chambre ? continua-t-il sur le même ton.

— Dès ce soir, répondit-elle en un souffle.

Comme tous les jours depuis leur arrivée, Charles l'aida à préparer le dîner, puis patienta fébrilement pendant qu'elle donnait leur bain aux filles.

Il ne put s'empêcher d'envoyer un SMS à Ellen, tel un écolier tout excité :

Je viens de lui demander. Elle reste. Bonne chance à New York ! Charles.

La réponse arriva quelques minutes plus tard :

Super ! Bien joué de votre part, et excellente décision de la sienne. Bisous, Ellen.

Ce soir-là, Gina fit son retour dans la chambre parentale, et ce fut comme au bon vieux temps, et même mieux…

11

Quand Ellen atterrit à New York, elle se rendit tout droit chez sa mère. Il lui avait fallu plus de temps que prévu pour passer la douane, et elle arriva tard. Grace se préparait pour sortir dîner avec des amis.

L'emménagement s'était très bien passé, et l'appartement lui convenait parfaitement. Elle se surprenait même à aimer le quartier. Finalement, l'Upper East Side vous donnait un côté sophistiqué qu'elle trouvait agréable.

— Très contente que tu te plaises ici, maman. Et ne t'inquiète pas, je ne compte pas squatter chez toi indéfiniment, plaisanta Ellen.

Toutes deux avaient besoin de leur propre appartement. Et même si Grace appréciait son logement temporaire, elle comptait bien rentrer chez elle, à Tribeca. Bien que son immeuble fût toujours dans un sale état, elle avait commencé les travaux de rénovation. L'électricité n'avait toujours pas été rétablie, mais des générateurs plus puissants avaient été installés pour que les propriétaires puissent faire leurs travaux. Le sud de Manhattan n'allait pas se reconstruire en un jour…

Grace regardait sa fille déballer ses valises, tandis que Blanche sautillait dans ses jambes.

— J'ai rendez-vous avec l'agent immobilier cette semaine, reprit Ellen. Je veux trouver un appartement vide, pour y mettre mes meubles de Londres.

— Ah ! C'est une grande décision.

— Oui, admit-elle.

Et elle n'avait pas été facile à prendre. Ellen préféra changer sujet.

— Comment Blanche trouve sa nouvelle maison ?

Grace éclata de rire.

— Elle se prend pour un chien de l'Upper East Side maintenant. Dans l'immeuble, il y a trois caniches et un autre bichon maltais – autant te dire qu'elle se sent tout à fait chez elle ; elle est pile à sa place, ici. Je ne sais pas si je vais réussir à la ramener chez les bobos de Tribeca.

Grace sourit tendrement à sa fille. L'ouragan les avait rapprochées, et elle était très contente qu'Ellen revienne s'installer à New York. Elles pourraient enfin se voir plus de quelques fois par an. Même si elles étaient toutes les deux très occupées, c'était agréable de se dire qu'elles étaient dans la même ville et qu'elles avaient la possibilité de se retrouver pour déjeuner, ou pour une soirée à la maison.

— Tu dînes avec qui ce soir ?

Grace lui donna le nom de deux couples qu'elle ne connaissait pas, puis celui de Jim Aldrich.

Ellen lui lança un regard surpris.

— Jim Aldrich ?

— Oui, tout à fait, répondit Grace très dignement. On a dîné ensemble plusieurs fois. C'est un homme charmant. Et on est allés à un gala de charité au Met il y a quelques jours.

Elle semblait embarrassée, et Ellen éclata de rire.

— Eh bien dis donc ! Je savais bien que tu ne lui étais pas indifférente… On dirait que tu t'es bien amusée.

— Oui. Je sais…, c'est un peu ridicule, à mon âge, mais il ne cesse de m'inviter à sortir.

— Arrête, maman, je te l'ai déjà dit : il est à peine plus jeune que toi ! Et puis, il est intelligent, drôle, et tu peux faire les mots croisés du *Times* avec lui le dimanche…

Ellen lui lança un regard espiègle. Elle ne savait pas où ils en étaient exactement dans leur relation, mais elle aimait beaucoup l'idée que sa mère ait trouvé un compagnon, après toutes ces années. Elle était si active, si vive, et si belle.

— Il m'a proposé d'aller à Miami avec lui en décembre, pour les expositions d'Art Basel, mais je ne suis pas sûre de vouloir y aller.

— Pourquoi ? C'est une des plus belles foires d'art contemporain au monde ! Tu devrais accepter, crois-moi.

Grace fit une grimace.

— Je suis trop vieille pour les histoires de cœur.

Pourtant, l'idée d'avoir un partenaire la séduisait. C'était excitant d'avoir quelqu'un avec qui vivre et partager des choses, d'autant qu'ils avaient quantité d'intérêts communs. Ses amies commençaient à vieillir – et deux étaient mortes récemment. Grace était bien plus active que la plupart, probablement parce qu'elle travaillait encore beaucoup et fréquentait des amis plus jeunes qui parlaient d'autre chose que de leurs traitements médicamenteux et interventions chirurgicales.

— Il a soixante-neuf ans, maman, pas trente ! Et tu n'es pas trop vieille. Tu es la personne la plus jeune que je connaisse.

— Ce n'est pas l'impression que j'ai eue le mois dernier. L'ouragan m'a vraiment épuisée.

— Moi aussi, tu sais.

Grace se rendit dans sa chambre pour ajouter la touche finale à sa tenue. Elle était déjà maquillée, coiffée d'un élégant chignon banane, et magnifique dans sa jupe en soie noire et son chemisier en satin blanc. Elle portait des escarpins flambant neufs, puisqu'elle avait perdu presque toutes ses paires de chaussures dans l'inondation.

— Et avec George, comment ça s'est passé ? s'enquit-elle.

— Disons que le déménagement s'est déroulé sans encombre, répondit calmement Ellen.

— Tu l'as revu avant de partir ?

— Non, je n'en avais vraiment pas envie. Je n'ai pas de nouvelles depuis, et c'est très bien comme ça.

La vitesse à laquelle il avait quitté sa vie était incroyable. Le mieux, pour Ellen, était qu'elle l'oublie au plus vite, elle aussi. Et pour cela, rien de tel qu'être occupée : il lui fallait dégoter un appartement, ainsi qu'une assistante. Elle espérait trouver les deux dans les jours à venir.

Mère et fille étaient en train de parler de tout ça quand on sonna à l'interphone. Blanche se précipita vers la porte, la queue frétillante. Jim Aldrich était arrivé, et Grace demanda au portier de le faire monter.

Il était particulièrement élégant ce soir-là, avec ses cheveux d'un blanc de neige parfaitement coupés, son costume bleu marine et sa cravate Hermès assortie. Grace enfila une veste en fourrure noire et récupéra sa pochette en daim assortie. Ensemble, ils formaient un très beau couple.

— Tu fais très « Upper East Side », maman, la taquina Ellen.

Grace éclata de rire, prit le bras de Jim, puis referma la porte derrière eux. Blanche se mit à gémir : elle avait l'air toute perdue dans l'entrée.

— Allez, viens avec moi, ma petite, lui lança Ellen.

La boule de poils blanche la suivit dans sa chambre et sauta sur son lit, rassurée. Grace rentra à minuit et vint dire bonsoir à sa fille. Elle était ravie de sa soirée. Ellen sourit, songeuse. Elle ne parvenait pas à se souvenir de la dernière fois qu'elle avait vu sa mère sortir si bien apprêtée un samedi soir. Soudain, les rôles s'étaient inversés. Ellen était à la maison, avec l'impression d'être une mamie, tandis que Grace se faisait toute belle pour son prétendant.

Le lendemain vers onze heures, Jim vint la chercher pour un brunch. Il avait apporté ses mots croisés avec lui, et ils se chamaillèrent sur les grilles pendant une demi-heure avant de partir. Ellen était surprise de constater qu'ils se voyaient si souvent. Le quotidien de Grace prenait une toute nouvelle dimension. Au lieu de n'être rempli que par le travail, nuit et jour, il y avait désormais un homme dans sa vie, et plus seulement un bureau et une chienne.

Ellen passa la journée à déballer ses affaires, à s'organiser, à répondre aux mails de Philippa et de ses clients, à programmer les diverses choses qu'elle avait à faire. Le lendemain matin, elle retrouva l'agent immobilier avec qui elle avait déjà été en contact pour l'appartement de sa mère. Leur mission avait un air de déjà-vu, mais la chance ne fut pas au rendez-vous ce premier jour. Ni même cette semaine-là. Les appartements vides avaient bien peu de charme. Ellen était complètement découragée quand elle reçut un coup de fil de Bob Wells, le samedi.

— Bonjour, Ellen ! Jim vient de m'apprendre que vous étiez de retour à New York ! Une balade dans Central Park cet après-midi, ça vous tente ? Je suis resté enfermé chez moi toute la semaine pour écrire, et un peu d'air me ferait le plus grand bien.

— Excellente idée, Bob. À tout à l'heure !

Elle le retrouva devant l'hôtel de luxe Le Pierre, et ils entrèrent dans Central Park, parmi les cyclistes, coureurs, poussettes, amoureux se tenant par la main, vendeurs de glaces, et autres habitués. Tous les deux étaient en jean et baskets, et Ellen portait un pull en grosses mailles pour se protéger de la fraîcheur d'octobre. Il faisait déjà beaucoup plus froid que lors de son dernier séjour.

— Comment ça s'est passé, à Londres ? demanda-t-il alors qu'ils marchaient côte à côte.

Il avait beaucoup pensé à elle après ses confidences sur son mariage. Elle lui avait semblé si vulnérable.

— À peu près comme je l'imaginais. Il a pris ses affaires. J'ai mis les miennes au garde-meuble. Et on a appelé des avocats… Il se comporte comme si c'était fini depuis des années : une fois qu'il m'a eu annoncé qu'il voulait le divorce et qu'il voyait une autre femme, il m'a totalement effacée de sa vie. Je dois dire que ça fait un drôle d'effet. Je suis partie de Londres en pensant que j'étais heureuse en ménage, et deux semaines plus tard, j'apprenais que je ne l'étais pas et que j'allais divorcer.

Bob la soupçonnait d'être encore un peu sous le choc. Il est toujours difficile d'accepter la situation quand c'est l'autre qui décide de tourner la page. Pour lui, plusieurs années avaient été nécessaires pour qu'il s'en remette.

— Je suis contente d'être rentrée à New York, reprit-elle. Ç'aurait été trop dur de rester à Londres. Tous nos amis se sont rangés de son côté. Certes, ils le connaissaient depuis plus longtemps, mais là ils m'ont bien fait comprendre qu'ils ne m'avaient jamais considérée comme l'une des leurs.

Bob hocha la tête, compatissant. Elle semblait avoir perdu beaucoup, tout un monde. Il changea de sujet :

— Comment avance votre recherche d'appartement ?

— Chou blanc, pour le moment. Et vous, le vôtre ? Ma mère a-t-elle fait des miracles chez vous ?

— J'attends ses propositions et ses plans. J'ai l'impression qu'elle veut tout casser, ce qui est probablement la bonne solution. Du coup, Jim va devoir me supporter encore un petit bout de temps. Mais ce sera très pratique d'être dans le même immeuble pour surveiller l'avancée des travaux.

— J'ai cru comprendre que Jim et ma mère se voyaient beaucoup ces derniers temps…

Un sourire éclaira le visage de Bob.

— On dirait bien, oui. Ils sont mignons tous les deux. Je n'y aurais jamais pensé, mais ils vont très bien ensemble. J'aurais dû les présenter bien plus tôt.

Il ne l'avait pas fait, car Jim avait plutôt l'habitude des femmes plus jeunes. Grace était une exception – la bonne.

— Elle s'amuse beaucoup avec lui.

— Et lui aussi ! Il me parle d'elle en permanence.

— À les voir, je me dis que le secret d'une relation n'est peut-être pas dans la passion, mais dans l'entente.

Ellen s'interrompit en voyant passer une poussette jumelle non loin d'eux. Elle détourna la tête. Cette vision était trop douloureuse… Elle devait absolument abandonner ce rêve qu'elle avait de devenir mère, mais ne savait pas comment. La réalité était encore bien trop violente.

— Les relations amoureuses sont toujours un mystère, répondit Bob. Il y a toujours cet ingrédient secret qui les fait marcher. Celles qu'on sous-estime sont souvent celles qui durent. Et celles qui semblent si évidentes finissent en morceaux. Je n'y ai jamais rien compris ! D'ailleurs, c'est pour ça que j'écris des polars, et non des romances.

Ils s'esclaffèrent.

— Visiblement, je ne suis pas beaucoup plus douée, plaisanta-t-elle. Je viens de voir dix ans d'amour partir en fumée.

— Hum… Il n'a pas été honnête avec vous, lui rappela Bob. Il aurait dû vous en parler dès ses premiers doutes, histoire de vous laisser une chance d'arranger les choses, ou de faire différemment.

— Vous avez certainement raison, mais je pense qu'il a enfin trouvé la femme qu'il lui fallait. J'ai essayé de l'être, mais je n'ai pas vraiment réussi.

En quelque sorte, je n'ai pas rempli mon job, et j'ai été virée.

Elle essayait de prendre les choses avec philosophie, mais elle était toujours en colère contre George et se demandait si elle lui pardonnerait un jour.

— C'est un crétin, conclut Bob.

Il lui offrit une glace pour lui remonter le moral, et en prit une pour lui aussi.

Ils s'arrêtèrent devant l'étang aux bateaux télécommandés, puis s'enfoncèrent plus loin dans le parc avant de faire demi-tour et de marcher jusqu'à l'immeuble de Grace. Elle ne lui proposa pas de monter, car elle ne voulait pas imposer un invité-surprise à sa mère. C'était d'ailleurs exactement pour cette raison qu'elle avait besoin d'un chez-soi. Grace avait raison.

— Je vous appelle quand j'aurai un peu plus avancé dans mon livre, promit Bob. Je rame encore, pour l'instant. On pourrait peut-être dîner ensemble, à l'occasion ?

Elle acquiesça, souriante. Une minute plus tard, elle disparaissait à l'intérieur de l'immeuble avec un signe de la main. Bob traversa Central Park pour rejoindre l'appartement de Jim sur Central Park West. Il avait passé un très bon après-midi en la compagnie d'Ellen et espérait la revoir bientôt. Il se sentait bien avec elle, il avait l'impression de pouvoir tout lui dire. Elle avait beaucoup à gérer en ce moment, mais, une fois qu'elle serait installée, il l'appellerait. Il ne savait pas où tout cela le mènerait – si ça le menait quelque part – mais au moins, ils pouvaient être amis. Oui, cette idée lui plaisait bien.

Si seulement il pouvait gérer ses relations avec autrui comme il le faisait avec les personnages fictifs de ses polars... Ç'aurait été simple... Refaire confiance à quelqu'un en chair et en os, en revanche... voilà une pensée qui le terrifiait depuis son divorce. Ellen était la première femme qui lui donnait envie de prendre ce risque. Avec elle, il se sentait étonnamment en sécurité. Il aimait tout chez elle. La seule chose qui le retenait, c'était l'éventualité que l'un d'eux en sorte blessé. Il était déjà passé par là, et maintenant elle aussi.

C'est avec soulagement qu'il retrouva sa machine à écrire et se plongea dans son manuscrit – une des seules activités pour lesquelles il avait confiance en lui. Alors que ses doigts commençaient à courir sur les touches, Ellen peu à peu sortit de son esprit, et Bob réintégra le monde imaginaire qu'il avait créé de toutes pièces. Un monde qu'il contrôlait, et dont il connaissait l'issue. Dans la vraie vie, impossible de savoir ce que l'avenir vous réservait.

Lundi et mardi, Ellen visita huit appartements, tous très bien situés, autrement dit – eu égard à ses goûts – dans l'Upper East Side. Les quartiers branchés du sud de Manhattan ne présentaient aucun intérêt selon elle. Pour le reste, elle n'était pas très exigeante. Elle se fichait de la vue et voulait juste assez d'espace pour y installer son bureau. Surtout, elle voulait un endroit où elle se sente chez elle. Était-ce mission impossible ou quoi ?

Mardi soir, enfin, elle entra dans l'appartement parfait. Dès l'instant où elle mit un pied à l'intérieur, elle sut que c'était le bon. Spacieux, ensoleillé, il se trouvait dans un vieil immeuble vers la 70ᵉ Rue, exposition sud. Les fenêtres immenses donnaient sur une rue arborée, et on avait l'impression d'être dans une maison. Ses meubles s'intégreraient parfaitement dans cette atmosphère désuète et douillette à la fois. Il y avait une cheminée dans le salon, et une autre dans la chambre principale. Dans la petite salle à manger, les murs avaient été peints dans un rouge sombre, et la cuisine était chaleureuse. Enfin, la chambre de bonne était assez vaste pour accueillir son bureau et celui de son assistante.

Ellen se voyait déjà y vivre, lire au coin du feu les soirs d'hiver, en écoutant de la musique... Elle se tourna vers l'agent immobilier avec une expression soulagée.

— C'est celui-ci.

Immédiatement, elle s'était sentie chez elle. En immobilier comme en amour, on tombe sous le charme, ou pas. Et pour elle, c'était le coup de foudre. Elle imaginait déjà des tissus de couleurs chaudes dans le salon, et un canapé confortable. Il faudrait qu'elle en rachète un nouveau, George ayant pris le leur pour son nouvel appartement avec Annabelle. Vite, elle chassa son ex-mari de son esprit ; elle voulait laisser le passé derrière elle ; elle voulait prendre un nouveau départ.

Le loyer était relativement bas : personne d'autre, visiblement, n'avait assez de flair pour deviner le potentiel de l'appartement. En outre, celui-ci avait l'avantage d'être disponible immédiatement. Ellen pourrait emménager dès que son dossier serait approuvé, et puisque c'était un immeuble de location, elle n'avait même pas à convaincre la copropriété. Seul l'état de ses finances allait compter. Elle nota dans le formulaire qu'elle était propriétaire d'une maison à Londres depuis cinq ans et, dans la case réservée au statut, elle cocha « divorcé (e) » avec une drôle de sensation empreinte de regret et d'étrangeté. Elle rendit le formulaire à l'agent et signa le chèque de caution. Son sentiment de tristesse disparut bien vite, et c'est très enthousiaste qu'elle retourna chez Grace pour lui annoncer la bonne nouvelle.

— Tu seras bientôt débarrassée de moi, maman ! Dès que mon dossier aura été approuvé et que mes meubles arriveront.

— Je ne veux pas être débarrassée de toi, chérie ! J'adore ta compagnie. Mais je suis très heureuse pour toi…

L'agent immobilier appela deux jours plus tard pour confirmer qu'Ellen avait l'appartement. Celle-ci envoya aussitôt un mail à Philippa pour la charger de faire envoyer ses meubles à New York par bateau. Le lendemain, elle appela une agence de recrutement pour embaucher une assistante. Tout se mettait en place bien plus vite qu'elle ne l'aurait imaginé. C'en était même étourdissant. Elle n'avait plus qu'un désir : se réfugier quelque part pour se détendre enfin et reprendre son souffle. Elle y était presque !

La semaine suivante, elle alla chercher les clés de l'appartement et le fit visiter à sa mère, qui l'adora. Ellen commença à chercher des tissus pour les rideaux et commanda un canapé en velours taupe, comme celui qu'elle avait à Londres. Son avocat avait été contacté par George, lequel avait démarré la procédure de divorce. Il n'y avait là rien de surprenant, mais elle en eut tout de même un pincement au cœur. Tout était arrivé si vite. Elle était mariée, et, l'instant d'après, elle ne l'était déjà plus. Difficile de comprendre ce qui s'était passé, quels signaux elle avait loupés. Elle essayait de ne pas ressasser les événements, mais ces questions l'empêchaient de dormir. Elle passait ses nuits, allongée dans son lit, à tourner et retourner le problème dans tous les sens, et à se demander si George était heureux maintenant, avec Annabelle et ses enfants. Au fond, elle était contente que personne ne soit là pour le lui dire. Mieux valait qu'elle ne sache rien de sa nouvelle vie.

Un soir, Ellen dîna avec sa mère et Jim, et ils parlèrent du nouveau livre de Bob. Jim déclara que son ami travaillait trop et qu'il ferait mieux de profiter de la vie et de sortir davantage. Ellen n'avait pas eu de nouvelles depuis leur promenade au parc, et elle avait supposé qu'il était toujours plongé dans son roman.

Le hasard faisant miraculeusement bien les choses, Ellen trouva une assistante une semaine avant l'arrivée de ses meubles. Alice Maguire travaillait jusque-là pour une société de décoration très réputée, dirigée par une mégère, et elle cherchait un poste plus agréable où elle ne subirait pas autant de pression. Philippa avait tout de suite eu un bon pressentiment en lui faisant passer un entretien par Skype, d'autant que son CV était excellent. Le premier jour, Ellen lui donna une montagne de dossiers à trier, l'envoya chez Ikea pour commander deux bureaux et des étagères, et lui confia une pile d'échantillons de tissus à rendre, que ses clients – ou elle – n'avaient pas aimés. Puis elle l'abandonna pour aller voir un client à Palm Beach.

Quand elle revint deux jours plus tard, Alice semblait avoir la situation parfaitement sous contrôle. Elle l'informa que ses meubles avaient passé la douane, se trouvaient en ce moment même dans les docks, et devraient être livrés le lendemain.

— Parfait, les affaires démarrent ! lança-t-elle, souriante.

Alice lui tendit une tasse de thé, préparé exactement comme elle l'aimait.

L'emménagement se passa comme sur des roulettes. À la fin de la journée, tous les meubles étaient en place, les déménageurs avaient déballé la porcelaine et le cristal, et Ellen rangeait ses livres. Revoir les éléments de sa vie de couple avait d'abord été douloureux, mais ses affaires revêtaient une lumière suffisamment différente à New York, et elle finirait bien par cesser de penser à George en les voyant.

Ellen s'assit, songeuse, et laissa son regard errer sur ses beaux meubles et ses objets précieux. Oui, elle allait se sentir très bien, ici. Sa décision de revenir aux États-Unis avait été la bonne... Ce n'était pas une régression, comme elle l'avait craint, mais un pas vers l'avant, vers de nouveaux clients, avec sa nouvelle assistante et son nouveau chez-soi.

— Waouh ! s'extasia Grace en arrivant ce soir-là.

Des fleurs trônaient sur la table basse, et la disposition des meubles rendait la pièce chaleureuse, exactement comme Ellen l'avait imaginé en découvrant l'appartement. La chambre était jolie et féminine, avec une coiffeuse ancienne chinée la semaine précédente.

Grace sourit à sa fille, fière du courage avec lequel elle amorçait sa nouvelle vie.

— C'est magnifique, chérie. Tu devrais organiser un dîner quand tu seras parfaitement installée, suggéra-t-elle.

Grace considérait qu'il fallait qu'elle se construise une vie sociale à New York.

— Je ne saurais pas qui inviter, répondit Ellen.

Au cours des dix dernières années, elle avait perdu contact avec ses amis new-yorkais…

— Blanche et moi serions ravies de venir.

Ellen sourit, et pensa à Bob et Jim. Ce dernier venait justement de les inviter pour Thanksgiving, mais Ellen n'avait pas très envie d'y aller. Elle n'était pas d'humeur à le fêter cette année, et elle informa sa mère qu'elle envisageait à la place d'aller distribuer des repas dans un refuge des victimes de l'ouragan. Grace trouva l'idée si touchante qu'elle eut envie de l'accompagner.

Quand Jim eut connaissance du projet des deux femmes, il proposa de décaler l'heure du repas. Bob, quant à lui, voulut même les accompagner au refuge. Finalement, ça semblait être la bonne manière de passer Thanksgiving cette année-là.

Grace n'avait toujours pas pris de décision au sujet de la foire d'art contemporain de Miami. Partir en week-end avec Jim lui semblait un peu audacieux. Elle l'avait prévenu que, si elle acceptait, elle voulait une chambre à elle, bien sûr. Ce qu'il comprenait parfaitement.

Quand elle en reparla avec sa fille, celle-ci l'encouragea :

— Tu devrais y aller, maman.

Mais Grace hésitait : elle avait trop de travail. D'un autre côté, se tenir informée de l'actualité de l'art contemporain faisait un peu partie de son travail... Et l'idée d'y aller avec Jim la séduisait plus qu'elle ne voulait bien l'admettre.

Un peu plus tard dans la soirée, Ellen retourna à son déballage de livres et en trouva plusieurs appartenant à George. Elle se demanda d'abord si elle devait les lui envoyer, puis décida que non, et les rangea dans sa bibliothèque. Tant pis pour lui. Il lui avait brisé le cœur, elle pouvait bien lui voler quelques bouquins. Une fois qu'elle eut terminé, elle regarda autour d'elle, très satisfaite du résultat, et eut envie de partager son enthousiasme avec autrui. Se sentant particulièrement audacieuse, elle envoya un message à Bob. Il était presque minuit, mais il avait l'habitude de travailler tard.

Toujours en train d'écrire ? Je viens d'emménager dans mon nouvel appartement. Il est super, j'en suis très contente. Passez le voir à l'occasion,

Ellen.

Cinq minutes plus tard, il l'appelait.

— Bonsoir, Ellen ! Je ne pensais pas que vous aviez déjà emménagé. Bravo, c'était rapide !

— Pas vraiment si on réfléchit, ça fait presque un mois que je suis à New York.

Elle sourit en sirotant sa tisane.

— Désolé, je perds la notion du temps quand j'écris. Vos affaires sont arrivées de Londres ?

— Aujourd'hui ! Je suis en plein dans les cartons. Comment avancent les travaux chez vous ?

— Ils ont commencé à abattre les murs cette semaine, c'est le grand bazar ! Votre mère est une architecte sans pitié ! Mais elle est incroyable, elle me répète que je vais adorer le résultat.

— Vous ne serez pas déçu, j'en suis certaine.

— Bon, en tout cas je retiens votre proposition : cela me ferait très plaisir de voir votre appartement, dit-il précautionneusement.

— J'organiserai un dîner quand je serai plus installée.

— Et moi, quand j'aurai terminé mon livre, je vous invite au restaurant. Je comptais vous appeler, mais en réalité, ce n'est même pas la peine d'essayer d'avoir une conversation avec moi en ce moment. Je n'arrive pas à me remettre dans l'histoire si je sors pendant mes périodes d'écriture, alors je préfère me terrer dans ma grotte jusqu'à ce que ce soit terminé.

C'était ainsi que fonctionnait Bob, et on pouvait dire que sa méthode était efficace.

— Mais, et vous, Ellen ? Vous allez bien ?

Sa sollicitude la toucha.

— Je crois. Je commence à prendre mes marques ici. Et j'ai embauché une super assistante.

Pourtant, rien ne lui semblait encore vraiment familier. Après onze ans passés à Londres, même sa ville natale lui était étrangère.

— Tant mieux, je suis content pour vous, Ellen ! Je vous appelle bientôt, promit-il.

Il se sentait coupable de ne pas l'avoir fait après leur dernière conversation. Il perdait toute notion du temps quand il écrivait.

— Ne vous sentez pas obligé, Bob. Je ne vais pas disparaître.

— Si, si, un restau très bientôt. J'y tiens absolument. Il me reste juste une poignée de personnes à tuer avant, plaisanta-t-il.

Ellen raccrocha, le sourire aux lèvres. Puis elle se promena dans son appartement, assez fière d'elle-même. Elle avait eu le cran de le contacter, alors même qu'il n'avait pas donné signe de vie depuis un bout de temps. Et elle aimait l'atmosphère douillette qui régnait dans son appartement. Elle commençait à visualiser ce qu'il lui faudrait acheter : un bureau plus grand, deux ou trois gros fauteuils confortables, et peut-être une nouvelle table basse. Les petites consoles allaient parfaitement avec le canapé. Les lampes rendaient bien, et sur la cheminée trônaient des bougies et une sculpture chinoise qu'elle adorait. Quant à ses scènes de chasse à courre, elles s'accorderaient parfaitement avec les murs rouges de la salle à manger. Elle se sentait déjà comme chez elle, et pas dans un lieu de compromis qu'elle aurait décoré pour faire plaisir à quelqu'un – client ou mari. Pour la première fois de sa vie, le résultat final correspondrait exactement à ses désirs.

Elle sourit, heureuse. Elle savait qu'elle ne pleurerait plus la maison qu'elle avait perdue, ni George, ni même les enfants qu'ils n'avaient pas réussi à avoir. Elle avait enfin compris qu'elle avait les ressources pour surmonter l'épreuve de son divorce, et ces ressources, c'était elle-même.

12

Ponctuelle, comme toujours, Juliette arriva aux urgences à seize heures pour prendre son service. Deux mois après l'ouragan, certaines installations ne fonctionnaient toujours pas, mais dans l'ensemble, la vie à l'hôpital avait repris son cours normal. Juliette revenait de deux jours de repos, et c'est en adressant un grand sourire à Will Halter qu'elle passa les portes du service.

— Comment ça va ? lui demanda-t-elle en s'approchant du tableau pour découvrir ce qui l'attendait.

Les rues étaient verglacées depuis la veille : une fracture de la hanche et un bras cassé étaient sur la liste des opérations à venir. À part ça, ils avaient droit à trois grippes, une crise cardiaque en attente d'angioplastie, et une femme sur le point d'accoucher prématurément.

— C'est bien calme aujourd'hui…

Will hocha la tête et s'éloigna.

Michaela se pencha vers Juliette.

— C'était quoi, ça ? Vous êtes potes maintenant ?

— Il est ridicule avec ses grands airs, mais après tout, ce n'est pas bien grave, si ?

Depuis qu'il lui avait présenté ses excuses le soir de l'ouragan, la colère de Juliette contre lui s'était apaisée, et son narcissisme exacerbé la faisait plutôt sourire.

— On dirait que tu es de bonne humeur aujourd'hui, lâcha Michaela.

L'infirmière scruta Juliette attentivement. Celle-ci était particulièrement gaie ces derniers temps, et plus encore après ses jours de repos.

— Est-ce qu'il n'y aurait pas un homme derrière tout ça, docteur Dubois ? reprit-elle.

Les deux femmes s'appréciaient beaucoup, mais Juliette n'avait pas pour habitude de parler de sa vie privée.

— Peut-être, répondit-elle en souriant.

— C'est écrit sur ton front !

— Si tu le dis…

Juliette s'empara d'un dossier médical et s'éloigna. Cela faisait deux mois qu'elle était sur un petit nuage. Sean Kelly et elle sortaient ensemble depuis l'ouragan, et leur relation semblait fonctionner. Malgré leurs emplois du temps de folie… Sean avait été promu après l'ouragan : il avait reçu un nouveau titre, une prime, et un plus gros 4 × 4. Depuis, il avait dû gérer une explosion causée par une fuite de gaz qui avait tué trois personnes, une alerte à la bombe qui l'avait forcé à évacuer tout un hôpital dans une tempête de neige. En outre, les retombées inévitables de l'ouragan continuaient d'affecter les habitants. Certains immeubles du sud de Manhattan étaient toujours inondés, et il y avait des pompes à eau dans les rues pour tenter de vider les sous-sols. Une ligne de métro était toujours hors d'état de marche.

Juliette de son côté était accaparée par le quotidien des urgences. Pourtant, au beau milieu de tout ça, ils parvenaient miraculeusement à passer du temps ensemble. À chaque fois qu'il avait une minute, il passait la voir, pour un café ou un déjeuner.

Quand ils étaient tous les deux de repos, ils allaient au cinéma, sortaient dîner, ou Sean faisait à manger chez lui. Son appartement était plus grand, mieux rangé, et plus accueillant que celui de la jeune femme.

Après le premier repas qu'elle avait préparé – et cramé – pour lui, il avait dit en plaisantant :

— Espérons qu'on ne te demande jamais de nourrir un de tes patients – tu pourrais le tuer !

Cette expérience carbonisée avait déclenché l'alarme incendie, et depuis, c'était Sean qui cuisinait. Malgré son manque évident de compétences domestiques, Juliette était la femme avec qui il s'était le mieux senti de toute sa vie.

Quand ils ne travaillaient pas, ils éteignaient leur téléphone et se consacraient tout entiers l'un à l'autre. Et au travail, c'était pareil : ils s'investissaient à fond. Depuis l'ouragan, ils en avaient appris beaucoup l'un sur l'autre, et s'appréciaient d'autant plus. Ils avaient découvert qu'ils étaient compatibles sur bien des aspects : le jeu, notamment. Ils avaient une passion commune pour le bowling et adoraient jouer au billard dans un bar près de chez Juliette. Elle le battait à plate couture, et lui avait filé des tuyaux qui faisaient de lui la vedette de ses soirées entre copains.

« J'ai deux frères, qu'est-ce que tu crois ? » avait-elle dit fièrement la première fois qu'il l'avait vue jouer.

Un jour, alors qu'il préparait le petit déjeuner avant de partir au travail, elle lui avait déclaré :

« Tu avais raison.

— À propos de quoi ?

— On peut concilier vie amoureuse et travail intense. Je n'aurais jamais cru que c'était possible. »

Sur ce, elle avait attaqué les œufs et le bacon qu'il venait de lui servir.

« Il suffit de le vouloir », avait-il répondu en s'installant à table avec elle.

Ils passaient beaucoup plus de temps chez lui que chez elle – où le bazar n'avait pas bougé depuis l'ouragan… Il avait fini par comprendre que ça ne changerait jamais. Son salon aurait toujours l'air d'une déchetterie.

« C'est le plus grand secret, reprit-il : dans la vie, il suffit de vouloir vraiment quelque chose pour que ça fonctionne.

— Alors tu me veux vraiment ? l'avait-elle taquiné en grignotant un bout de toast.

— Désespérément, oui, mais quand même pas au point de manger un de tes plats.

— Tant mieux, comme ça, c'est toi qui cuisines.

— Parfait, et toi tu pourras laver mon 4 × 4.

— Dans tes rêves ! Je suis médecin. Je ne lave pas les voitures !

— D'après qui ?

— C'est dans le serment d'Hippocrate. Ne pas cuisiner. Et ne pas laver de voitures.

— Je croyais que c'était : ne pas nuire au patient… »

Il avait consulté sa montre en se demandant s'ils avaient le temps de faire un passage par la case « lit » avant d'aller travailler.

« Non, avait-elle répondu, comprenant ses intentions. Je ne peux pas : si je suis en retard au boulot, Halter va m'étriper.

— On s'en fiche, c'est un abruti.

— Très juste, mais il reste mon supérieur, et il sait lire l'heure.

— Rabat-joie, va ! »

Il l'avait embrassée longuement, puis ils avaient rincé les assiettes ensemble avant de les mettre au lave-vaisselle. Elle faisait plus d'efforts chez lui que chez elle.

« On se voit ce soir ? » lui avait-il demandé.

Avant même qu'elle n'ouvre la bouche, il connaissait sa réponse. Ils passaient tout leur temps libre ensemble, et ils avaient punaisé leurs emplois du temps côte à côte pour pouvoir coordonner leur temps libre.

À chaque séparation, c'était un déchirement qu'ils oubliaient bien vite en se replongeant dans le travail. Ils adoraient leur métier, comme ils adoraient se voir.

Le jour de Thanksgiving, Juliette se rendit aux urgences, rayonnante de bonheur, comme toujours ces derniers temps. Elle travaillait ce soir-là, mais Sean avait promis de lui apporter à la cafétéria de l'hôpital un sandwich à la dinde. Ils fêteraient Thanksgiving plus tard, et il lui confectionnerait un repas complet : de la dinde à la farce maison, des patates douces aux marshmallows, des épinards à la crème, et de la tarte au potiron.

À minuit, il la retrouva à la cafétéria pendant sa pause. Ils discutaient tranquillement dans un coin de la salle quand son téléphone sonna. C'était son patron. Soudain extrêmement concentré, Sean écouta attentivement, répondit qu'il partait sur-le-champ, et se leva.

— Je dois y aller, dit-il à Juliette. Incendie à la centrale électrique de la 14ᵉ Rue. Cinq alarmes se sont déclenchées, on craint une explosion imminente.

Il avait déjà traversé la moitié de la cafétéria et elle le suivait, sandwich à la main.

— Fais attention à toi, Sean…

Il se retourna une demi-seconde et l'embrassa.

— Je t'appelle plus tard… Joyeux Thanksgiving, ma chérie. Je t'aime !

Il fit démarrer son 4 × 4 sur les chapeaux de roues, toutes sirènes allumées, en direction du nord.

Quand il arriva sur les lieux, il y avait déjà des camions de pompiers partout, des véhicules des services d'urgences, et ceux de la police. Il enfila sa parka jaune tout en sautant à terre et se fraya un chemin parmi la foule pour rejoindre son équipe. Celle-ci était en pleine discussion avec le commandant des pompiers. La situation était grave. L'incendie était hors de contrôle, et le bâtiment menaçait d'exploser d'un instant à l'autre.

Pendant ce temps, Juliette avait filé dans la salle d'attente et regardait sur l'écran de télévision l'énorme boule de feu, et tous les pompiers qui s'agitaient. Le cœur battant, elle pria pour que Sean soit en sécurité. C'était le très mauvais côté de son boulot : il passait son temps dans des situations plus dangereuses les unes que les autres, et elle, elle passait son temps à s'inquiéter pour lui.

Toute la nuit, entre chaque consultation, elle fit des allers-retours dans la salle d'attente pour voir comment les choses évoluaient. L'incendie gagnait en ampleur, et elle tenta de ne pas paniquer. Une large zone avait été fermée au public, et un grand nombre d'immeubles avaient été évacués au cas où il y aurait une explosion.

À cinq heures du matin, l'incendie faisait toujours rage, et, à six heures, l'explosion que tout le monde craignait survint. Peu après, le présentateur annonça que plusieurs pompiers avaient été blessés, mais ne dit rien du personnel des services d'intervention d'urgence. On ne parlait jamais d'eux. Ils étaient des héros invisibles. L'explosion fut ressentie jusqu'à l'hôpital, et Juliette fut prise de panique. À chaque fois qu'elle retournait dans la salle d'attente pour regarder la télé, les larmes lui montaient aux yeux. Et si Sean mourait, ou s'il était gravement blessé ? Elle n'avait jamais aimé un homme autant que lui. Tout chez lui lui convenait parfaitement, à part le fait qu'il risquait sa vie tous les jours…

Vers neuf heures du matin, enfin, Sean l'appela. Elle retint son souffle en décrochant.

— Tu vas bien ? Je me suis inquiétée toute la nuit. J'ai vu l'explosion aux infos.

— Je n'ai rien. C'était terrible, et j'ai pas mal de gars blessés, mais la situation est sous contrôle maintenant. Je vais probablement rester sur les lieux toute la journée.

Une vague de soulagement la submergea.

— OK, très bien. Je termine à vingt-deux heures ce soir, répondit-elle.

— Alors je te retrouve chez moi quand ce sera fini. À plus tard, Juliette, je t'aime.

Elle avait la clé de son appartement et y passait toutes ses nuits de libre. L'appel avait été de courte durée, mais elle était soulagée d'avoir pu lui parler.

Elle retourna travailler le cœur léger, tout en songeant qu'il ne devait pas y avoir de vie plus intense que la leur.

Sean rentra dans un sale état et épuisé. Quand il s'endormit dans ses bras – après avoir trouvé l'énergie de lui faire l'amour –, elle se demanda combien de temps elle serait capable de supporter cette inquiétude constante. D'un autre côté, elle ne pouvait pas l'imaginer faisant un autre métier, en tout cas pour le moment. Il avait besoin de se sentir utile et de savoir qu'il sauvait des vies. C'était aussi ce qu'elle faisait – le danger en moins.

Juliette soupira. En cet instant, du moins, il était en sécurité, endormi contre elle. L'ouragan lui avait apporté cet homme qu'elle aimait, comme ça, sans crier gare, et elle n'avait pas l'intention de le laisser partir. Il était la meilleure chose qui lui soit arrivée.

Le jour de Thanksgiving, peu avant midi, Ellen et Grace enfilèrent un jean et un vieux pull pour se rendre au refuge des victimes de l'ouragan. Bob les retrouva là-bas, et on leur assigna à chacun une tâche. Le romancier se retrouva dans l'équipe chargée de couper les dindes, tandis que les deux femmes remplissaient les assiettes. Bob avait terminé son livre à six heures ce matin-là : il avait l'air épuisé, mais enchanté.

Ils travaillèrent sept heures d'affilée. Ils arrivèrent chez Jim vers vingt heures, fatigués, sales, imprégnés des effluves de cuisine, mais heureux. Leur hôte était très admiratif de leur geste.

Au cours du dîner – un repas exquis, préparé par un des meilleurs chefs de la ville –, Jim mentionna un gala de charité au profit des victimes de l'ouragan qui devait avoir lieu dans les mois à venir ; il leur proposa de faire partie du comité d'organisation. Tous acceptèrent. Après ça, Grace parla de son appartement à Tribeca, dont les travaux avaient pris du retard – il y avait tant de chantiers à Manhattan que les ouvriers étaient surchargés de travail. Elle commençait à croire qu'il lui faudrait un an pour terminer la rénovation. Bob, quant à lui, n'avait pas encore réussi à vendre son appartement. Personne ne souhaitait vivre si près du fleuve – à part Grace.

Ils portèrent tous un toast à Bob pour fêter la fin de la rédaction de son manuscrit. Le dernier qu'il avait publié restait dans la liste des meilleures ventes, et celui-ci ne manquerait pas, selon toute logique, de le rejoindre. C'était le cas à chaque fois, même si Bob ne s'en vantait pas.

Il leur annonça qu'il allait passer une semaine à L.A. pour régler quelques détails concernant l'adaptation pour le grand écran d'un de ses livres. La production était en plein casting et voulait son avis sur les acteurs et le scénario. Jim avait négocié pour que le script final soit impérativement validé par Bob. Ce dernier en profiterait pour rendre visite à ses enfants.

— Ils viennent à New York pour Noël. J'aimerais beaucoup vous les présenter, dit-il aux deux femmes.

La proposition les ravit. Grace n'avait jamais rencontré ses enfants, alors qu'elle connaissait Bob depuis de longues années. Ellen savait qu'ils avaient entre vingt et trente ans, qu'ils étaient très occupés à lancer leur carrière, et que Bob les avait eus très jeune. Bob lui avait aussi confié qu'il était très fier d'eux. Son fils avait un bon poste en tant qu'assistant-réalisateur et sa fille, diplômée de UCLA, était avocate spécialisée dans l'industrie du divertissement pour un très grand cabinet de la côte Ouest.

— Moi, je pars à Londres cette semaine, leur apprit Ellen. Je dois rencontrer des clients, et mon avocat.

Elle devait aussi remplir les papiers du divorce que George semblait très pressé de faire acter.

— Est-ce qu'il n'y a que des choses désagréables au programme ? demanda Bob.

— Il y en aura, c'est certain.

— Vous serez obligée de voir George ?

— Je ne crois pas. En tout cas, j'espère que non.

Le voyage promettait d'être pour le moins étrange : il lui faudrait prendre une chambre d'hôtel dans cette ville où elle avait vécu tant d'années et où elle possédait une immense maison. Ils avaient reçu une offre la semaine précédente, mais l'avocat de George ne la jugeait pas assez élevée et leur avait conseillé d'attendre qu'une meilleure se présente. Ellen n'était absolument pas pressée de vendre, alors elle s'était rangée à son avis.

— Vous partez combien de temps exactement ? s'enquit Bob.

— Environ une semaine.

— On n'aura qu'à dîner ensemble à votre retour. Maintenant que j'ai terminé mon bouquin, je suis presque libre comme l'air…

— Très bonne idée, Bob.

Ils échangèrent un regard complice.

Après le dîner, tous deux se levèrent pour aller s'installer dans le salon, et Jim et Grace se retrouvèrent un instant seuls.

— Et nous, alors ? demanda Jim. Est-ce qu'on part à Miami ?

Lui en tout cas irait, mais Grace n'avait toujours pas donné sa réponse.

— Tu es sûr que ça ne te dérange pas si on a chacun sa chambre ? Je peux régler la mienne.

— Hors de question, c'est moi qui invite. Et ça ne me dérange pas du tout, si tu es plus à l'aise ainsi.

— Dans ce cas, c'est d'accord.

Il lui lança un regard radieux et lui caressa doucement la main avant de rejoindre les deux autres. Ils avaient tous des projets de voyage pour les jours à venir, et Ellen proposa de les inviter à dîner à leur retour. Les deux hommes n'avaient pas encore vu son appartement, et ils attendaient cette soirée avec impatience. La conversation promettait d'être riche : entre le film de Bob, le séjour d'Ellen à Londres, et le périple de Jim et Grace à Miami, il y aurait beaucoup à raconter.

13

À Heathrow, Ellen prit un taxi pour se rendre à l'hôtel élégant et confortable qui se trouvait juste à côté de son cabinet. Elle y déposa ses bagages, puis se rendit à pied à ses bureaux de Knightsbridge, près de Sloane Street. C'était étrange et triste pour elle d'être à Londres sans aller chez elle, mais ses nombreux projets la maintiendraient suffisamment occupée : elle avait des rendez-vous programmés pour les prochains jours et devait superviser une installation à la fin de la semaine.

Elle se rendit chez son avocat pour les signatures nécessaires. George lui proposait un divorce à l'amiable et une prestation compensatoire, ce dont elle ne voulait pas. Elle gagnait bien sa vie, et n'aimait pas du tout l'idée d'accepter son argent. Leur mariage avait échoué, et aucune somme ne parviendrait à compenser sa déception, ni la trahison de George. Comment pouvait-on payer pour ça ? Quel prix mettre sur cette souffrance ? C'est ce qu'elle déclara à son avocat, qui transmit le message à celui de George.

Le soir, elle reçut un appel d'un numéro masqué. Elle décrocha. C'était George, probablement chez Annabelle.

— Pourquoi tu ne me laisses pas au moins te donner de l'argent ? Personne n'est riche au point d'en refuser – à moins que tu m'aies caché quelque chose.

Il était mal placé pour dire ça. Il ne s'en tirerait pas à si bon compte…

— L'argent ne réparera pas ce que tu as fait, George. Pourquoi devrais-je te laisser m'acheter pour soulager ta conscience ? Mes sentiments n'ont pas de prix.

Il resta un moment silencieux avant de répondre :

— Je suis désolé, Ellen. Je sais que ce que j'ai fait est terrible.

— Et moi, je regrette d'avoir persisté si longtemps avec ces histoires de FIV. Tu aurais dû dire quelque chose.

— Je voulais, mais c'était tellement important pour toi…

— Alors tu as préféré me tromper.

— Pas au début !

— Oh ! Comme c'est noble de ta part ! Et tu m'as ridiculisée devant nos amis.

Elle ne voulait plus jamais revoir aucun d'entre eux – de toute façon il n'y avait aucune chance pour que ça arrive, avec Annabelle fermement installée aux côtés de George. Elle avait perdu tout un monde et toute une vie, pas juste un mari.

— Est-ce ça va aller pour toi, Ellen ?

Pour la première fois, il montra une certaine sollicitude à son endroit. Il savait qu'elle devait affronter à la fois la perte d'un mari et celle de l'espoir d'avoir un jour un bébé. C'était doublement douloureux, bien sûr, mais il n'y aurait jamais eu de bon moment pour la quitter, et il voulait aussi penser à sa vie, à lui.

— Est-ce que j'ai le choix, George ?

Elle soupira, puis reprit :

— Oui, je vais m'en remettre.

— Tu me manques, dit-il.

Cet élan inattendu avait quelque chose de cruel.

— Toi aussi, tu me manques… Tu aurais dû y penser plus tôt.

— Avec Annabelle, ce n'est pas la même chose. Elle n'est pas aussi intelligente que toi. Nos conversations me manquent…

— Tu disais il y a peu que tout était terminé entre nous.

— On pourrait être amis, non ?

— Absolument pas. On ne l'a jamais été.

Sans compter que ce qu'il avait fait n'était ni amical, ni respectueux, ni attentionné. Elle expliqua :

— Tu m'as trompée pendant trop longtemps, George. Jamais je ne pourrai être ton amie.

Sa franchise le prit de court.

— Tu as quelqu'un d'autre dans ta vie ? demanda-t-il.

— Je ne vois pas en quoi ça te regarde, mais non, il n'y a personne.

— Tu penses que tu rencontreras quelqu'un ?

— Non, j'ai l'intention d'entrer au couvent !

Il y eut un silence à l'autre bout du fil, puis un éclat de rire.

— J'ai toujours aimé ton humour, Ellen.

— Manifestement pas assez.

— Le bébé... c'était tellement omniprésent que ça enlevait la joie à tout ce qu'on faisait.

Elle ne pouvait pas le contredire sur ce point. Ces dernières années avaient vu se succéder les échecs malheureux.

— J'étais persuadée qu'au bout du compte ça marcherait. J'avais tort. Non seulement, c'était un prix trop cher à payer, et en plus ça n'a pas marché. Au moins, maintenant, tu vas pouvoir avoir des enfants.

— Je ne tiens pas absolument à être père, tu le sais. Mais toi... peut-être que tu devrais adopter ?

Elle ne voulait pas discuter de ça avec lui. La question n'était plus pertinente, et le sujet toujours douloureux pour elle.

— Bon. Donne-moi des nouvelles de temps en temps, dit-il.

Elle ne répondit pas. Elle n'avait aucune intention de le faire. C'était certes étrange de rompre tout lien avec un homme qu'elle avait aimé et à qui elle avait été mariée pendant dix ans. Le concept du divorce en lui-même – effacer soudain quelqu'un de sa vie – lui semblait absurde. Mais puisqu'il en avait décidé ainsi, elle préférait une séparation nette. Pourquoi devrait-elle satisfaire sa curiosité, ou le laisser se justifier ? Ils n'avaient plus rien à se dire.

— Merci pour ta proposition de prestation compensatoire, conclut-elle poliment, souhaitant mettre fin à la conversation au plus vite.

L'appel avait déjà suffisamment duré, et elle n'avait aucune envie de lui faire plaisir en le laissant débiter ses regrets larmoyants. Il n'avait qu'à vivre avec ce poids sur sa conscience. Elle ne lui devait aucune compassion. De toute façon, il savait très bien s'api-toyer seul sur son sort. C'était pathétique.

Alors qu'elle était sur le point de raccrocher, il chuchota :

— Je t'aime, Ellen. Je t'aimerai toujours.

Elle sentit une porte claquer dans son cœur. C'était si égoïste et cruel de sa part de dire une chose pareille ! Le peu de respect qu'elle avait encore pour lui s'étei-gnit. La séparation n'en serait que plus facile…

— Au revoir, George, dit-elle froidement avant de raccrocher.

Une folle envie de hurler s'empara d'elle. Pourquoi lui disait-il maintenant qu'il l'aimait, alors qu'il en épousait une autre ? Quel bien cela pouvait-il leur faire ? Aucun.

Ellen se réveilla étonnamment fraîche le lendemain. Peut-être que la piètre comédie de George au téléphone l'avait guérie de lui à jamais. Elle avait l'impression qu'elle ne ressentait plus rien en pensant à lui – à part un brin de dégoût.

Son avocat l'appela un peu plus tard dans la mati-née pour lui annoncer que George était revenu sur son offre de pension et proposait à la place de lui laisser la totalité de la maison, en renonçant à sa part. Elle y réfléchit un instant, puis accepta.

— Merci, ça me convient.

Étrangement, recevoir la totalité de la maison lui semblait juste. Elle avait été autant à l'un qu'à l'autre, mais s'il voulait lui en faire cadeau, eh bien, d'accord. Elle en tirerait un bon prix et pourrait un jour s'en acheter une autre – mais pas maintenant. Elle ne savait pas encore où elle s'installerait pour de bon. Peut-être

New York, peut-être l'Europe, peut-être ailleurs. Elle pouvait faire à sa guise, sans demander l'avis de personne. Finalement, est-ce que George ne lui avait pas rendu service ?

Elle boucla toutes ses affaires à Londres en cinq jours. Elle avait été très occupée et n'avait pas trouvé le temps d'appeler Charles. Elle espérait que tout se passait bien avec Gina, et se promit de l'appeler la prochaine fois qu'elle serait de passage, dans un mois ou deux, pour lui proposer un déjeuner. Depuis leur vol chaotique, il avait une place spéciale dans son cœur.

La veille de son départ, elle invita Philippa à dîner au Harry's Bar. Elles avaient bien travaillé ce jour-là, et purent parler d'autre chose que du boulot. Ellen lui annonça que George lui laissait la maison.

— C'est généreux de sa part, commenta Philippa.

Elle était étonnée, mais ça ne changeait pas son avis sur lui.

— Pas tant que ça, quand on pense à ce qu'il a fait, répondit Ellen.

Le vol du retour se passa sans encombre, et elle appela sa mère le soir même. Grace était rentrée de Miami et ne tarissait pas d'éloges sur la foire d'art contemporain et sur son merveilleux séjour. Ellen était curieuse de savoir comment avait fini cette histoire de chambres à part.

— Tu t'es bien amusée, maman ?

— Oui, beaucoup.

— Est-ce que je devrais être choquée ? demanda Ellen malicieusement.

Grace gloussa d'un air coupable.

— Quelle question indiscrète, chérie ! On avait des chambres séparées, c'est tout ce que tu as besoin de savoir.

Mais elle semblait très heureuse ; à l'évidence, tout s'était bien passé. Ellen était ravie pour elle. Sa mère méritait d'avoir un homme dans sa vie qui l'aime et prenne soin d'elle. Il n'y avait pas d'âge pour ça.

— Au fait, George me donne sa part de la maison.

— Doux Jésus, c'est un sacré cadeau !

Elles connaissaient toutes les deux les prix de l'immobilier à Londres.

— J'ai refusé sa proposition de compensation financière, et il avait l'air de se sentir coupable, ou nostalgique, je ne sais pas trop. C'est triste à dire, mais je ne partage pas du tout ce sentiment.

— Tâche de ne pas devenir trop amère, ma chérie. Ça ne ferait que te blesser au final. Il faut tourner la page, maintenant. À ressasser le passé, tu te ferais plus de mal qu'à lui. Laisse-le vivre sa vie. Tu es libre à présent, et je sais que c'est dur à imaginer, mais ça pourrait s'avérer une bonne chose, en fin de compte.

— Oui, maman. Je ne suis pas loin de penser comme toi.

La seule chose qu'elle regretterait toujours serait de ne pas avoir eu d'enfants. Quant à la perte de George… vu ce dont il était capable, ce n'était pas plus mal.

— On peut se voir ce week-end, si tu as un peu de temps, reprit Ellen.

— Oui, pas de problème… Je vois un client cette semaine, il a une proposition un peu particulière à me faire.

— Encore une ! Décidément, après Miami, ça n'arrête pas !

— Chut, je suis ta mère, répondit Grace en riant.

— Ce n'est pas moi qui me suis offert une escapade avec mon amant.

— Mon Dieu, un *amant* à mon âge. Il va falloir lui trouver un autre nom, c'est trop bizarre !

— Peu importe le nom, contente-toi de profiter.

Ellen raccrocha, le sourire aux lèvres. Elle était ravie pour sa mère.

Le lendemain matin, elle réserva un traiteur pour le dîner qu'elle voulait organiser avec sa mère, Jim et Bob. Elle en voulait un qui se charge de tout, y compris du service. Alice en connaissait justement un, qui lui avait été chaudement recommandé.

Ellen avait trouvé une date qui convenait à Jim et à Grace, et il ne restait plus qu'à demander à Bob. Il l'appela ce soir-là, de retour de L.A. Le film avançait bien, et il avait pu voir ses enfants. Et oui, il était disponible à la date prévue par Ellen.

— Parfait ! s'exclama-t-elle. Ce sera mon premier dîner dans mon nouvel appartement.

— Et Ellen... je veux aussi un tête-à-tête. Quand est-ce que je peux vous inviter au restaurant ?

— Figurez-vous que mon carnet de bal est incroyablement vide en ce moment, répondit-elle en riant.

Elle n'avait pas encore de vie sociale à New York et se demandait combien de temps il lui faudrait pour en reconstruire une. Elle n'avait pas eu le temps de sortir et de rencontrer des gens, trop occupée à emménager et à organiser son antenne new-yorkaise avec Alice.

— Samedi ? proposa-t-il.

— Parfait. Comment dois-je m'habiller ?

Elle avait l'habitude de poser cette question à son mari, mais se sentit un peu gênée de demander ça à Bob. Toutefois, mieux valait savoir que d'avoir l'air ridicule dans une tenue totalement inappropriée quand il viendrait la chercher.

— Comme vous voulez, Ellen. Je pensais à un petit restaurant thaï, si vous aimez ?

— J'adore ! À samedi.

Les jours filèrent à toute vitesse. Le samedi soir, elle venait à peine de finir de s'apprêter – elle avait revêtu un pantalon et un pull gris – quand il sonna à la porte. Elle l'accueillit chaleureusement et lui fit visiter l'appartement. Les rideaux étaient déjà posés, et elle était ravie du résultat. La tenue et l'épaisseur du tissu allaient parfaitement avec le canapé, tout en contribuant à renforcer l'atmosphère douillette du salon. Bob fut très impressionné par cette pièce, et adora la salle à manger. Elle lui montra son bureau derrière la cuisine, et il jeta un coup d'œil aux chambres. On aurait dit qu'elle était installée depuis des mois ; il y avait des vases remplis de fleurs dans tout l'appartement.

Quand ils sortirent dîner, il lui demanda :

— Vous accepteriez de m'aider avec la décoration de mon appartement, quand les travaux seront terminés ? Enfin, pas pour me rendre service, je voudrais vous embaucher.

Il adorait l'atmosphère qu'elle avait créée, les couleurs qu'elle avait utilisées, sa décoration chaleureuse, mais pas trop féminine. Elle avait élaboré un espace où chacun pouvait se sentir immédiatement à l'aise, où l'on avait envie de passer du temps, seul ou accompagné.

Ellen fut très flattée par la proposition de Bob.

— J'adorerais, répondit-elle en montant dans le taxi.

— Tribeca me manque, avoua-t-il. Il y avait tellement de bons restaurants là-bas. Enfin, de toute façon, la majorité d'entre eux n'ont pas rouvert. Il paraît que le quartier est toujours dans un sale état. Je suis content d'avoir acheté ce nouvel appartement. Si seulement votre mère pouvait faire la même chose... Ça me contrarie de penser qu'elle va y retourner.

— Moi aussi. Mais je ne pense pas qu'on puisse l'en empêcher... C'est une chance, quelque part, que les travaux avancent à une vitesse d'escargot. Impossible de garder une équipe d'ouvriers plus de quelques jours d'affilée – ils sont sans cesse débauchés ailleurs. Il y a tellement de chantiers dans le quartier...

La cuisine du petit restaurant thaï s'avéra aussi bonne qu'il l'avait promis. Ils discutèrent toute la soirée à bâtons rompus : de son film, de son dernier livre – qu'il lui raconta en détail – et de ses enfants. Il l'écouta parler de ses clients en Europe, de ses projets en cours ; il lui demanda si elle avait eu des nouvelles de George quand elle était à Londres, et elle lui apprit que celui-ci lui faisait cadeau de sa part de la maison. D'après Bob, elle la méritait largement. Puis ils évoquèrent Jim et Grace. Ils pensaient tous les deux que c'était une histoire d'amour merveilleuse.

Quand ils quittèrent le restaurant, il était déjà minuit. Le temps avait filé à la vitesse de l'éclair. Il la raccompagna en taxi, et elle le remercia pour cette belle soirée en lui rappelant la date de son dîner.

— Je n'oublierai pas, lui répondit-il en souriant. Et toi, Ellen, n'oublie pas que je t'ai embauchée comme décoratrice ! J'étais tout à fait sérieux.

Le dîner les avait vus passer au tutoiement. C'était venu tout naturellement.

— Il va te falloir la permission de ton architecte, plaisanta-t-elle.

— Elle a intérêt à être d'accord, sinon je la vire, déclara-t-il.

Ils rirent en chœur.

Ellen ne lui proposa pas de monter. La soirée avait été charmante, et aucun d'eux n'en attendait plus. Ils n'étaient pas pressés ; ils commençaient seulement à apprendre à se connaître.

Elle lui fit signe avant de passer la porte de son immeuble, souriante. Bob rentra à Central Park West, songeur : il appréciait beaucoup la compagnie de cette femme.

14

Le jour du dîner, Ellen passa l'après-midi à tourner dans son appartement, pour déplacer ici ou là un objet, retaper les coussins, déballer les derniers cartons de décorations acheminés de Londres, et réarranger les fleurs. L'appartement brillait de propreté, et Ellen était très fière…

Vers dix-sept heures, elle envoya un message à sa mère, lui rappelant de faire attention aux trottoirs verglacés – il neigeait depuis midi. Grace, en pleine réunion, lui répondit de ne pas s'inquiéter, Jim viendrait la chercher en voiture. Il prenait soin d'elle, et c'était pour le mieux.

Tout en se préparant, Ellen fredonnait sur la musique diffusée par la stéréo qu'Alice et elle avaient passé un après-midi entier à programmer. Sa nouvelle assistante était une vraie perle et adorait son poste. Philippa et elle communiquaient par Skype tous les jours pour faire le point ou se montrer des échantillons de tissus et des plans. Cette organisation fonctionnait très bien, Ellen était toujours au courant de tout, et, par miracle, il n'y avait aucune jalousie entre les deux assistantes, ce qui était très rare. La transition s'était faite sans un hic.

Ellen espérait que son premier dîner se déroulerait aussi bien. Elle adorait recevoir, et une fois qu'elle aurait rencontré du monde et renoué d'anciennes amitiés – ce qu'elle s'était promis de faire –, elle comptait organiser des petites soirées régulièrement.

Avec George, elle avait l'habitude d'inviter leur cercle d'amis élargi pour une grande soirée de Noël tous les ans. Cette tradition, et d'autres, allait beaucoup lui manquer. Avait-il l'intention de les perpétuer avec Annabelle ? Probablement. Il était si rapidement passé à autre chose, et sous son impulsion, le divorce progressait très vite. Il avait beau lui avoir dit qu'elle lui manquait pendant un interlude mélancolique, c'était difficile à croire quand on voyait l'avalanche de documents que se transmettaient leurs avocats. Maintenant qu'il avait pris sa décision, il voulait en finir.

Ellen regrettait de ne pas pouvoir organiser sa propre soirée de Noël à New York, mais elle n'avait pas encore emménagé depuis assez longtemps pour ça. Elle avait malgré tout prévu d'installer un sapin, d'autant qu'avec ses roses rouge sombre et ses magnifiques orchidées brunes et jaunes, l'appartement avait déjà un air de Noël.

Ellen avait revêtu un pantalon en velours noir, un pull doré, et des escarpins assortis à sa tenue. Elle avait soigneusement lissé ses cheveux blonds et venait d'accrocher une paire de minuscules diamants à ses oreilles quand la sonnette retentit. Il était vingt heures tapantes. C'était relativement tard pour New York :

270

elle avait proposé cet horaire en pensant à sa mère, laquelle s'éternisait toujours au bureau.

C'était Bob. Depuis sa dernière visite, Ellen avait ajouté quelques touches à la décoration de son appartement et acheté deux ou trois meubles en plus, dont un splendide cabinet chinois découvert chez un antiquaire qu'il remarqua aussitôt. Il adorait la simplicité de son style et son sens du détail, et il comprenait facilement pourquoi elle réussissait si bien dans son métier.

— La déco est magnifique. Presque autant que toi, dit-il en souriant.

Puis il lui tendit un petit paquet, précisant :

— Ne t'inquiète pas, ce n'est pas un de mes livres.

C'était une boîte de chocolats provenant de la Maison du Chocolat, ses préférés. Elle le remercia et les posa sur la table basse pour que tout le monde puisse en profiter. Il avait repéré chez Jim qu'Ellen préférait le chocolat noir. C'était un fin observateur qui prêtait attention aux détails, une qualité qui lui était très utile pour écrire.

Elle lui tendit une flûte de champagne tandis qu'il s'extasiait devant les orchidées.

— Je suis vraiment ravi que tu aies accepté d'être ma décoratrice ! J'ai hâte de voir le résultat... quand ta mère aura fini de détruire les murs. Elle est en train de tout changer de place, à tel point que je ne sais plus à quoi ressemblait l'appartement quand je l'ai acheté.

— C'est ce qu'elle fait toujours, répondit Ellen en riant. Ça fait partie de son don. Elle a une « vision », et par miracle, ça colle à chaque fois. Tous ses clients l'adorent.

Son succès tenait en réalité au fait qu'elle n'imposait pas ses idées, mais proposait aux gens ce qu'ils voulaient au fond sans le savoir. Bob reprit justement :

— Elle est en train de créer le bureau de mes rêves, je crois. Avec vue sur Central Park. J'ai tellement hâte d'y écrire mon prochain roman ! Mon bureau à Tribeca était un vrai placard – même si j'adorais tout le reste de l'appartement. D'ailleurs, on vient de me faire une offre correcte. Quelqu'un qui est assez téméraire pour courir le risque de s'installer là-bas. Il vient de débarquer à New York, et je ne pense pas qu'il ait bien mesuré les risques. Il n'a pas vécu Ophelia, ni Sandy.

Le traiteur entra dans le salon pour leur apporter un élégant plateau de hors-d'œuvre.

— Et toi, sinon ? s'enquit Bob quand il fut reparti. Tu t'en sors avec ton bazar juridique à Londres ?

— Plus ou moins… Et émotionnellement, ce n'est pas toujours ça. Parfois, il m'arrive de me demander ce que je fais ici, à New York. C'est tellement bizarre de passer dix ans avec quelqu'un et de le voir soudain disparaître de sa vie. C'est toute une existence, tout un langage, toute une manière de penser qui s'en vont. C'est comme de devoir réapprendre à marcher après un accident.

— Les divorces sont aussi douloureux que les accidents, ou que la mort.

Il avait vécu les deux et parlait en connaissance de cause.

— Ça fait de certains d'entre nous des peureux en amour, j'en ai bien peur, ajouta-t-il.

Il lui lança un regard navré, puis la prit de court en déclarant :

— Tu sais, Ellen, je pense qu'on devrait passer plus de temps ensemble. Je suis un peu imprévisible, il m'arrive de disparaître complètement de la surface de la terre quand j'écris, ce qui ne fait pas de moi la plus agréable des compagnies. Et comme beaucoup d'hommes, je ne sais absolument pas faire plusieurs choses en même temps. Quand tu as appris pour ton mari, je me suis dit que c'était trop tôt pour te dévoiler mes sentiments, ou même pour te proposer un dîner. Et puis, après ça, j'ai un peu paniqué et je me suis noyé dans mon livre.

Il la regarda, l'air embarrassé, et reprit :

— Je ne suis plus aussi audacieux qu'autrefois dans ce domaine. Mon historique amoureux est relativement désastreux et compte un mariage raté dont je suis en grande partie responsable. J'ai passé des années à culpabiliser, à regretter, et à faire perdre du temps à tout le monde en essayant de reconquérir ma femme. Puis, quand elle est morte, j'ai fait mon deuil en l'érigeant au rang de sainte – ce qu'elle n'était absolument pas. Avec le recul, je pense que mon obsession à retourner vers elle me servait d'excuse pour éviter toute relation sérieuse avec d'autres femmes. Celles avec qui je suis sorti n'ont pas supporté de m'entendre radoter sur ma merveilleuse ex-femme et le mariage parfait que nous avions et qui s'est « mystérieusement » terminé le jour où elle s'est réveillée de mauvaise humeur un matin. Il m'a fallu des années pour accepter ma part de responsabilité, et, une fois que je l'ai fait, j'ai eu trop peur de recommencer…

Un immense soupir s'échappa de sa poitrine. Ellen sentit son cœur se serrer. Il fallait du courage pour se dévoiler ainsi.

— Mais dans un mois, reprit-il, j'aurai cinquante ans, et je me rends compte à présent que si je ne tente pas ma chance quand cela en vaut la peine, je vais passer ma vie seul derrière ma machine à écrire. J'ai beaucoup réfléchi à tout ça après l'ouragan. On passe notre temps à attendre, à panser nos blessures, car on a trop peur d'être blessé à nouveau, et on se persuade que les années ne filent pas si vite, qu'on sera jeune éternellement, et puis un jour on se réveille et notre vie est derrière nous. Je ne veux pas que ça m'arrive. Je veux vivre ma vie avant de mourir.

Il se redressa légèrement, esquissa un sourire.

— Tu ne crois pas, Ellen ? Qu'il faut savoir prendre des risques ? Si on ne tente rien au prétexte qu'on sera malheureux si ça ne fonctionne pas, certes on ne sera pas malheureux, mais on ne sera pas heureux non plus. Il n'y a rien de mieux que de partager sa vie avec la bonne personne, et rien de pire que de la passer avec la mauvaise. C'est aussi ce qu'a compris Jim, je crois. Il était seul depuis très longtemps. Et là, c'est un vrai plaisir de le voir avec Grace. Il revit. Ils méritent d'être heureux ensemble. Et je ne veux pas attendre d'avoir son âge pour m'en rendre compte à mon tour. L'ouragan m'a beaucoup fait réfléchir. On aurait très bien pu y rester.

Ellen hocha la tête, puis sourit. C'était un discours courageux. Il avait osé dévoiler ses sentiments devant elle, et elle l'en admirait d'autant plus. Elle comprenait ce qu'il disait, elle aussi avait peur. En la quittant, George avait rendu dix ans de sa vie complètement inutiles, mais elle voyait maintenant qu'il avait aussi eu raison. Leur relation avait évolué sur une piste dangereuse, et elle était en partie responsable : elle avait cessé de le voir comme une personne avec ses propres besoins – il était devenu son moyen d'avoir un bébé.

— Moi aussi, tu sais, j'ai fait des erreurs, avoua-t-elle. Je pense que j'ai arrêté de regarder mon mari ; je ne voyais à travers lui que le bébé que je désirais tant. Ce rêve ne s'est pas réalisé, et j'ai perdu mon époux au passage. Je crois même que je me suis moi aussi perdue pour un temps. Il y avait beaucoup de choses qui ne fonctionnaient pas entre nous, et je n'ai pas voulu les voir. Je passais mon temps à essayer d'être une autre. Il aurait voulu que je sois comme l'une de ces filles avec lesquelles il a grandi, et j'ai été assez jeune et idiote pour tenter le coup. Jamais je n'y serais parvenue, et, en m'y évertuant, j'ai oublié qui j'étais. Le pire, c'est que, maintenant qu'il a ce qu'il veut, je ne suis pas sûre qu'il l'apprécie autant qu'il le croyait.

Un grand sourire illumina son visage.

— Je l'ai perdu, mais je me suis retrouvée. Finalement, ce divorce n'est pas une si mauvaise chose.

C'était même sa plus grande révélation. Et dorénavant, elle avait bien l'intention de rester fidèle à elle-même. Toujours.

Bob lui retourna son sourire.

— De ce que j'ai vu, c'est une *très* bonne chose.

Ellen se renfonça dans le canapé, songeuse. Lui était assis dans le gros fauteuil confortable à côté et aurait bien voulu lui prendre la main, mais il n'avait pas encore bu assez de champagne pour oser pareille audace.

— Je ne sais pas encore si c'est une très bonne chose, comme tu dis, reprit Ellen. Mais je veux rester moi-même, pas le fantasme d'un autre. Peu importe ce qui adviendra, je dois être moi. Je dois avouer que j'ai un peu peur. Et si je me perdais à nouveau ?

Elle le fixa intensément. La question lui était directement adressée. Bob hocha la tête : ses émotions étaient parfaitement compréhensibles au regard de ce qu'elle venait de vivre. Elle avait changé pour plaire à un homme, et celui-ci l'avait laissée tomber.

— Non, je pense que tu ne te perdras plus, répondit-il. En général, on ne recommence pas les mêmes erreurs. On en fait d'autres.

Il hésita :

— C'est vrai qu'on reprend vite ses mauvaises habitudes, mais c'est différent, là. Étrangement, je pense que la tempête nous a tous changés. Nous avons compris que la vie était courte et qu'il valait mieux ne pas la gâcher.

— Oui, c'est vrai. Je n'avais pas vu ma mère avec un homme depuis des années. Ophelia nous a réveillés !

Avec un timing parfait, le portier sonna pour annoncer l'arrivée de M. et Mme Aldrich, ce qui fit beaucoup rire Ellen.

Dans l'ascenseur, cependant, Grace, tout à la fois gênée et scandalisée par cette présentation, s'écria :

— Je ne comprends vraiment pas pourquoi il a dit ça, celui-là !

Jim n'avait pas corrigé le portier ; la méprise l'amusait beaucoup.

— Ça doit vouloir dire qu'on forme un beau couple. Peut-être qu'il est au courant pour Miami…

Grace rougit, puis éclata de rire.

— Enfin, Jim ! On dîne chez ma fille ce soir, faisons au moins semblant d'être respectables.

— Je pense qu'elle est trop maligne, tu ne pourras pas la berner...

Ellen les attendait sur le palier avec un grand sourire. Ils avaient une demi-heure de retard – ce qui n'était pas une surprise avec Grace qui ne prévoyait jamais assez de temps pour passer se changer après le travail. Mais Ellen s'en fichait. Ça lui avait permis de parler avec Bob, et elle était très contente de ce qui s'était dit. Elle n'était pas sûre d'être prête à se lancer dans une relation sérieuse pour le moment, mais, quand cela viendrait, elle savait déjà qu'ils étaient d'accord sur les grandes lignes. L'ouragan l'avait changée, elle aussi. Il lui avait redonné du courage. Voir de près la terreur et la mort rendait la vie bien plus belle.

Sa mère en pensait très certainement autant. Elle était superbe dans sa jupe en soie noire et son fin chemisier rouge – à la fois de saison et étonnamment sexy. Quand Ellen la complimenta à ce sujet, Grace lui chuchota qu'elle l'avait acheté chez Chanel à Miami, entre deux visites de la foire d'art.

Ellen ne mentionna pas la bourde du portier, même si elle était tentée de taquiner sa mère, car elle ne savait pas comment Jim le prendrait. Il semblait toutefois plus détendu que Grace et, de manière subtile, faisait comprendre qu'ils étaient vraiment ensemble : dans sa façon de lui parler, et de lui sourire avec une tendresse très intime. Ellen observa sa mère : elle était plus épanouie que jamais.

Étant donné l'heure tardive, ils se dirigèrent vers la salle à manger. Ellen avait composé une table magnifique avec son service en porcelaine, ses verres en cristal coloré, et de petits vases fleuris. L'argenterie scintillait.

La conversation fut très vivante. Jim avait un grand sens de l'humour et un esprit vif qui collait parfaitement avec celui de Grace. Les deux hommes étaient très instruits et avaient des opinions tranchées sur un large éventail de sujets, qui allaient de la politique aux faits de société, en passant par la littérature. Ellen ne s'était pas autant amusée depuis des années : ses convives étaient intelligents, s'appréciaient, ne se vantaient pas, et possédaient un charme tout américain. Cela la changeait des amis snobs et coincés de George, qui mesuraient leur valeur à leur fréquentation d'Eton et à leur arbre généalogique.

Quand un serveur vint leur apporter le dessert, tous riaient à gorge déployée en écoutant Bob décrire le placard à balais dans lequel il avait écrit son premier roman. Il était alors étudiant à l'université de Yale et avait emprunté – pour ne pas dire « volé » – une machine à écrire. D'où la cachette… Il ne voulait pas se faire prendre. Il avait été payé trois mille dollars pour le manuscrit, son premier grand succès propulsé directement en tête de la liste des meilleures ventes du *New York Times*. Du coup, il n'avait jamais rendu la machine à écrire, persuadé que c'était elle qui lui avait porté chance.

— Je l'ai encore ! dit-il fièrement. Le « t » et le « s » n'ont jamais fonctionné. C'est Jim qui m'a convaincu d'en changer.

— Entre les mots qu'il fallait deviner à cause de ces deux lettres manquantes et ceux que je ne comprenais pas, c'était comme faire des mots croisés !

Pendant que tous riaient aux éclats, Ellen fut à nouveau frappée par l'humilité de Bob. À l'entendre, son succès était un heureux hasard, et non pas le résultat de son talent remarquable.

Après le dîner, ils retournèrent s'installer dans le salon. Personne n'était pressé de partir. Ellen servit aux hommes un brandy, et, pour sa mère et elle-même, elle ouvrit un sauternes château d'yquem. Grace loua ses talents d'hôtesse, précisant qu'elle ne les avait certainement pas hérités d'elle-même. Elle raconta :

— Quand Ellen était petite et que je lui demandais de mettre la table, elle disparaissait dans la maison pour chercher tout ce qui aurait pu l'agrémenter. Une fois, elle a disposé des rondelles de bougies dans ma soupe pour que l'assiette soit plus colorée.

Ellen éclata de rire et reconnut que c'était vrai.

— Quant à moi, reprit Grace, je construisais des châteaux forts en carton pour les garçons du coin quand j'étais gamine. Manifestement, nos vocations sont apparues très tôt.

— Pas la mienne, dit Bob. Je voulais être pompier jusqu'à quatorze ans. Puis policier…

— En quelque sorte, c'est ce que tu fais dans tes livres, répondit Ellen.

Il hocha la tête. Oui, c'était une façon de voir les choses.

— J'ai une grande nouvelle, annonça soudain Grace. Un ancien client est venu me voir cette semaine avec une proposition insolite. J'avais dessiné les plans de son appartement dans le Dakota Building il y a dix ans. Un duplex assez spectaculaire, avec un surplomb et un balcon. Lui avait des idées merveilleuses, et nous faisions une très bonne équipe. On en avait fait quelque chose de vraiment unique, et j'étais très fière à l'époque. Aujourd'hui encore... C'est peut-être même le plus beau chantier de ma carrière.

Ellen s'en souvenait. Sa mère avait été totalement absorbée par ce projet quand elle avait déménagé à Londres. Les photos qu'elle lui avait montrées étaient fabuleuses. Tout l'étage principal était recouvert d'un lambris aux couleurs riches et lustrées, lequel n'assombrissait pas les pièces.

Grace continua :

— Sa nouvelle épouse est suisse, et ils ont déménagé à Genève il y a quelques années. Il ne compte pas revenir habiter à New York. Du coup, il veut vendre son appartement, mais uniquement à quelqu'un qui l'aimera autant que lui. C'est un type qui n'a pas vraiment besoin d'argent.

Elle se tut l'espace d'un instant, souriante, puis déclara :

— Il m'a appelée avant de le mettre sur le marché pour savoir si j'avais un client potentiellement intéressé. Je lui ai répondu que oui, et que ce client... c'était moi ! Si, si, je l'ai acheté ! Je suis si heureuse que j'en pleurerais presque !

Elle lança un regard plein de tendresse à sa fille. Elle savait combien celle-ci serait soulagée qu'elle ne retourne pas vivre dans son ancien appartement.

— Finalement, Tribeca, c'est fini. C'est fou, ce hasard que nous réserve la vie. Et puis... à quelques rues près, Jim et moi serons voisins.

Un sourire radieux illumina son visage.

— L'appartement est en parfait état, reprit-elle, et je pourrai m'y installer dès la fin de mon bail. En revanche, je vais devoir acheter beaucoup de meubles, vu le peu qu'il me reste après l'inondation.

Avec force démonstrations de joie, tous portèrent un toast à cette acquisition aussi belle qu'inespérée.

— Quelle bonne nouvelle ! la félicita Bob.

— Oui, je savais qu'il valait mieux ne pas retourner à Tribeca, admit Grace, mais j'aimais tant cet appartement, et le quartier, et la vue sur le fleuve… Mais finalement, l'Upper West Side n'est pas si mal. C'est bien plus pratique pour aller travailler.

Et puisqu'elle n'avait aucunement l'intention de prendre sa retraite de sitôt, ou même un jour, c'était un facteur important à prendre en compte, qu'elle avait négligé pendant des années.

— Sans compter que j'ai toujours eu le coup de foudre pour cet appartement du Dakota Building, ajouta-t-elle.

C'était un immeuble qui accueillait quantité de personnalités artistiques. John Lennon y avait vécu, entre autres célébrités.

— J'ai hâte de le visiter ! lança Jim, radieux.

Il était ravi de cette proximité spatiale nouvelle.

— Je peux tous vous y emmener ce week-end si vous voulez. Le propriétaire actuel rentre à Genève, et j'ai déjà les clés. L'appart sera officiellement à moi dans trente jours.

Peu après, Jim et Grace prirent congé. Bob s'attarda quelques minutes.

— En voilà une bonne surprise ! J'avais vraiment peur qu'elle retourne à Tribeca.

— À qui le dis-tu ! répondit Ellen.

L'annonce de sa mère lui avait donné une idée. La propriétaire du meublé de Grace avait l'intention de vendre. Or, si Ellen décidait de s'installer définitivement à New York et d'investir – et que la maison à Londres était vendue –, ce serait l'appartement idéal pour elle. C'était fou, tous leurs plans coïncidaient merveilleusement. L'appartement du Dakota Building était tombé du ciel pile au bon moment. Le destin leur réservait de belles surprises… Et tout avait commencé quand Bob avait insisté pour qu'elles acceptent d'être hébergées par son agent après l'inondation…

Ellen se remémora leur conversation intime de début de soirée. Bob reprit :

— On pourrait aller voir ensemble l'appartement de ta mère ce week-end, non ? Je meurs d'envie de le visiter. Il a l'air incroyable. Et puis… peut-être que je pourrai lui piquer des idées pour le mien.

— Oui, je suis partante : je dois m'imprégner des lieux pour imaginer un mobilier adapté. À l'époque, j'avais vu des photos de l'appartement publiées dans des magazines. Le résultat avait été très médiatisé.

— Cela ne m'étonne pas : je suis face à la fille de la meilleure architecte de New York.

Ému par cette belle soirée, Bob étreignit Ellen chaleureusement, puis, doucement, effleura ses lèvres des siennes. Grâce à elle, ses vieilles blessures guérissaient ; ses peurs s'estompaient.

— À bientôt, chuchota-t-il.

Elle caressa sa joue du bout des doigts. Puis elle ferma doucement la porte derrière lui.

Le lendemain matin, Bob lui fit parvenir un énorme bouquet de roses pour la remercier de son invitation, accompagné d'un petit mot.

Merci pour cette merveilleuse soirée. Tu es fabuleuse. N'oublie jamais ça. À bientôt,
B.

Ellen rangea soigneusement le papier dans son bureau. Plus tard, quand elle le relut, elle n'avait plus peur. C'était un nouveau jour, un nouvel homme, un nouveau monde.

15

Comme le craignaient Jane et John Holbrook, leur fils Peter manifesta des signes de stress post-traumatique dès son arrivée à la maison. Il se mit à perdre ses cheveux par poignées, pleurait en se voyant dans le miroir, et refusait de sortir pour s'épargner la honte d'être vu ainsi. La nuit, il ne dormait plus et se contentait de rester assis devant la télé jusqu'au matin. Ses parents le retrouvaient affalé sur le canapé, pâle et épuisé. C'était à peine s'il mangeait : il avait perdu six kilos en un mois. La journée, il se cloîtrait dans sa chambre, ne répondait pas aux messages de ses copains, n'avait pas reparlé à Anna depuis son départ de New York, n'allumait plus son téléphone. Son seul compagnon était le chien... Autant dire que ses parents se faisaient un sang d'encre ; ils s'entretenaient régulièrement avec la psychologue qui le suivait.

Gwen Jones était une femme très gentille, diplômée de Harvard et spécialisée dans le traitement du stress post-traumatique. Elle avait assuré aux Holbrook que les phases que traversait Peter étaient parfaitement normales. Il lui faudrait un certain temps pour sortir de ses idées noires, mais il y parviendrait. Certes, il porterait toujours les traces de ce traumatisme, dont les symptômes pourraient revenir en situation de stress intense, ou de rappel de son vécu pendant l'ouragan. Toutefois, avec des séances de thérapie et le soutien d'une famille aimante, Gwen Jones avait foi en sa guérison.

La première chose que Peter lui avait dite était qu'il ne retournerait pas à NYU. Il avait ajouté qu'il ne comptait pas demander son transfert ailleurs. Jane Holbrook avait prévenu le Dr Jones qu'il avait souvent, depuis le drame, un comportement hostile et irritable, ce qui ne lui ressemblait vraiment pas. Il avait toujours eu un bon tempérament, et une tendance à la joie de vivre. C'était ce qu'avait noté la psychologue : il était soit en colère, soit apathique.

Au tout début, il avait refusé de la voir, prétextant qu'il n'avait pas besoin d'elle et que, Ben étant mort, des séances avec un psy n'y changeraient rien. Il affirmait qu'il allait bien. Mais sa perte de poids soudaine, la chute de ses cheveux et ses cernes lui donnaient un air effrayant qui criait le contraire.

Après quelques semaines passées à Chicago, Peter était dans un état bien pire que ses parents ne l'auraient imaginé. Ils appelaient régulièrement les Weiss. Adam, leur plus jeune fils, voyait lui aussi un psychologue. Il n'arrivait pas à se remettre de la mort de son frère, pleurait sans cesse, et ses crises d'asthme étaient plus violentes que jamais.

Puisque Peter avait refusé au départ de se rendre au cabinet du Dr Jones, celle-ci s'était déplacée au domicile des Holbrook. Il ne lui avait pas dit un mot, alors elle s'était assise dans le salon et avait regardé la télé avec lui pendant deux heures en silence. Puis elle l'avait remercié d'avoir accepté sa compagnie, lui avait souri gentiment, et était partie. Il avait ensuite dit à ses parents qu'elle était gonflée, parce qu'il ne lui avait pas donné la permission de s'installer. Mais il n'avait pas protesté quand elle était revenue le lendemain, se contentant de l'ignorer.

Puis, d'un coup, après une semaine de séance télé en silence avec sa psy, Peter lui avait parlé de son refus de retourner à l'université. Il avait mentionné ses amis d'enfance à Chicago, mais pas un mot sur Ben, Anna ou l'ouragan. Gwen Jones avait évoqué le chien. C'était un cadeau d'un ami, non ? Devant le silence de Peter, elle n'avait pas insisté, puis avait demandé à Peter quels étaient ses films préférés.

Les fois suivantes, elle lui en avait rapporté certains en DVD – surtout des comédies. Pendant deux heures, ils riaient ensemble sur le canapé du salon. Des films qu'il adorait étant enfant, des films que, parfois, il avait même revus avec Ben. C'est ça qui forgea le premier lien entre Peter et Gwen. Le rire.

Cela faisait deux semaines qu'ils regardaient des films ensemble quand Peter mentionna son problème de cheveux.

— Ça va repousser, le rassura Gwen. Ça arrive souvent quand on vit un événement particulièrement difficile ou choquant, comme un divorce, un crash d'avion, ou la perte d'un être cher.

Peter ne prononça plus un mot de tout l'après-midi, mais elle voyait que la porte s'était ouverte d'un millimètre. Le lendemain, alors qu'ils regardaient *Star Wars*, il mentionna Ben.

— Mon ami est mort dans l'ouragan à New York.

Son regard n'avait pas quitté l'écran, son corps tout entier s'était contracté, et une fine pellicule de transpiration était apparue sur son front.

— Je suis désolée, Peter. Je sais comme c'est difficile de perdre un ami proche.

Elle-même avait perdu sa sœur jumelle dans un incendie quand elles étaient en fac de médecine. C'était d'ailleurs l'événement qui l'avait orientée vers la psychologie. Perdre sa sœur l'avait presque tuée. Ça, Peter ne le savait pas, mais à son ton, il sentit qu'elle le comprenait.

— Mike était son chien, admit-il. Ses parents m'ont laissé le garder parce que son petit frère est asthmatique.

Gwen Jones resta silencieuse pour le laisser poursuivre à son rythme.

— On aurait dû évacuer plus tôt.

Soudain, le barrage craqua et Peter se mit à lui raconter toute l'histoire en sanglotant comme un enfant.

— Vous ne pouviez pas savoir que c'était la mauvaise décision, répondit Gwen. Personne n'aurait pu…

Lors de l'incendie, sa jumelle et elle avaient été séparées et avaient pris un chemin différent pour sortir du bâtiment. Gwen avait eu de la chance et avait pris le bon. Quand elle avait voulu faire demi-tour pour aller chercher sa sœur, les pompiers l'en avaient empêchée. Il lui avait fallu des années pour se pardonner de n'avoir pu sauver sa sœur.

— De nombreuses personnes n'ont pas évacué quand elles auraient dû, et, au sixième étage, vous avez dû penser que vous ne risquiez rien.

— Oui, mais tout d'un coup, on a eu l'impression que l'immeuble allait s'effondrer, alors on s'est dit qu'il fallait absolument sortir après la nuit. On aurait dû rester. Je ne pensais pas que le courant pouvait être si puissant. Ça allait tellement vite, je ne me souviens même pas de ce qui s'est passé une fois que j'ai sauté dans l'eau. Et puis d'un coup j'ai vu Mike, alors je l'ai attrapé et ensuite des sauveteurs m'ont repêché. Je leur ai dit et répété qu'il fallait chercher Ben, mais il était introuvable. Je l'ai attendu à l'hôpital, mais il n'est jamais venu… Je n'arrivais pas à y croire quand la mère d'Anna m'a dit qu'il était mort. C'était ma petite amie. Elle connaissait Ben depuis toujours. Elle doit me détester maintenant.

— Tu n'as rien fait de mal, Peter. Vous avez tous les deux pris une décision, et vous avez tenté le tout pour le tout, ce qui aurait été le bon choix si le bâtiment s'était effondré. Beaucoup d'immeubles se sont effondrés. Et Ben n'était pas obligé de te suivre. Tu ne l'as pas forcé à sauter dans l'eau, si ? Il a pris la décision tout seul, car lui aussi pensait que c'était la bonne. Tu n'es pas responsable de ce qui s'est passé ensuite.

— Si, c'est peut-être moi qui l'ai persuadé de sauter… Déjà, j'ai sauté en premier, puis je l'ai perdu de vue. On aurait dû se tenir la main, ou trouver autre chose.

— Le courant vous aurait séparés en une seconde, comme avec le chien – c'est le courant qui lui a pris Mike.

Peter n'avait pas pensé à ça, ni à la liberté de Ben de ne pas le suivre s'il n'en avait pas envie. C'était un nouvel élément à ajouter à l'équation, même s'il continuait de s'en vouloir.

— Et si tu étais mort et pas lui ? Qu'est-ce que tu crois qu'il dirait ? Qu'il ressentirait ?

— Il se sentirait comme une merde. Exactement comme moi. On a été trop cons de rester.

Il expliqua :

— Au début, on pensait que ce serait plutôt drôle, cet ouragan. On a acheté une tonne de trucs à manger, et on voulait regarder ce qui se passerait. Anna a essayé de nous convaincre de venir avec elle, mais on ne voulait pas. On pensait qu'elle flippait pour rien.

— Qu'est-ce qu'elle en dit, maintenant ?

— Je ne sais pas. J'efface ses messages sans les lire. On a cassé quand j'ai quitté New York. Tout a changé, de toute façon, depuis la mort de Ben… Je suis sûr qu'elle me déteste parce que je ne l'ai pas sauvé.

— Est-ce que tu aimerais lui parler ?

Il secoua la tête.

— Est-ce qu'elle te manque ?

— C'est Ben qui me manque, lâcha-t-il en se remettant à pleurer. Il me manque tellement. C'était le meilleur ami que j'aie jamais eu. Et c'est de ma faute s'il est mort.

Elle ne chercha pas à le contredire. Le laissa reprendre son souffle avant de poursuivre :

— Penses-tu possible que ce qui est arrivé ne soit pas de ta faute ? Même si en ce moment tu ne le crois pas, est-ce que tu accepterais de me croire sur parole quand je te dis que tu n'y es pour rien, que la situation était hors de contrôle ?

La question le laissa pensif un moment.

— Peut-être. Mais je suis sûr que les parents de Ben m'en veulent, et ils ont raison.

— Et si ce n'était pas le cas ? Et si personne ne te jugeait coupable, à part toi-même ? Tu penses que tu pourrais avoir tort sur ce point ?

Pour toute réponse, il secoua la tête.

— Est-ce que tu penses que Ben t'en voudrait ?

— Non, il était tellement gentil. Jamais il ne m'en aurait voulu.

— Peut-être que c'est ici qu'on devrait commencer. Peut-être qu'on devrait laisser Ben prendre la décision. Puisqu'il ne t'en veut pas, je suis de son côté. Qu'est-ce que tu en dis ?

Ce jour-là, Gwen quitta un Peter pensif, et légèrement moins tourmenté.

Après cela, les progrès furent lents, mais le jeune homme fit son chemin. Le Dr Jones lui proposa des médicaments pour l'aider à dormir, qu'il refusa. Il voulait affronter l'épreuve sans tricher, et se montrait très courageux quand ils abordaient les événements dans leurs séances quotidiennes. Après trois semaines de psychothérapie, Peter vint dîner à table avec ses parents. Il parla à peine, mais mangea correctement. Peu à peu, il reprit du poids. Sa chute de cheveux s'arrêta, et du duvet commença à repousser là où son crâne était chauve. Petit à petit, l'esprit suivit les progrès du corps et entama sa guérison. Le plus dur restait encore son sentiment de culpabilité.

Avec l'aide de Gwen, Peter rédigea une belle lettre aux parents de Ben, leur expliquant comment il se sentait, leur disant que tout était de sa faute, qu'il avait fait une erreur et que Ben était mort à cause de lui.

Jake Weiss répondit presque aussitôt. Ses mots étaient d'une sensibilité et d'une éloquence incroyables : non, ils ne le jugeaient en rien responsable de la disparition de leur fils, ils étaient heureux que lui ait survécu, et Adam pensait la même chose. Peter avait ouvert leur lettre avec Gwen, comme il le lui avait promis, et sanglota plusieurs heures durant ensuite. Il pleurait de regret, de soulagement. Le poids de sa culpabilité s'allégeait un peu.

Enfin, il se décida à lire un message d'Anna. Il comprit alors que, loin de lui en vouloir, elle s'inquiétait terriblement pour lui… Il passa la soirée entière à pleurer avec ses parents, leur décrivant en détail tous les sentiments qui assaillaient son esprit.

Le lendemain, il accompagna sa mère au supermarché, puis alla dîner au restaurant avec ses parents. Il n'était pas encore prêt à voir ses anciens amis, mais il appela Anna. Elle lui apprit qu'elle avait demandé à être transférée à l'université pour filles de Barnard. Quelques jours plus tard, Peter annonça à Gwen qu'il envisageait de postuler à l'université de Northwestern. Il lui manquait un semestre et il ne savait pas s'il pouvait être transféré sans redoubler, mais elle le rassura, lui expliquant que les établissements faisaient des exceptions pour les étudiants des universités qui étaient toujours fermées, ce qui était le cas de NYU.

Ainsi, Peter parlait de reprendre ses études, d'entrer à nouveau dans le monde : c'était un progrès immense.

Deux mois après son retour à Chicago, le jeune homme avait retrouvé une allure humaine. Il était toujours profondément affecté, avait du mal à trouver le sommeil et pleurait à chaque fois qu'il pensait à

Ben, mais il n'était plus aussi convaincu d'être responsable de sa mort. Il envisageait la possibilité qu'il ne le soit pas. Gwen Jones avait prévenu ses parents que cette étape viendrait lentement. Ils ne pouvaient pas accélérer le processus, Peter devait guérir à son rythme. Son esprit avait besoin de temps pour cicatriser. Comme la blessure à son bras… Il garderait peut-être toujours les marques de cet immense drame, mais elles finiraient par ne plus l'empêcher de mener une vie normale.

Comme tous les ans, les Holbrook fêtèrent Thanksgiving chez l'oncle de Peter. Bien sûr, toute la famille avait reçu pour instructions de ne pas lui parler de la mort de son ami, ni même de lui exprimer de la compassion. Malheureusement, le grand-père, atteint de sénilité, crut bon de mentionner devant la table horrifiée l'ouragan dont il se souvenait avoir entendu parler.

De sa voix tonitruante – car il perdait aussi l'ouïe –, il lui lança :

— On m'a dit que tu avais vu un ouragan, Peter ? C'était comment ?

— Assez horrible, papi. Très angoissant.

Il ne donna pas plus de détails.

— J'espère que tu n'as pas perdu ton pantalon dans l'eau, au moins !

Sur ce, le vieil homme s'esclaffa et toute la famille éclata d'un rire nerveux.

— Non, j'ai gardé mon pantalon, papi, répondit Peter en lui souriant.

Le moment gênant passa, et John et Jane prirent conscience alors des progrès que leur fils avait faits.

Peter appelait Anna de temps en temps. Leurs conversations n'avaient plus rien de romantique, mais il aimait entendre sa voix. Et elle prenait toujours des nouvelles de Mike…

Trois semaines après Thanksgiving, Peter annonça à Gwen Jones qu'il voulait passer un jour ou deux à New York avec le chien. Elle sembla déconcertée et lui demanda pourquoi.

— Pour voir Anna.

— Tu veux reprendre votre histoire ?

Vu ce qu'il lui avait confié jusque-là, c'était une surprise pour elle. Mais rien n'était impossible, ni interdit.

— Non, c'était beaucoup trop bizarre quand je suis parti. Trop confus… Je veux simplement la voir et reprendre les choses sur une base saine pour qu'on puisse être amis.

Pour la psychologue, c'était un projet louable, et c'est ce qu'elle dit à Jane et John Holbrook pour les rassurer. Ils étaient complètement paniqués par la perspective de ce voyage. Imaginaient déjà leur fils en train de faire une crise d'angoisse en plein New York, ou dans l'avion…

— Non, ne vous inquiétez pas : Peter n'aura pas de symptômes de reviviscence, parce qu'il se souvient déjà de tout. Bien sûr, il ressentira certainement du stress, peut-être très intense, mais je pense qu'il peut le gérer. Revoir Anna lui permettra de tourner la page sereinement. Elle était presque comme une sœur pour Ben.

Pendant la séance suivante, Gwen demanda à Peter s'il avait l'intention de retourner voir son ancien immeuble ou d'entreprendre une sorte de pèlerinage à l'endroit où Ben était mort. Peter secoua vivement la tête, une étincelle de douleur dans le regard.

— Je ne veux jamais revoir cet immeuble, ni même cette rue. Je ne peux pas, lâcha-t-il d'une voix étouffée.

— Tu fais bien. Rien ne t'y oblige.

— Tout ce que je veux, c'est revoir Anna, puis rentrer.

— Est-ce que tu comptes rendre visite aux parents de Ben ?

Il hésita.

— Vous croyez que je devrais ? Je pensais que ça ferait un peu trop…

— Aucun problème, tu n'es absolument pas obligé d'aller les voir. Je pense aussi qu'il est un peu trop tôt.

Elle lui donna un papier attestant qu'il était une victime de l'ouragan Ophelia, qu'il était atteint de stress post-traumatique et que son labrador noir devait l'accompagner dans l'avion en tant que chien de soutien émotionnel. Peter était soulagé. Quand elle lui tendit la lettre, il topa sa main et elle éclata de rire.

— Génial ! s'écria-t-il.

Les parents de Peter l'accompagnèrent à l'aéroport quelques jours plus tard, très nerveux. Le voyage se déroula pourtant sans encombre. À l'aéroport de La Guardia, Peter prit un taxi pour se rendre chez Anna. Elle l'attendait, tout aussi stressée que lui. Aucun des deux ne savait quoi penser de ces retrouvailles, et Gwen avait conseillé à Peter de rester ouvert d'esprit, de laisser faire les choses, et de l'appeler s'il en ressentait le besoin.

Quand elle ouvrit la porte et le trouva sur le seuil, Anna se jeta à son cou avec un cri enthousiaste. Trois secondes plus tard, ils riaient et pleuraient de joie, et Mike aboyait joyeusement. L'ouragan avait privé Peter de deux de ses proches : Ben et Anna. Mais il venait de récupérer la jeune fille…

Elizabeth, la mère d'Anna, vint le serrer dans ses bras.

— Tu as l'air en forme, lui dit-elle.

C'était un bon garçon ; elle l'avait toujours beaucoup aimé.

— J'ai perdu mes cheveux au début, mais ça va mieux maintenant.

Il avait l'impression d'avoir aussi perdu la tête pendant un certain temps, mais cela, il ne leur dit pas…

— Qu'est-ce que tu veux faire ? s'enquit Anna.

Spontanément, Peter répondit qu'il voulait aller voir les illuminations du sapin au Rockefeller Center. Il avait adoré y aller avec ses parents quand il était petit, et avait envie d'y retourner avec elle.

Ils laissèrent Mike avec Elizabeth et prirent un taxi pour aller se planter, émerveillés, sous l'arbre gigantesque et ses décorations illuminées. Anna proposa alors d'aller à la cathédrale Saint Patrick pour allumer un cierge à la mémoire de Ben. C'était la première fois qu'elle mentionnait leur ami, et Peter accepta. Ils allumèrent la bougie, récitèrent une prière, puis rentrèrent chez Anna.

Ils discutèrent tout l'après-midi. Peter évoqua ses séances avec Gwen et lui dit qu'il se sentait mieux. Anna elle aussi voyait un psychologue. Son problème était plus en rapport avec la perte d'un être cher qu'avec la culpabilité du survivant, même si elle s'en voulait de ne pas avoir forcé les garçons à évacuer avec elle.

Son psy lui avait expliqué qu'ils étaient des êtres libres et qu'elle n'aurait pas pu les forcer à la suivre s'ils ne le voulaient pas.

Ils commandèrent des sushis et parlèrent de l'avenir.

— Tu comptes reprendre les études ? demanda Anna.

— Je ne sais pas. Peut-être… Je n'ai encore rien décidé.

Le jeune homme était content de retrouver New York. Il adorait cette ville, mais il ne voulait pas retourner à NYU. Ce serait trop douloureux sans Ben, et les locaux étaient trop proches du lieu de la tragédie. Sans compter qu'il avait peur du prochain ouragan.

— Peut-être que je reviendrai m'installer ici après l'université, dit-il.

— Moi, j'ai bien l'intention d'aller à L.A. un jour ! Et de prendre des cours de théâtre !

Elle disait ça depuis des années, mais, pour l'instant, elle étudierait la littérature à Barnard.

— Tu viendras me voir quand je tournerai dans mon premier film ? demanda-t-elle avec un sourire.

Ils n'avaient pas parlé de reprendre leur relation : il était évident que ni l'un ni l'autre ne le souhaitaient. Ils voulaient simplement être amis. D'une certaine manière, Peter reprenait le rôle de Ben, presque celui d'un frère. Trop de choses s'étaient passées ; ils avaient tous les deux trop souffert de la mort de cet ami qu'ils aimaient tant.

La tragédie avait tué leur idylle, mais elle avait renforcé la tendresse qu'ils éprouvaient l'un envers l'autre.

Ils discutèrent jusqu'à trois heures du matin. S'endormirent dans des sacs de couchage au milieu du salon, l'un à côté de l'autre, main dans la main.

Le lendemain matin, Elizabeth leur prépara le petit déjeuner, et Anna raccompagna Peter à l'aéroport.

Au moment de lui dire au revoir, elle le serra fort dans ses bras.

— Je suis tellement contente que tu sois venu, Peter.

— Je t'aimerai toujours, Anna, dit-il, les larmes aux yeux. Comme il t'aimait, lui. Je ne lui arrive pas à la cheville, mais je vais faire de mon mieux.

— Je t'aime aussi.

Ils pleurèrent ensemble, dans les bras l'un de l'autre. Quelque chose de plus fort que la passion amoureuse les unissait à présent. Ils étaient devenus amis. Pour la vie.

— Viens me voir à Chicago, d'accord ?

— Peut-être après Noël...

— On ira skier, et je te ferai visiter la ville.

Ils s'étreignirent une dernière fois, puis Peter présenta son attestation au comptoir d'enregistrement. Il passa la sécurité en faisant des grands signes à Anna et en lui envoyant des baisers.

— Je t'aime ! cria-t-elle.

— Moi aussi, je t'aime ! hurla-t-il en retour.

Mike aboya. Ben était là, avec eux ; ils resteraient les trois mousquetaires à jamais.

Le père de Peter l'attendait à l'aéroport de Chicago.

— Comment s'est passé ton vol, mon grand ?

C'était plus facile de l'interroger sur le trajet en lui-même que sur sa visite à New York. Mais John Holbrook se rendit vite compte que son fils était euphorique, et il se demanda si Anna et lui étaient de nouveau ensemble. Il ne pouvait deviner que cette amitié

nouvelle qu'ils avaient formée était bien meilleure pour
eux encore.

— C'était génial, papa. On est allés voir le sapin
du Rockefeller Center.

Il ne mentionna pas le cierge ni la prière à la cathédrale Saint Patrick.

John sourit.

— On t'y a emmené une fois, tu devais avoir cinq
ans. Tu ne t'en souviens probablement pas, mais tu
avais adoré ; tu ne voulais plus partir.

— Bien sûr que si, je m'en souviens… C'est pour
ça qu'on y est allés… Je voulais le revoir. Et j'adore
toujours autant.

Il était radieux. Ce voyage à New York lui avait
vraiment fait du bien.

Pendant le trajet en voiture, Peter annonça à son père
qu'il comptait demander son transfert à Northwestern.

— Je veux rester dans le coin pour l'instant.
Je retournerai peut-être à New York pour faire un
doctorat, ou un MBA à Columbia…

John jeta un coup d'œil dans sa direction et sourit.
Ses cheveux étaient de nouveau épais et en bonne santé.

— Ça me paraît être un bon projet.

Quand ils arrivèrent à la maison, Jane serra son
fils unique dans ses bras, puis le regarda monter dans
sa chambre avec Mike. John s'approcha d'elle. Des
larmes de joie roulaient sur ses joues.

— Il va s'en sortir, lui dit-il.

Leur fils Peter était de nouveau entier, rafistolé par
endroits de manière subtile, mais il allait bien. La route
avait été longue et pavée d'embûches, mais il avait
trouvé le chemin de la maison.

16

Ellen et Bob avaient réussi à caser deux dîners en tête à tête avant que ne débute le tourbillon des fêtes de fin d'année. Ils s'étaient également portés volontaires pour faire partie du comité du gala de charité qui devait avoir lieu en mars pour les survivants d'Ophelia. Comme Jim et Grace.

Ellen avait pour objectif du moment les courses de Noël, même si sa liste était relativement courte cette année : sa mère, Philippa, Alice, ainsi que des primes pour tous ses employés. Elle n'avait plus à se torturer pour dénicher un cadeau original pour George, ni écumer les boutiques de Londres pour leurs amis. Elle voulait trouver un joli cadeau pour Jim, en remerciement de les avoir hébergées pendant l'ouragan, et un petit quelque chose pour Bob, si elle trouvait.

Sa mère enchaînait les réunions professionnelles et les soirées de Noël avec Jim et ses amis. Sa vie sociale s'était remarquablement remplie avec lui. Il comptait l'emmener à Saint-Barthélemy pour le nouvel an. « Comme Miami, mais en mieux », avait-elle dit à Ellen.

Les tourtereaux profitaient pleinement de leur idylle, et qui aurait pu le leur reprocher ?

Bob avait aidé Ellen à choisir un sapin et il était resté pour le décorer avec elle. Soudain, l'ambiance de Noël était là, malgré les chamboulements de cette fin d'année. Tous deux aimaient passer du temps ensemble. En plus des dîners, ils étaient allés au concert d'un orchestre symphonique, ainsi qu'au théâtre. Surtout, ils passaient des heures entières à discuter. Quand elle avait montré un intérêt pour l'émission de télé qui devait l'interviewer, il lui avait aussitôt proposé de venir sur le plateau avec lui. Lui était blasé de cet univers, mais elle trouvait ça follement excitant de regarder le *Today Show* depuis les coulisses.

Bob préparait la venue de sa fille et de son fils, et comptait partir au ski quelques jours, mais avant cela, il voulait qu'Ellen dîne avec eux – ce qu'elle attendait avec impatience. Bob savait qu'elle aimait beaucoup les enfants. Après quelques verres de vin un soir, il osa aborder ce sujet douloureux pour elle :

— Si je comprends bien, ton mari et toi aviez décidé de ne pas adopter.

— Ça allait à l'encontre de ses idées sur la descendance et les liens du sang. Il ne voulait pas d'un enfant qui ne soit pas complètement le sien. Et il était contre le principe des mères porteuses… Moi, j'étais plus ou moins d'accord. Les risques liés à l'adoption me faisaient peur : vu toutes les histoires qu'on entend sur les parents biologiques drogués, et toutes ces choses qu'on ne sait pas.

— Mon fils a été adopté, tu sais. On voulait un deuxième enfant, mais mon ex-femme a fait cinq fausses couches. Du coup, on a abandonné et on a adopté. C'est un garçon génial…

Un sourire illumina son visage. Puis il reprit :

— Je pensais qu'il fallait que je te le dise. Pour que tu saches que ce n'est pas toujours une mauvaise idée. Sans compter qu'il y a aussi des risques avec les enfants biologiques : problèmes de santé qu'on ne peut pas anticiper, gènes qui sautent des générations. Ça arrive, comme on dit. Parfois, l'adoption est la meilleure des idées…

Ellen n'avait jamais vu les choses sous cet angle, et George s'y était si fermement opposé qu'elle s'était rangée à son avis. Bob la regarda avec intensité. Elle était songeuse.

— Tu penses pouvoir envisager d'adopter un jour ? demanda-t-il.

— Je ne sais pas. J'ai écarté cette solution il y a des années. Difficile de dire ce que je pourrais faire. Depuis quelque temps, j'essaie d'abandonner l'idée d'avoir des enfants. On a tellement souffert, à essayer et essayer encore.

— Pour certains, renoncer est la meilleure solution, c'est vrai. Seule toi peux savoir. Et tu es encore assez jeune pour prendre le temps d'y réfléchir. Ce qui est bien avec l'adoption, c'est qu'il n'y a pas d'histoires d'horloge biologique. Tu peux t'y intéresser quand tu seras prête, ou pas. Les enfants sont merveilleux, mais on peut être heureux sans. En tout cas, moi, je suis très content d'avoir adopté.

Il sourit malicieusement.

— Il est beaucoup plus intelligent et plus beau que mon ex-femme et moi. Il dit qu'un jour il aimerait rencontrer sa mère biologique, mais jusqu'ici, il ne s'est pas senti obligé de retrouver sa trace. Ça ne semble pas trop l'intéresser, il se laisse simplement la possibilité de le faire. Mon ex-femme n'aimait pas trop cette idée, mais s'il me le demande, je l'aiderai. Sa mère biologique était une gosse de quinze ans qui vivait dans l'Utah.

— Ce qui fait peur, c'est l'aléa. Moi, quand j'y pensais, j'avais peur de tomber sur une camée de Haight-Ashbury. On ne peut pas savoir.

— On peut se renseigner, tu sais…

Ellen sourit.

— Merci, Bob. Merci de m'avoir dit tout ça.

Quand il la raccompagna chez elle ce soir-là, Ellen était songeuse. Elle n'avait jamais vraiment envisagé l'adoption, mais pourquoi pas, après tout ? Si elle se remariait… Car elle ne voulait pas adopter en tant que mère célibataire. Quoi qu'il en soit, le sujet n'était pas à l'ordre du jour pour l'instant. Elle était seule, et avait beaucoup à penser. Son divorce serait prononcé en avril, et une toute nouvelle vie s'offrait à elle.

La veille de l'arrivée de ses enfants, Bob invita Ellen à dîner. Il trépignait d'impatience à l'idée de les voir. Sa fille lui avait annoncé qu'elle venait avec son petit ami. Ce n'était pas prévu, mais il le prenait très bien.

Ellen lui avait apporté un cadeau. C'est une première édition d'un livre qu'il adorait dans sa jeunesse, un Sherlock Holmes qui n'était pas pour rien dans son choix de carrière. Il avait perdu le sien dans l'inondation à Tribeca et fut très ému par le geste d'Ellen.

— Moi aussi, j'ai un cadeau pour toi, mais j'espérais qu'on se reverrait avant Noël.

— Ah… pourquoi pas ? Mais j'avais peur que tu sois trop pris par tes enfants…

— Mais non ! Viens dîner avec nous après-demain. Je les emmène au 21 Club.

Ça semblait être un bon programme.

Après dîner, ils rentrèrent chez elle, et Bob alluma la cheminée du salon. Elle lui annonça qu'elle avait reçu une offre pour la maison de Londres. Le montant n'était pas exceptionnel, mais correct, et la proposition était fiable.

— J'ai bien envie d'accepter. Je suis prête à me séparer de cette maison, je veux passer à autre chose. Je n'aime pas penser qu'elle attend, comme une relique du passé.

Un passé dont elle voulait se détacher. Plus elle pensait à sa vie avec George, plus elle se disait qu'ils n'étaient pas faits pour être ensemble et qu'elle avait fait trop de compromis. Elle s'était pliée à ses désirs, s'était conformée à ce qu'il voulait qu'elle soit. Avec le recul, elle comprenait qu'elle ne s'était pas respectée elle-même.

Bob était conscient de tout ça : il la voyait changer chaque jour. Elle devenait plus affirmée, plus sûre d'elle-même, exprimait plus volontiers son opinion, même si elle restait très douce dans ses affirmations. Il était impressionné de voir combien elle avait évolué en si peu de temps.

Ils s'assirent l'un à côté de l'autre devant la cheminée, et il lui demanda :

— Tu as prévu quoi pour le nouvel an ? Mes enfants seront repartis, ils veulent le fêter avec leurs amis en

Californie. On ne peut pas espérer les garder très long-temps à cet âge.

Il n'y avait pas de regret dans sa voix, c'était un état de fait qu'il avait fini par accepter – il était déjà heu-reux qu'ils viennent à Noël. Un jour, quand ils auraient chacun une famille, ce serait plus compliqué. Sans eux, il était seul. Comme Ellen. Même pour ceux qui ont des enfants, les fêtes en solitaire peuvent être déprimantes.

— Je n'ai rien de prévu, dit-elle en se tournant vers lui.

Bob remplissait déjà bien plus son calendrier social qu'elle ne l'aurait imaginé en arrivant à New York. C'était bien agréable d'avoir un ami avec qui passer du temps. D'autant que, maintenant que Grace était avec Jim, elle ne pouvait plus compter sur sa mère pour lui tenir compagnie – celle-ci sortait presque tous les soirs et travaillait plus que jamais.

— D'habitude, expliqua-t-elle, on allait avec George chez des amis à la campagne, dans un manoir anglais. C'était toujours très festif. Une bonne manière de com-mencer l'année…

— Et si tu venais dîner chez moi ?

Par « chez lui », il entendait chez Jim, lequel serait à Saint-Barthélemy avec Grace.

— On pourrait cuisiner ensemble et s'installer au coin du feu… voire regarder les plans de mon nouvel appartement, plaisanta-t-il.

— Ou rêvasser au milieu de la poussière du chan-tier, renchérit-elle en riant. Ça me plairait beaucoup, Bob. Je ne veux pas bouder la chance que j'ai eue cette année. Au moment de Thanksgiving, j'étais encore très contrariée par mon divorce. Mais je me rends compte maintenant qu'on doit avant tout se réjouir d'être encore là après Ophelia.

Toute sa vie avait été chamboulée par l'ouragan…

Bob plongea son regard dans le sien et l'attira contre lui pour l'embrasser. Elle se sentit fondre sous son étreinte. C'était un nouveau départ, un départ qu'ils n'auraient jamais pu imaginer, plus beau que dans les romans de Bob.

— Ellen, tu es la meilleure chose qui me soit arrivée depuis longtemps, voire depuis toujours.

Le destin était impénétrable. La vie faisait parfois des cadeaux merveilleux quand on s'y attendait le moins.

— Ce que je vais dire va sembler terrible, répondit-elle, à cause de toutes les vies qui ont été perdues, et de tout ce qui a été détruit, mais je crois que l'ouragan Ophelia nous a amenés exactement là où nous devions être.

Il acquiesça, et, au son des crépitements du feu dans la cheminée, il l'embrassa à nouveau. L'avenir promettait d'être radieux.

Découvrez dès maintenant
le premier chapitre de

Mise en scène
le nouveau roman de
DANIELLE STEEL

aux Éditions
Presses de la Cité

DANIELLE STEEL

MISE EN SCÈNE

ROMAN

Traduit de l'anglais (États-Unis)
par Alice Fombois

PRESSES
DE LA CITÉ

Titre original :
THE CAST
L'édition originale de cet ouvrage a paru en 2018
chez Delacorte Press, Random House,
Penguin Random House LLC, New York, en 2018.

Pocket, une marque d'Univers Poche,
est un éditeur qui s'engage pour la préservation
de l'environnement et qui utilise du papier fabriqué
à partir de bois provenant de forêts gérées
de manière responsable.

À Beatie, Trevor, Todd, Nick,
Samantha, Victoria
Vanessa, Maxx, et Zara,
mes chers et merveilleux enfants.

Que votre vie soit pleine de nouvelles aventures,
de nouveaux chapitres, de nouveaux départs,
Chaque chapitre surpassant le précédent

Donnez-vous mutuellement de la force
Souvenez-vous des bons moments
Et célébrez la vie !

Je vous aime de tout mon cœur
et de toute mon âme

Maman/DS

1

Les échos de la fête de Noël parvenaient à Kait Whittier par la porte entrouverte de son bureau. Concentrée sur son ordinateur, elle n'y prêtait pas attention, tout à son souci de boucler avant la coupure de fin d'année. On était vendredi après-midi ; plus que trois jours avant Noël, et la rédaction de *Woman's Life Magazine* s'absenterait ensuite jusqu'au Nouvel An. Kait voulait finir sa rubrique avant de partir, car il lui restait beaucoup à faire jusqu'à l'arrivée dimanche matin de ses enfants, qui passeraient Noël avec elle.

Elle se focalisait pour l'instant sur l'article destiné au numéro de mars, mais qui aurait aussi bien pu sortir un autre mois, vu qu'elle choisissait généralement des sujets susceptibles d'intéresser toutes les femmes : les difficultés qu'elles pouvaient rencontrer à la maison, dans leur couple, avec leurs enfants ou au travail. Sa rubrique « Confiez-vous à Kait » existait depuis dix-neuf ans. Déjà ! Quand il s'agissait de questions intimes sensibles, elle répondait directement à la lectrice, sinon elle incluait les questions plus génériques dans sa chronique.

Souvent citée comme experte de la condition féminine, elle était régulièrement invitée à participer à des émissions télévisées sur toutes les grandes chaînes nationales. Titulaire d'un master de journalisme de Columbia, elle avait, au bout de quelques années, repris des études de psychologie à l'université de New York afin de gagner en crédibilité. Ce qui s'était révélé bien utile : désormais, « Confiez-vous à Kait » tenait une place de choix dans le magazine et nombreuses étaient les lectrices qui achetaient *Woman's Life* avant tout pour la lire. Sa « rubrique des petites misères », comme on l'appelait dans un premier temps en conférence de rédaction, était devenue un énorme succès et faisait maintenant référence, tout comme son auteure. Cerise sur le gâteau, elle adorait son travail, qu'elle trouvait si gratifiant.

Ces dernières années, elle avait ajouté à son répertoire un blog sur lequel elle postait des extraits de sa rubrique. Avec des milliers de followers sur Twitter et Facebook, elle avait envisagé un temps d'écrire un ouvrage de développement personnel, mais il était resté à l'état de projet. Elle était bien consciente que les conseils qu'elle prodiguait, souvent sur des sujets délicats, auraient pu donner lieu à des poursuites judiciaires contre elle ou le journal pour pratique illégale de la médecine. C'est pourquoi elle veillait à apporter des réponses intelligentes, rédigées avec le plus grand soin, raisonnables, et sages, le genre de recommandations que l'on attendrait d'une mère attentive et sensée, rôle qu'elle jouait d'ailleurs auprès de ses trois enfants, aujourd'hui adultes. Ils étaient très jeunes quand elle avait commencé sa carrière chez *Woman's Life*.

À l'époque, son ambition la portait davantage vers *Harper's Bazaar* ou *Vogue* et elle avait accepté de s'occuper de la rubrique du courrier des lecteurs de *Woman's Life* dans l'espoir d'un poste plus glamour ailleurs. Cette rubrique lui offrait simplement le moyen de mettre un pied dans l'univers de la presse féminine. Cependant, contre toute attente, elle y avait découvert sa voie et ses points forts et, surtout, elle était tombée amoureuse de son travail. De plus, l'organisation du poste était idéale car elle pouvait en effectuer une bonne partie à la maison – aujourd'hui, presque tout se faisait par e-mail –, sa présence n'étant requise au journal que pour les conférences de rédaction et, au début, le bouclage des articles. Ce fonctionnement lui avait permis de passer beaucoup de temps avec ses enfants. Par ailleurs, elle avait elle-même affronté nombre de problèmes évoqués par ses lectrices. Ses fans étaient légion et au magazine on n'avait pas tardé à se rendre compte qu'elle était pour eux une vraie mine d'or. Kait était libre de faire ce qu'elle voulait chez *Woman's Life*, ils se fiaient à son instinct qui ne l'avait jamais trompée.

Kaitlin Whittier était issue d'une vieille famille aristocratique de New York, même si elle n'en faisait pas état et n'en avait jamais tiré parti. Son éducation avait été suffisamment originale pour lui donner une certaine ouverture d'esprit, et ce dès son plus jeune âge. Les problèmes familiaux tout comme les vicissitudes de la nature humaine, les déceptions et les dangers dont même le sang bleu ne protège pas, rien de cela ne lui était étranger. Elle portait très bien ses cinquante-quatre ans, avec ses cheveux roux et ses yeux verts ; son style vestimentaire était simple mais personnel. Elle était franche et ne craignait pas d'exprimer ses opinions, au risque de déplaire, et elle était toujours prête à se battre pour ses convictions. Elle alliait calme et courage, attention à ses lecteurs et dévouement envers ses enfants. Sa modestie cachait une grande force.

En dix-neuf ans, elle était passée au travers de plusieurs changements de direction, pour la simple raison qu'elle se concentrait sur sa rubrique et n'entrait jamais dans aucun jeu politique. Cette attitude lui avait gagné le respect de ses supérieurs. Elle était unique, tout comme sa chronique, que ses collègues adoraient lire, surpris d'y retrouver nombre de situations difficiles qu'ils connaissaient eux-mêmes. Elle avait une passion pour les gens, les rapports qu'ils entretenaient entre eux, les liens qui les unissaient, et elle en parlait avec une éloquence teintée ici et là d'une touche d'humour. Ses mots trouvaient un écho chez toutes ses lectrices.

— Toujours au travail ? lança Carmen Smith en passant la tête par la porte.

D'origine hispanique, elle était née à New York et avait connu la gloire comme top model pendant une dizaine d'années avant d'épouser un photographe britannique dont elle était tombée follement amoureuse lors d'un shooting. Leur mariage tenait toujours en dépit des turbulences et de plusieurs séparations. Carmen s'occupait aujourd'hui des articles « Beauté » du magazine. Elle avait quelques années de moins que Kait, et elles étaient bonnes amies au journal. Au-dehors cependant, elles menaient des vies très différentes. Carmen fréquentait des cercles pseudo-artistiques plutôt m'as-tu-vu.

316

— Pourquoi je ne suis pas surprise ? Comme je ne t'ai pas vue trinquer avec les autres, je me suis doutée que tu serais ici.

— Je ne peux pas me permettre de boire, dit Kait dans un grand sourire tout en vérifiant la ponctuation de son texte.

Elle répondait à une femme de l'Iowa victime de harcèlement moral de la part de son mari. Bien qu'elle eût inclus ses recommandations dans la rubrique, Kait avait pris le temps de répondre personnellement à cette lectrice, afin qu'elle n'ait pas à attendre trois mois ses conseils. Elle lui suggérait de consulter un avocat ainsi que son médecin et de confier à ses enfants adultes la vérité sur ce que son mari lui faisait subir. La maltraitance était un sujet délicat, que Kait abordait toujours avec le plus grand soin.

— Depuis que je t'ai servi de cobaye pour ta méso-thérapie faciale, j'ai dû perdre des neurones au passage et je suis obligée d'arrêter de boire pour compenser, dit-elle.

Son amie éclata de rire et lui lança un regard contrit :

— Je sais bien. Ce traitement m'a donné une migraine carabinée ! En plus, ils ont retiré la machine du marché le mois dernier. Mais cela valait la peine d'essayer.

Les deux femmes avaient conclu un pacte dix ans plus tôt, à l'occasion des quarante ans de Carmen : ne jamais recourir à la chirurgie esthétique. Jusqu'à présent, elles l'avaient respecté, même si Kait accusait Carmen de tricher avec ses injections de Botox.

— Cela dit, tu n'as pas besoin de ça, reprit Carmen. Tu sais que je te détesterais si on n'était pas amies ?

Ma peau mate devrait me dispenser de ce genre de soins. Pourtant, je commence à ressembler à mon grand-père de quatre-vingt-dix-sept ans. Toi, tu es la seule rousse que je connaisse qui ait une peau lisse, sans une ride, et tu n'utilises même pas de crème hydratante ! Tu me dégoûtes ! Viens donc contempler les autres en train de se pinter autour du saladier de punch ! Tu finiras ta rubrique plus tard.

— C'est fait, dit Kait en appuyant sur la touche *Envoi* à destination du rédacteur en chef. – Elle fit pivoter son siège pour faire face à son amie : Ce soir, je dois encore acheter un sapin, l'installer et le décorer. Je n'ai pas eu le temps de m'en occuper le week-end dernier et les enfants arrivent dimanche. Je n'ai que ce soir et demain pour sortir les décorations et emballer les cadeaux.

— Tu attends qui ?

— Tom et Steph.

Carmen n'avait pas d'enfants, par choix. Elle disait en avoir assez d'un avec son mari, point trop n'en fallait. Pour Kait, c'était tout le contraire. Ses enfants avaient toujours été d'une importance vitale pour elle, le centre de son univers quand ils étaient petits.

L'aîné, Tom, était plus traditionnel que ses sœurs et son but dans la vie avait toujours été de réussir dans les affaires. Il avait rencontré sa femme pendant leurs études de commerce à Wharton et ils s'étaient mariés jeunes. Maribeth était la fille d'un roi du fast-food au Texas, un véritable génie de la finance qui avait gagné des milliards et possédait la plus grande chaîne de restaurants du Sud et du Sud-Ouest. Père d'une fille unique, longtemps désireux d'avoir un garçon, il avait accueilli Tom à bras ouverts. Il l'avait pris sous son aile en le faisant entrer dans son entreprise après le mariage, à la fin de leurs études. Maribeth avait l'esprit vif et travaillait au service marketing dans l'empire de son père. Le jeune couple avait deux filles de six et quatre ans, de véritables petits anges. La plus jeune avait hérité les cheveux roux de son père et de sa grand-mère. C'était la plus vive des deux. L'aînée ressemblait à sa mère, une jolie blonde. Mais Kait les voyait rarement.

Son fils et sa belle-fille n'avaient pas une minute à eux et étaient tellement impliqués dans la vie trépidante du père de Maribeth que Kait ne voyait Tom qu'à l'occasion d'un déjeuner ou d'un dîner quand il se déplaçait à New York, ou encore pendant les fêtes et les vacances. Il faisait désormais partie du monde de sa femme, et non plus de celui de Kait. À l'évidence, c'était un homme heureux, qui s'était constitué une fortune personnelle en saisissant les occasions offertes par son beau-père. Dans ces circonstances, il était difficile pour Kait de rivaliser. Elle s'était rendue plusieurs fois à Dallas, mais elle avait toujours l'impression d'être une intruse dans leur planning bien rempli, car, outre leurs responsabilités dans l'empire familial, Maribeth et Tom étaient très pris par leurs engagements caritatifs, par l'éducation de leurs filles, leur vie associative... Tom adorait sa mère mais avait peu de temps pour elle. Il avançait sur la voie d'un succès qu'il ne devait qu'à lui-même, et elle était fière de lui.

Candace, la seconde, avait, à vingt-neuf ans, choisi une voie radicalement différente. Sans doute pour attirer l'attention en tant que cadette, elle avait toujours eu le goût du risque et aimait le danger sous toutes ses formes. Partie à Londres faire sa première année de fac, elle n'en était jamais revenue et avait décroché un travail à la BBC où elle avait tracé sa route dans la production de documentaires pour la chaîne. Tout comme sa mère, elle se passionnait pour la défense des femmes en lutte contre la maltraitance dans leur culture d'origine. Elle avait couvert plusieurs affaires au Moyen-Orient et dans des pays d'Afrique en développement, attrapant au passage des maladies diverses et variées sans jamais remettre en question sa passion ni son engagement – pour elle, c'étaient les risques du métier. Elle était régulièrement envoyée dans des pays en guerre, mais il était essentiel à ses yeux d'apporter un éclairage sur la condition des femmes et elle était prête à risquer sa vie pour témoigner. Elle avait survécu à un bombardement de son hôtel, au crash d'un petit avion en Afrique, mais elle n'en avait jamais assez. Elle disait que travailler derrière un bureau ou vivre à plein temps à New York l'ennuierait. Si elle envisageait de devenir un jour réalisatrice indépendante, son travail actuel était important pour elle et avait du sens. Et Kait était fière d'elle, aussi.

De ses trois enfants, c'était de Candace qu'elle se sentait le plus proche, et avec elle qu'elle avait le plus de points communs, mais elles se voyaient rarement. Comme toujours, sa fille serait absente pour Noël. Elle terminait un tournage en Afrique. Cela faisait des années qu'elle n'avait pas été là pour les fêtes et son absence se faisait chaque fois cruellement sentir. Elle n'avait pas de relation sérieuse, prétendant qu'elle n'en avait pas le temps, ce qui était plausible. Kait espérait qu'un de ces jours Candace rencontrerait l'homme de sa vie, même si elle était encore jeune et que rien ne pressât. Ce n'était pas cela qui inquiétait Kait, mais toutes ces zones dangereuses et déchirées par la violence où sa fille se rendait. Candace n'avait peur de rien.

Quant à Stephanie, la plus jeune du trio, c'était un génie de l'informatique. Elle avait fait ses études au Massachusetts Institute of Technology (MIT), obtenu un master à Stanford et était tombée amoureuse de San Francisco. Elle avait décroché un poste chez Google sitôt son diplôme en poche et c'est là qu'elle avait rencontré son petit ami. Elle avait vingt-six ans, était très heureuse au travail et adorait chaque aspect de sa vie californienne. Son frère et sa sœur la traitaient affectueusement de « geek », et Kait avait rarement vu deux êtres aussi bien assortis que Stephanie et son petit ami Frank. Aussi fous l'un de l'autre que de leurs boulots high-tech, ils habitaient Mill Valley dans une maisonnette délabrée. Stephanie viendrait seule les deux jours de Noël, et elle avait prévu de rejoindre ensuite Frank et sa famille dans le Montana pour y passer une semaine. Kait ne pouvait pas s'en plaindre non plus : à l'évidence, sa fille était épanouie, sentimentalement et professionnellement, et c'était tout ce qu'elle lui souhaitait. Elle ne reviendrait jamais vivre à New York. Là où elle habitait, elle avait obtenu tout ce qu'elle voulait, tout ce dont elle rêvait.

Kait avait encouragé ses enfants à réaliser leurs rêves, elle n'avait simplement pas prévu qu'ils réussiraient si bien, et si loin du lieu où ils avaient grandi, pour s'enraciner ailleurs et dans des vies si différentes.

Elle n'en faisait pas une maladie, mais elle aurait préféré qu'ils vivent à proximité d'elle. Cela dit, au XXIᵉ siècle, on était plus mobile, moins ancré en un endroit, on déménageait souvent très loin de sa famille pour assurer sa carrière. Elle respectait le choix de ses enfants, toutefois, pour éviter de ressasser leur absence, elle veillait à rester occupée. Très occupée. Sa rubrique en prenait encore plus d'importance dans sa vie. Le travail occupait tout son temps, et elle y mettait tout son cœur. Cela lui convenait ainsi, et elle ressentait une certaine satisfaction à l'idée d'avoir éduqué ses enfants à travailler d'arrache-pied pour atteindre leurs objectifs. Tous trois avaient été récompensés par des postes gratifiants, deux d'entre eux avaient rencontré des gens bien, trouvé leur partenaire de vie, et formaient des couples amoureux et parfaitement assortis.

Elle-même s'était mariée deux fois. La première, à la sortie de l'université, avec le père de ses enfants. Scott Lindsay était jeune, beau, charmant et joyeux. Ils avaient vécu des moments fantastiques ensemble et il leur avait fallu six ans et trois enfants pour se rendre compte qu'ils n'avaient pas les mêmes valeurs et avaient même très peu en commun, si ce n'est d'être issus tous deux de vieilles familles new-yorkaises. Scott disposait d'un énorme fonds fiduciaire et Kait avait fini par comprendre qu'il n'avait aucune intention de travailler. Il n'en avait pas besoin, et il voulait passer sa vie à s'amuser. Or Kait était d'avis que tout le monde devait travailler, quelles que soient les circonstances. Son indomptable grand-mère le lui avait enseigné. Scott et elle s'étaient séparés immédiatement après la naissance de Stephanie, quand il lui avait annoncé vouloir partager pendant un an la vie spirituelle de moines bouddhistes au Népal, avant de s'embarquer dans une expédition sur l'Everest. Et puis, quand il serait revenu de toutes ses aventures, il pensait que l'Inde, belle et mystique, était le lieu idéal pour élever leurs enfants. Ils avaient divorcé sans animosité ni amertume un an après son départ. Lui-même avait reconnu que c'était la meilleure solution. Scott s'était de nouveau absenté quatre années de plus, et à son retour il était devenu un étranger pour les enfants. Il avait fini par s'établir dans le Pacifique Sud et épouser une magnifique Tahitienne dont il avait eu trois enfants. Tom, Candace et Stephanie lui avaient rendu plusieurs fois visite à Tahiti, mais, comme il ne s'intéressait pas vraiment à eux, ils s'étaient rapidement lassés. Et, douze ans après leur divorce, il avait été terrassé par une maladie tropicale.

Scott avait été un mauvais choix comme mari. Tout ce qui l'avait rendu si charmant et séduisant à l'université s'était retourné contre lui : Kait avait mûri, lui non, à dessein. Sa mort avait attristé Kait, surtout pour les enfants, mais ils en furent moins éprouvés qu'elle, et, comme ils n'avaient pas non plus tissé de liens avec leurs grands-parents paternels, décédés précocement, Kait était devenue par la force des choses le noyau de la cellule familiale. Elle leur avait inculqué ses valeurs, et tous trois l'admiraient pour sa capacité à s'investir à fond dans le travail, tout en étant capable de se rendre disponible pour eux à n'importe quel moment, aujourd'hui encore. Aucun d'eux n'avait particulièrement besoin de son aide, chacun ayant trouvé sa voie.

Toutefois, ils savaient qu'ils pouvaient compter sur elle en cas de besoin.

Sa seconde expérience conjugale avait été complètement différente, mais pas plus réussie que la première. Elle avait attendu ses quarante ans pour se remarier. Tom fréquentait déjà l'université et ses deux filles étaient adolescentes. Elle avait rencontré Adrian au moment où elle préparait son master de psychologie à l'université de New York ; il avait dix ans de plus qu'elle, terminait son doctorat d'histoire de l'art et avait été conservateur d'un musée modeste mais réputé en Europe. Érudit, accompli, fascinant, intelligent, il lui avait ouvert de nouveaux horizons et, ensemble, ils avaient exploré de nombreuses villes autour de visites de musées : Amsterdam, Florence, Paris, Berlin, Madrid, Londres, La Havane.

Avec le recul, elle s'était rendu compte qu'elle l'avait épousé trop vite, angoissée par la perspective d'avoir à affronter un nid vide dans un avenir proche, et de devoir se reconstruire une vie pour elle seule. Adrian avait des myriades de projets qu'il souhaitait réaliser avec elle. Il n'avait jamais été marié et n'avait pas d'enfants. Il semblait être l'homme idéal et elle trouvait stimulant de fréquenter quelqu'un au savoir si étendu et à la vie culturelle si riche. Il était très réservé, mais gentil et chaleureux avec elle, jusqu'à ce qu'il lui explique, un an après leur mariage, qu'en décidant de l'épouser il avait seulement tenté de contrarier sa nature. En dépit de ses bonnes intentions, il était tombé amoureux d'un homme plus jeune. Après avoir présenté à Kait ses excuses les plus sincères, il était parti s'installer avec lui à Venise, où ils vivaient heureux depuis treize ans. Son second mariage s'était donc bien évidemment soldé par un divorce.

Depuis, les relations sérieuses faisaient un peu peur à Kait, et elle ne se fiait ni à son jugement ni à ses choix. Mais elle était heureuse ainsi, son travail était gratifiant, et elle avait des amis. Quatre ans plus tôt, à l'occasion de ses cinquante ans, elle s'était convaincue qu'elle n'avait pas besoin d'un homme dans sa vie et n'avait pas eu de rendez-vous amoureux depuis. Son célibat simplifiait les choses. Elle n'entretenait aucun regret sur ce qu'elle manquait peut-être. Adrian l'avait profondément déstabilisée, car rien dans son comportement ne lui avait suggéré qu'il pouvait être gay. Elle ne voulait plus se faire avoir. Elle refusait d'être déçue une fois de plus, ou alors de tomber sur quelqu'un de pire encore que ses deux premiers maris. Bien qu'elle se montrât favorable aux relations de couple dans sa rubrique, elles lui semblaient trop compliquées pour elle. Certaines amies, dont Carmen, essayaient toujours de la convaincre de retenter sa chance. Elles affirmaient qu'à cinquante-quatre ans Kait était trop jeune pour tirer un trait sur l'amour. De fait, elle oubliait souvent son âge. Elle faisait beaucoup plus jeune, et puis elle avait plus d'énergie que jamais. Les années passaient, mais elle demeurait passionnée par de nouveaux projets, les gens qu'elle rencontrait, et par ses enfants.

— Alors, tu viens te saouler avec nous ? lui lança Carmen sur un ton faussement exaspéré. À travailler tout le temps comme ça, tu nous donnes mauvaise conscience. C'est Noël, bon sang !

Kait jeta un coup d'œil à sa montre. Elle devait toujours aller acheter le sapin, mais il lui restait une demi-heure pour discuter avec ses collègues et boire un verre.

Elle suivit Carmen à l'endroit où l'on servait vin chaud et punch, dont elle accepta un petit verre. Il était étonnamment fort. Celui qui l'avait préparé avait eu la main lourde ! Carmen en était à son deuxième quand Kait se glissa hors de la pièce pour retourner à son bureau. Elle jeta un coup d'œil circulaire sur sa table et saisit un épais dossier contenant les lettres auxquelles elle avait prévu de répondre pour sa rubrique. Elle prit aussi le brouillon de l'article qu'elle avait accepté d'écrire pour le *New York Times* sur la discrimination envers les femmes au travail : était-ce un mythe ou une réalité, ou encore une relique du passé ? D'après elle, la discrimination existait vraiment, mais elle était plus subtile qu'avant et plus ou moins prononcée selon le secteur d'activité. Kait avait hâte de se mettre à rédiger. Elle glissa le tout dans un sac de toile aux couleurs de Google offert par Stephanie et passa en catimini à proximité des fêtards, non sans adresser à Carmen un discret signe de la main. Elle se dirigea vers l'ascenseur. Ses vacances de Noël commençaient. À présent, il lui fallait décorer son appartement.

Comme chaque année, elle préparerait elle-même la dinde du réveillon et servirait aux membres de sa famille tout ce qu'ils aimaient. Elle avait commandé une bûche à la pâtisserie et acheté un pudding de Noël dans une épicerie anglaise qu'elle aimait bien. Elle avait prévu du gin Sapphire pour Tom, de l'excellent vin pour toute la tablée, des plats végétariens pour Stephanie et des douceurs, ainsi que des céréales multicolores pour le petit déjeuner de ses petites-filles. Il lui fallait aussi emballer tous les cadeaux. Les deux jours à venir allaient être bien remplis. À cette pensée, elle sourit en montant dans le taxi qui la conduirait au marché de sapins près de chez elle. Noël prenait corps, et ce fut encore davantage le cas quand il commença à neiger.

Kait choisit un très bel arbre qui avait la hauteur désirée et qui lui serait livré à la fermeture du marché. Elle possédait déjà le pied pour le fixer, les décorations et les lumières. Pendant sa recherche, les flocons avaient collé à ses cheveux roux et à ses cils. La neige continuait à s'accumuler maintenant que Kait longeait les quatre immeubles jusqu'à son appartement. Autour d'elle, les gens avaient l'air heureux et d'humeur festive. Elle avait aussi choisi une couronne à accrocher sur la porte d'entrée et quelques branches pour décorer la cheminée du salon. Une fois à l'intérieur, elle retira son manteau et ouvrit les boîtes de décorations qu'elle utilisait depuis toujours et que ses enfants adoraient. Certaines, datant de leurs premières années, étaient un peu usées et fatiguées, mais c'étaient leurs préférées et, si Kait ne les accrochait pas aux branches du sapin, ils le remarqueraient aussitôt et s'en plaindraient. Ils restaient très attachés à leurs souvenirs d'enfance, cette époque bénie pleine d'amour et de tendresse.

Elle habitait toujours dans l'appartement où ils avaient grandi. Pour New York, il était de belle taille et parfaitement adapté à leur famille quand elle l'avait acheté vingt ans plus tôt. Il comprenait deux grandes chambres, un salon et une salle à manger, une grande cuisine de style rustique où tout le monde se rassemblait et qui donnait accès à trois chambres de bonne, de rigueur dans les immeubles anciens. Ces pièces avaient accueilli les enfants depuis leur plus jeune âge. Elle avait transformé la deuxième chambre à côté de la sienne, autrefois salle de jeux, en chambre d'amis et bureau. Elle avait prévu de laisser sa chambre à Tom et à sa femme durant leur bref séjour. Stephanie occuperait la pièce voisine. Ses petites-filles dormiraient dans l'une des chambres de bonne et Kait prendrait celle de Candace en son absence. Elle n'avait pas déménagé dans plus petit parce qu'elle tenait à avoir assez d'espace pour recevoir toute sa famille. Même si cela faisait des années qu'ils ne s'étaient pas retrouvés tous ensemble en même temps, cela arriverait bien un jour. Et puis, elle adorait cet appartement, c'était chez elle. Une femme de ménage venait deux fois par semaine. Le reste du temps, elle se débrouillait seule, se faisait la cuisine ou bien achetait un plat à emporter en rentrant chez elle.

Entre son salaire à *Woman's Life* et l'héritage de sa grand-mère, Kait aurait pu mener une vie un peu plus luxueuse, mais elle en avait décidé autrement. Elle se contentait de ce qu'elle avait et le paraître ne l'intéressait pas. Sa grand-mère lui avait enseigné la valeur de l'argent, son bon usage, sa nature éphémère et l'importance de travailler dur… Kait vivait toujours selon les préceptes inculqués par cette femme remarquable, et qu'elle avait à son tour transmis par l'exemple à ses propres enfants. Constance Whittier, elle, avait eu moins de succès ou simplement pas autant de chance avec sa progéniture. Plus de quatre-vingts ans plus tôt, elle avait pourtant sauvé sa famille du désastre et était devenue une légende, citée en exemple pour son ingéniosité, sa détermination sans faille, sa perspicacité en affaires et son courage. Dans sa jeunesse, Kait n'avait pas eu d'autre modèle.

Les parents de Constance et ceux de son mari, pourtant issus de grandes et illustres lignées, avaient perdu l'intégralité de leur fortune lors du krach boursier de 1929, qui détruisit tant de vies. À l'époque, Constance était jeune, déjà mariée, avec quatre enfants en bas âge dont un nouveau-né, le père de Kait, Honor. Du jour au lendemain, comme pour tant d'autres, leur univers doré constitué de somptueuses demeures, de vastes domaines, de merveilleuses toilettes, de fabuleuses parures et d'armées de domestiques avait volé en éclats.

Incapable d'affronter l'avenir, l'écroulement de leur monde, le mari de Constance s'était suicidé, la laissant seule sans un sou en poche. Elle avait vendu ce qu'il restait de leurs biens – et elle et les enfants avaient déménagé dans un immeuble de logements collectifs du Lower East Side, qui était alors le quartier défavorisé de New York. Là, elle avait essayé de trouver du travail pour nourrir sa famille. Personne parmi ses proches ou dans son cercle social n'avait jamais travaillé. Tout ce qu'elle savait faire se bornait à organiser des réceptions et à remplir son rôle en société en tant que jolie jeune femme, bonne mère et épouse dévouée. Elle avait bien songé à la couture, mais le talent lui manquait. Elle s'était donc reportée sur la seule chose qui lui venait à l'esprit et qu'elle savait bien faire : les biscuits. Même s'ils avaient eu une flopée de chefs et de domestiques capables de faire apparaître n'importe quel mets délicat à la demande, elle avait toujours aimé confectionner elle-même les biscuits destinés à ses enfants – quand la cuisinière l'acceptait dans son fief. Petite, elle avait pris des leçons auprès du cordon-bleu de ses parents, et acquis ainsi un savoir-faire qui s'avéra bien utile par la suite. Elle commença modestement son activité en cuisant ses biscuits dans le petit four de son studio. Ses enfants sous le bras, elle proposait ses fournées aux épiceries et aux restaurants, dans de simples boîtes sur lesquelles elle écrivait « BISCUITS DE MRS WHITTIER POUR LES ENFANTS ». Elle les vendait à qui en voulait. Le succès fut immédiat, non seulement auprès des petits mais aussi de leurs parents. Les épiceries et les restaurants commencèrent alors à lui passer commande régulièrement. Elle pouvait à peine répondre à la demande. Ce qu'elle gagnait servait à nourrir les siens, dans cette nouvelle existence où elle était constamment angoissée à l'idée de ne pas pouvoir subvenir à leurs besoins. Elle ajouta à sa production des gâteaux inspirés de recettes dont elle se souvenait en provenance d'Autriche, d'Allemagne, de France, et le volume des commandes s'accrut rapidement. Grâce à la somme qu'elle parvint à mettre de côté, elle put, au bout d'un an, louer une petite boulangerie-pâtisserie dans le quartier afin de répondre à la demande en constante augmentation.

Ses cakes étaient vraiment extraordinaires et ses biscuits, les meilleurs du marché, disait-on. Des restaurants des quartiers chics du nord de la ville entendirent parler d'elle et vinrent grossir les rangs de ses premiers clients. Elle ne tarda pas à fournir quelques-unes des meilleures tables de New York et dut embaucher des femmes pour l'assister. Dix ans plus tard, elle était à la tête de l'entreprise de pâtisserie la plus prospère de la ville, elle qui avait commencé son activité dans sa petite cuisine, poussée par le désespoir et la nécessité. Durant les années de conflit, son affaire prit encore plus d'ampleur car les femmes, mobilisées par l'effort de guerre, n'avaient plus le temps de confectionner des gâteaux. C'est à cette époque que Constance créa une usine. Dans les années 1950, soit vingt ans après ses débuts, elle vendit son affaire à General Foods pour une fortune qui, par la suite, permit de faire vivre trois générations de sa famille, jusqu'à aujourd'hui. Le trust qu'elle avait fondé avait assuré un pécule pour chacun des enfants, leur permettant de financer leurs études ou l'achat d'une maison, voire de se lancer eux-mêmes dans les affaires, suivant ainsi l'exemple de leur mère.

Malheureusement, ses fils, trop heureux de jouir du fruit des efforts de leur mère, l'avaient beaucoup déçue. Plus tard, Constance reconnut les avoir trop gâtés. L'aîné n'avait pas eu de chance. Entraîné par sa passion des bolides et des femmes légères, il s'était tué dans un accident de voiture avant d'avoir fondé une famille. Honor, le père de Kait, était un homme paresseux, porté aux plaisirs oisifs. Il buvait et jouait beaucoup, avait épousé une très belle jeune femme, qui s'était enfuie avec un autre homme quand Kait avait un an – sa mère avait disparu quelque part en Europe et on n'avait plus jamais entendu parler d'elle. Honor était mort mystérieusement dans un bordel un an plus tard, lors d'un voyage en Asie. Kait, alors confiée à des nounous à New York, avait été recueillie par sa grand-mère qui l'avait élevée. Elles s'adoraient.

Du côté des filles de Constance, l'aînée avait été une écrivaine de talent, connue sous le nom de plume de Nadine Norris, mais, célibataire et sans enfant, elle avait succombé avant ses trente ans à une tumeur au cerveau. La plus jeune avait épousé un Écossais et vécu une vie tranquille à Glasgow, avec de charmants enfants qui l'avaient bien entourée jusqu'à sa mort à quatre-vingts ans. Kait aimait bien ses cousins, mais les voyait rarement. La fierté et la joie de Constance s'étaient donc concentrées sur Kait. Ensemble, elles avaient vécu de merveilleuses aventures pendant l'enfance et l'adolescence de Kait, qui avait trente ans quand sa grand-mère était morte à l'âge de quatre-vingt-quatorze ans.

Constance Whittier avait vécu une vie remarquable jusqu'à un âge avancé, gardant toutes ses facultés intactes et un esprit affûté. Elle n'avait aucun regret du passé, pas plus que d'amertume pour les pertes subies ou tout ce qu'il lui avait fallu d'efforts pour sauver sa famille. Constance avait considéré chaque jour comme une chance, un défi et un don, et Kait avait appris à faire de même dans les moments difficiles ou quand elle devait affronter des déceptions. Sa grand-mère avait été la femme la plus courageuse, joyeuse et amusante qu'elle eût jamais connue et elle l'était restée tout le temps qu'elles avaient vécu ensemble. Constance avait su s'occuper jusqu'au bout ; elle avait énormément voyagé, rencontré beaucoup de gens, s'était tenue au courant de l'économie et du monde des affaires, toujours partante pour découvrir de nouvelles choses.

À quatre-vingts ans, elle avait appris à parler français et avait enchaîné avec l'italien. Les enfants de Kait se souvenaient parfaitement de leur arrière-grand-mère, même si leurs souvenirs devenaient flous avec le temps – ils étaient encore petits à sa mort. Lors de sa dernière soirée sur terre, Constance avait dîné avec Kait. Elles avaient ri de bon cœur et leur conversation avait été très animée. Il ne se passait pas un jour sans que Kait regrette son absence, et un sourire se formait sur ses lèvres chaque fois qu'elle pensait à elle. Ses enfants mis à part, les années passées avec sa grand-mère étaient le plus beau cadeau qu'elle eût reçu de la vie.

Tout en disposant avec précaution les décorations de Noël sur la table de la cuisine, elle en aperçut quelques-unes datant de sa propre enfance et se revit les accrocher à l'arbre avec sa grand-mère. Un flot de souvenirs refit de nouveau surface. Si les décorations s'étaient ternies, les souvenirs conservaient leur éclat. Constance Whittier avait été une source d'inspiration pour tous ceux qui l'avaient connue. Elle était devenue une légende, celle d'une femme indépendante, pleine de ressources et en avance sur son temps, dont Kait s'inspirait tous les jours.

Vous avez aimé ce livre ?
Vous souhaitez en savoir plus sur Danielle STEEL ?
Devenez, gratuitement et sans engagement, membre du
CLUB DES AMIS DE DANIELLE STEEL
et recevez une photo en couleurs.

Pour cela il suffit de vous inscrire sur le site
www.danielle-steel.fr
Club des Amis de Danielle Steel
– 12, avenue d'Italie – 75627 PARIS CEDEX 13
– Et, à partir du 1er janvier 2020,
au 92, avenue de France – 75013 PARIS

La liste de tous les romans de Danielle Steel disponibles chez Pocket se trouve au début de cet ouvrage. Si un ou plusieurs titres vous manquent, commandez-les à votre libraire.

*Cet ouvrage a été composé et mis en page
par Nord Compo à Villeneuve-d'Ascq*

Imprimé en France par CPI
en août 2019
N° d'impression : 3034358

POCKET - 12, avenue d'Italie - 75627 Paris Cedex 13

S29152/01